JN127041

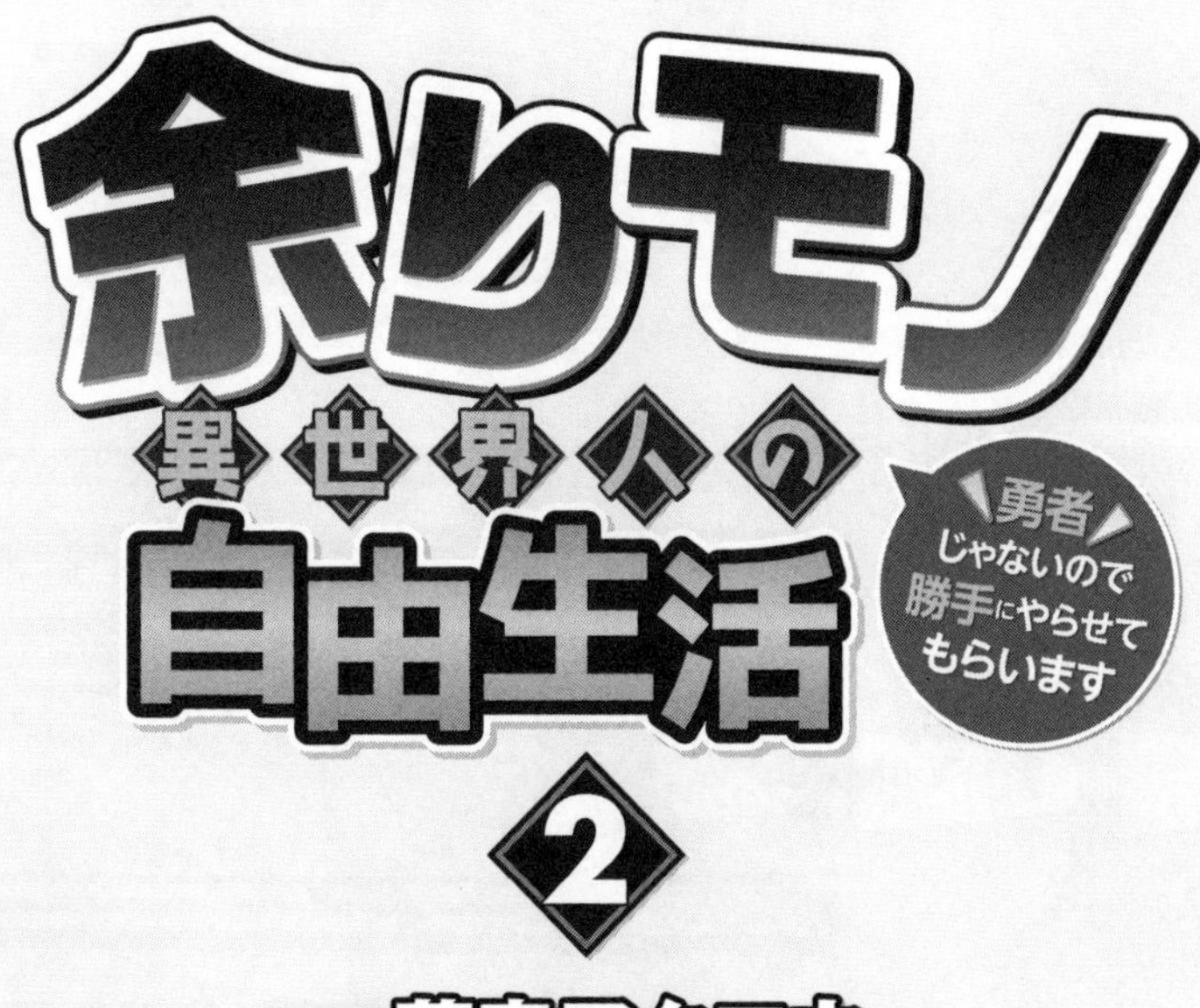

[著]藤森フクロウ
Fuzimori Fukurou

[イラスト]万冬しま

主な登場人物
Main Character
ルクス
サモエド伯爵家の子息。
ティルレインの
お目付役を務める。
シン（相良真一）
さがら しんいち
元ブラック企業戦士の
異世界転移者。
スローライフに憧れているが、
困った系の人達によく懐かれる。
ティルレイン
ティンパイン王国第三王子。
黙っていれば美形なのに
言動が極めて残念。

ミリア
チェスターの妻。
二児の母だが
二十代にしか見えない。
チェスター
ティンパイン王国の
宰相。かなりの
やり手で国王とも
バチバチにやり合う。
フォルミアルカ
ドジでよく泣く幼女女神。
主神なのに外見で
侮られがち。

第一章　シン君王都を満喫する

勇者召喚に巻き込まれて異世界に飛ばされた元社畜の少年シンは、転移先の世界の主神である女神フォルミアルカに気に入られて、様々なスキルを授かった。

しかし、彼が望んだのは平穏なスローライフ。数々のチートスキルで無双すれば得られたはずの富や名声などかなぐり捨てて、彼はティンパイン王国の片田舎にあるタニキ村で狩人として生活を始めるのだった。

静かな田舎暮らしを満喫していたシンだったが、何故かその村に蟄居させられてきた王子様〝ティル〟ことティルレインに、妙に懐かれてしまう。ちょいちょいおかしな言動をするこの迷惑王子の手綱を上手く捌けるということで、シンはなし崩し的にお世話係をする羽目に。

そしてある日、シンはティルレインの病気の検査に半ば強引に付き合わされる形で王都を訪れるのだが……ここで思わぬ事態に直面する。

シンの詰問がきっかけで、ティルレインが以前付き合っていたアイリーンという女性に精神操作されていたことが判明したのだ。

この大手柄により、シンは王子の恩人としてティンパイン王国の重鎮たちから大きな信頼という名の重荷を背負わされ、彼の王都滞在はなんとも居心地の悪いものになったのだった。

さて、ようやく王城を出る許可を得たシンは、城下町の宿に部屋を取り、しばらくそこに滞在することにした。

しかし、気ままな宿屋生活も、平和だったのは最初の数日だけ。以後、毎日のようにティルレインから封蝋（ふうろう）のついた立派な封筒が届くようになってしまう。

中身は泣き言がびっちり書かれた手紙である。

だいぶ酷い洗脳魔法を施（ほどこ）されていたのだから、大人しく治療を受けるべきだ。ここで音（ね）を上げてしまっては、今までの苦労が無駄になる。

シンは溜息をつきながら、手紙を持ってきてくれた人に返事を代筆してもらい「周りに迷惑かけるんじゃねぇよ、オルァ」と釘（くぎ）を刺しておいた。

ちなみに、彼は文字は読めるが、書くことができない。正確に言えば、簡単な単語くらいは並べられるが、きちんとした文章となると難しい、といったところだ。

書き慣れていないどころか、この世界で手紙なんて一度も書いたことがないのだから当然と言えば当然だ。むしろ、読めるだけマシだろう。

封書をよこすのはティルレインだけではなく、たまに宰相や国王からも「何か望みはないかな～」と、チラッチラこちらを窺（うかが）いつつ捕食しそうな気配の手紙が来る。

シンにも望みがあると言えばあった。国立図書館の閲覧（えつらん）だ。

その場所は、貴族と一部の特別な許可を得た平民にしか解放されていない。

シンはこの世界について調べたかったし、あわよくばそこから役立つ技能やスキルをゲットできる可能性もある。

異世界では今後何が役に立つかわからないのだ。まして基本はソロ活動のシンは、なんでも自分でこなさなければならない。

そんなわけでシンは、せっかく王都に来たのだからと、色々な店を見て回ることにした。

さすが王都というだけあって、品揃えは豊富だ。いくつかめぼしい店を物色したシンは、さっそく弓を新調した。軽さを重視しているため、トレントという樹木の魔物を材料に使った、ちょっと良い弓である。

他にも、簡単な調合器具、服や帽子を数点、冬籠りに向けて毛布や布団なども購入した。少し標高が高いタニキ村では雪が降るかもしれないので、暖かいブーツやゴーグル、コートといったものも必要になる。しかしこれは予算の都合により断念した。彼の手持ちを考えると、もう少し稼がなければ心許ない。

そこでシンは、タニキ村で溜め込んでいた山の幸を小出しにして売り捌き、当座の資金にすることにした。また、胡桃や木苺、コケモモや山桃を宿屋に差し入れして、食事代などをサービスしてもらった。これらは余剰分で、冬の備蓄にしても多すぎる。

また、購入した器具を使って、宿の部屋で初歩的な薬の調合も始めた。まだ下級ポーションや毒消し程度しか作れないが、簡単に素材が揃うのでチャレンジしやすいのだ。

この手のルーチンワークが嫌いではないシンは、気がついたら滅茶苦茶作りまくってしまい、すぐに在庫を持て余すことになった。ストックは『異空間バッグ』スキルに収納し、残りは小分けにして道具屋に売る。

数をこなせば品質も向上するようで、ポーションの買い取り価格はだんだん上がってきている。

当然、こうした売買ばかりでなく、シンは冒険者業にも精を出していた。

しかし、いくら弓で遠距離攻撃できるとはいえ、彼はソロ冒険者なのであまり無理はできない。

彼が積極的に受けている仕事は、ゴブリンやウルフ、ボアといった魔物の退治だ。

数が多く、人への被害が出やすい一方で、身近な素材としての需要も高い。

午前中に狩りと採取を終えたシンは、報告のために王都の冒険者ギルドを訪れていた。

「じゃあ、シン君。今日のゴブリン退治と採取の依頼達成分ね。全部で七千ゴルドよ」

ニコニコとしたギルドのお姉さんが、カウンターの上に報酬（ほうしゅう）が入った袋を置く。

「はい、ありがとうございます」

ティンパイン王国の王都の治安は悪くないものの、シンは念のため貨幣を数える。

彼女がピンハネしているとは思っていないが、人の手による作業なのだから数え間違いはあるかもしれない。

銀行、レジ、換金所、その他窓口など金銭の授受が多い場所において使われる言葉で、『現金その場限り』というものがある。現金は貰ったその場で確認しないと、持ち帰った後で間違いに気づいて文句を言っても取り返しがつかないのだ。このあたりの感覚は、異世界でも日本でも同じだった。

ティンパイン王国で流通している貨幣は、銅貨、銀貨、金貨、虹金貨という順番で価値が上がっていく。材質の違いだけでなく、見た目でもわかりやすいように、それぞれ固有の模様や数字が打たれている。

最も高価な虹金貨は、それ一枚で王都の一等地を屋敷付きで購入できるという破格の価値を持っていて、その美しさから美術的価値も高く、コレクターもいるらしい。

今のシンにはまるで関わりのない話だったが。

シンが貰ったお金を仕舞っていると、納品物を整理していたギルドの受付職員が嬉しそうな目を向けてきた。

「シン君は依頼品の採り方が綺麗だし、均一な品を持ってきてくれてありがたいわ」

そうなるように特別気を遣っているわけではない。強いて言えば、日本人として生まれた国民性というか、性格的なものだ。雑な採取で枯らしてしまっては勿体ない。

そもそも、提出した依頼品は、事前に採取してストックしてあった分なので、〝当たり外れ〟は少なかった。

それに、小さすぎるものを出しても次に繋がらない。規格外品扱いで買い叩かれるし、最悪、買い取りすらしてもらえない可能性もある。だったら、在庫からある程度の品質のものをまとめて出してしまおうという考えだ。

もちろん、王都の周囲を散策がてら、植物の生育環境を調べたり、新たに採取したりもしている。

また、シンが枝葉を丁寧に切っているおかげで、薬草などが繰り返し採れることが判明した。

採取して残った株に、気まぐれに余ったポーションを振りかけたところ、翌日見たら新しい芽が生えていたのだ。珍しい種類の薬草やキノコでも試したら、多少効き目には差はあったものの、概ね似たような効果が得られた。

人間の回復薬は、植物にとって万能液肥のようである。

（ズルっぽいけど、納品も調合も安定するから、便利なんだよな）

褒められてちょっと気恥ずかしさと後ろめたさを覚えるシンであった。

黙っていると、まだ用があると思われたのか、受付の女性が小首を傾げる。

「他に依頼は受ける？」

「そうですね。どんなのがあるか、見せてもらえますか？」

依頼カードがファイリングされたノートをめくりながら確認する。

定番の採取依頼から討伐依頼はもちろん、護衛、配達、街の清掃や溝のドブさらいまであって、実に幅広い。

しかし、清掃やドブさらいは不人気のようで、未達になっている数が多かった。危険性が少ないからか、他よりも賃金も低い。

「この依頼はねぇ、初心者向きなんだけど……最近の子はやりたがらないのよね」

冒険者業がなかなか軌道に乗らないビギナー向けのクエストらしい。

内容はいたって普通の掃除だが、たまに低級の魔物が出てきたりするので、ギルドに回ってくるのだそうだ。

これらも街の人に感謝されたり、コネができたりする立派な仕事だが、『冒険者』っぽくないし、地味な汚れ仕事だからか、受ける人は少ないという。

「魔物を倒すのだけが冒険者業じゃないんだけどねぇ……」

苦笑するお姉さん。冒険者になりたてのイキった人間はいるだろうと、シンも納得する。

「僕がやりましょうか？」

依頼されていた区域には、シンの利用している宿泊施設街が含まれていた。そういえば……と、シンは宿屋の裏の排水路が臭っていたことに思い至る。

「いいの？　シン君はFランクなのに……」

シンはビギナーとは言いがたいが、試したいこともあるので、構わないと頷いた。

すると、ギルドの受付職員はぱぁっと表情を輝かせ、どこからか持ってきた追加のファイルをどさどさとカウンターに積み上げる。

「えーと、どこが一番古かったかしら……いや、緊急要請分からがいいかしら？」

「これ、まさか全部……？」

さすがに引いた様子のシンを見て、受付職員は慌てて縋りつく。

「ぜ、全部じゃなくていいのよ!?　一部でいいの！　あ、あったこの五番街の下水路なんだけど」

受付職員はシンを逃すまいと目をギラギラさせる。

しかし、下水は間違いなく臭い。シンは洗剤や石鹸になる『セケンの実』の手持ちがどれくらいあったか心配になった。

結局、五番街の水路以外にも近隣のドブさらいを受けることになった。

出来高制で、作業範囲に応じて報酬が支払われるため、小出しに貰えるそうだ。

ギルドを出たシンは、五番街の外れから下水路に入る。

一番着古した服と簡素な布マスクと手袋を装備し、耐水性のあるブーツも履いてきた。全て使い捨ての覚悟である。もちろん、清掃のためにモップやブラシも借りてきた。

しかし……はっきり言おう。

そこは極めて劣悪な環境だった。

汚い、臭い、危険。見事な『３Ｋ』である。

真夏のドブ水のよくある腐敗臭に加えて、アンモニアのようなツンとした刺激臭も感じる。病原菌がウヨウヨいそうである。

あまりに臭いせいか、人どころか動物や虫の気配すらしない。

シンは基本、魔法に頼らずなんでも自分の手で頑張ってこなしてきたが、さすがにこれは無理だ。迂闊（うかつ）にやれば、得体の知れない病気を拾ってしまいそうだ。清掃をしに来たのであって、感染症第一号になりに来たのではない。

シンはすぐさま手作業ではなく魔法での作業に作戦変更した。

気を抜いて歩くだけで足を滑（すべ）らせそうな、妙なぬかるみがいっぱいある中、とりあえず、片（かた）っ端（ぱし）から洗浄魔法をかけまくる。

ランプを持ちながら周囲を照らし、壁、床、そして水路の順にどんどん洗浄していく。

壁や床は比較的簡単に綺麗になったが、下水路というだけあって、水路は汚い。

汚水が詰まってろくに流れていないのが余計に悪いのだろう。汚水というより、汚泥のように沈殿している。

試しにちょんとゴミを突っ込んでみたところ、濁りまくっていて透明度はゼロ。

（うーん、これだけ汚いと、もう洗浄じゃなくて浄化からか？）

悪魔を消滅させるようなものや、高度な解呪といった高位魔法でなければ、シンでも使える。

えいや、と浄化魔法を掛けてみると、周囲の水が綺麗になる。

しかしそれも一瞬だけで、すぐさま汚泥に呑み込まれてしまう。

さらに魔力を込めて広範囲に行うと、汚泥の中に潜んでいたらしいポイズンスライムやアシッドスライムといった魔物たちが飛び出してきた。

不浄を好むらしいこの魔物たちにとって、浄化の魔法は大打撃だったらしい。飛び出た直後にヘロヘロになって溶けて死んだ。彼らにしてみれば、シンの行いは爆破テロ並みの所業だろう。

シンは無心で浄化・浄化・浄化たまに洗浄、そして水魔法で押し流し……と繰り返して、なんとか水路を一本綺麗にできた。

出てきたのはスライム系だけではなく、鼠の魔物やナメクジのような魔物、下級のゴースト系など。それらも大半は浄化魔法で死滅し、たまに魔石や毒石をころころと残した。

まれに果敢に飛び掛かってくる魔物もいたが、シンにモップやブラシで殴打されて撃沈した。

唯一シンが肝を冷やしたのは、奥の方から巨大なゴキブリが飛んできた時だ。

大嫌いな虫ということで、風魔法で木っ端微塵にした。

粉々になった死骸に鼠が一斉に群がるが、これは見て見ぬふり。死体の上の魔石も手で触りたくないので無言で蹴り飛ばし、なかったことにした。

その後はただただ心を無にして、サーチ＆デストロイ。

シンは異世界に来てもゴキブリとは和睦できなかった。

多分、一生無理だろう。来世にご期待くださいと言っておく。

◆

下水路掃除を終えたシンは、ギルドに向かう前に、自分に入念に洗浄の魔法を重ね掛けした。

全身の不快感は相当なもので、吐く息すら下水の臭いに染まっている気がして、普段なら買わないミント入りのレモンティーを購入したほどだ。

じゅうううっとストローで吸いながら、シンは必死に気持ちを切り替える。

あの暗黒腐臭空間に比べればどこだってパラダイスだ。日差しが燦々と降り注ぐ表通りを、いつにも増してフレッシュな気持ちで歩ける。

ちなみに、この世界のストローは、もともと穴の開いている筒状の植物を切って使っているようだ。

ギルドに報告しに行くと、シンの顔を見た受付職員があからさまに驚いてぎょっとしていた。

「え、もう五番街の下水路が終わったの？」

確かに、肉体労働だけでやったら、数日掛かっても終わらなかっただろう。魔法万歳である。

「はい。それで、下級ですが魔物も出たので、これは買い取りしてもらえるのかなって」

シンは魔物が落とした魔石などをカウンターの上に並べる。

「ええ、もちろんよ。えっと、ポイズンスライムの毒石ね。アシッドスライムの魔石もある！　うわぁ、ダストマウスがいっぱい……数えるので、預かります！　これはホロゴーストの霊石と魔石!!　あそこ、そんなのまで棲み着いていたの!?」

検品していたギルド職員は驚きの声を上げた。あまり良くない魔物がいたらしい。

「魔法で浄化しながらやっていたら、奥から出てきました」

「そ、そう……この魔物、狡賢くて物理攻撃が効かないから、初心者殺しなのよ。Iランクのビギナーが行かなくて良かったわ」

汚水を浄化していた時に水面や奥の水路から出てきて、勝手に死に絶えていっただけなので、シンとしてはどんな魔物がいたのか、あまり気にしていなかった。

実感が湧かず、そうなのか？　と首を傾げる。

それより、ここにきてひたすら掃除してきた疲れが出てきて辛かった。

「あの、今日は疲れたので、明日取りに来るのは可能ですか？」

「大丈夫よ。ありがとう、お疲れ様。これが引き換え札だから、提示してね」

「はい、ありがとうございます」

札を貰ったシンは、ぺこりと頭を下げてギルドから出ていった。

手を振ってシンを見送ったギルドの受付職員は、彼の姿が見えなくなったのを確認すると、すぐさまギルド長の執務室に駆け込んだ。

「ギルド長！　ついにあの依頼が達成されました！　五年物の壁のシミになっていた下水路掃除依頼が！」

彼女の喜びに満ちた声からもわかるように、下水路掃除は掃除系の依頼の中でも特に不人気なのだ。とにかく汚くて臭いから、一度やったあとは二度とやらないという人も少なくない。

ところが、シンは最も劣悪と言われる五番街を綺麗にしてきたらしい。

確認をするまでもなく、五番街のあの地獄の腐臭ゾーンが消え失せたという噂（うわさ）が既にギルドまで届きはじめていた。かなり綺麗にやってくれたのだろう。

しかもシンは、残りの依頼も突き返さなかった。つまり、壁のシミとなっていた他の依頼カードも減る。依頼者や近隣住民からの突き上げもあったため、ギルドは狂喜乱舞である。

そんなこととは露知（つゆし）らず、シンは女性に臭いと言われずに済んだとほっとしていた。

割と図太いシンでも、人に言われたくない言葉くらいある。

ましてや、受付職員は明るく親切で可愛らしい人だったので、余計にそう思ったのだった。

◆

神界の中でも一際大きな神殿に、男の笑い声が響いていた。

いかにも上機嫌といった様子で、傲慢さの滲む哄笑だ。

「ふはははは！　ようやく俺様の素晴らしさがわかったようだな、あの女神たちも！」

声の出所である部屋には屈強な男の石像があり、その足元には玉座のように豪奢な椅子が一脚置かれている。

そこにふんぞり返って高笑いしているのは、この世界における大神の一柱である戦神バロス。

もとは異世界から来た人間で、前の世界ではゲーム好きのフリーターだった。課金しすぎて借金を背負うほどののめり込み具合で、そんなどん底の生活から逃れるためにも、この世界への召喚は渡りに船だったと言える。

『バロス』というのは彼の本名ではなく、重課金していたゲームのアバターの名前だ。彼にとって、過去の名は恥ずべきものであり、唾棄すべき弱く惨めな黒歴史そのものだった。

この世界に来てからのバロスは、『勇者』としてたくさんの魔物を屠り、人々を救った。苦しい思いもたくさんした。しかし、魔王を倒したことで、彼の生活は一変する。

全ての者が彼をもて囃した。名誉、財産、そして美しい女たち。まさに世界の全てを手中に収めるような栄華を手に入れた。そして今では、戦神として祭り上げられ、神界の女神たちを娶るまでになったのだった。

「そういや、なんか揃いも揃って変な約束させられたけど……まあいいか」

女神たちが彼との結婚の条件に出した契約書には、妙な条件が記載されていた。

どれもこれも大した内容ではなかったし、弱小女神たちのせめてもの抵抗なのだろう。

破ったとしても一日のうち数分動物になるとか、喋ってはいけないとか、そんなものだ。

周囲を見回せば、今までバロスに捧げられた女や、奪ってきた女たちがいた。

皆、黙って膝を折り、祈るように指を胸の前で組んでいる。

確か、この女はどこぞの貴族の娘で、その横にいるのは、戦神であるバロスを信仰する騎士の恋人だった女——戦の勝利の見返りとして捧げられた貢物——だったはずだ。

その手の貢物は多かったので、うろ覚えだ。

そうでなくても、目に入った若く見目麗しい女は次から次へと手に入れてきた。

しかし、そんなバロスでも自分のモノにできなかった女がいた。

バロスが勇者だった時の、テイラン王国の末姫だ。美しく気が強い娘だった。

魔王を倒し、現人神とばかりに称えられていたバロスが、ちょうど姉姫に飽きていた頃、妻の一人にしてやると言ったら、彼女は頑なにこれを拒んだ。

彼女はバロスではなく王宮魔術師——その中でも下っ端の男と想い合っていたのだ。これを知ったバロスは激怒し、二人まとめて殺した。二人は互いを守るように折り重なって死んだ。

結局、彼女は最後までバロスのモノにならなかった。

それからだ。バロスが他人の伴侶や恋人や、バロスを強く拒絶する女こそ欲しがるようになったのは。

先ほどまで良い気持ちだったのに、嫌なことを思い出してしまったバロスは、歪みかけた顔を欠伸(あくび)で誤魔化(ごまか)す。

「ふぁああ、それにしても暇だな。オイ、今日はお前でいいや。その列の奴、まとめて来い」

バロスが何人か指差すと、女たちは自動人形のように立ち上がり、言われた通りについてくる。

寝台に上がったバロスは女たちを並ばせ、まずはどれから楽しもうかと吟味(ぎんみ)しはじめた。

まず目に入った赤毛で豊満な体つきの女に、顎(あご)をしゃくって来いと命じる。

その他にも金髪の泣き黒子(なぼくろ)が色っぽい女や、茶髪で大人しそうな顔だが胸がとても大きい女などを選んでいく。

どれもこれもバロスが色々なところから集めた美しい妻たち(コレクション)だ。

「じゃあ、まずは——ぐっ!?」

そのうちの一人を寝台に引き込んだところで、バロスは突然、まるで毒を飲んだかのようにのたうち回った。何かドンと、体中に衝撃が走ったのだ。心臓が殴られたような、臓腑(ぞうふ)を握(にぎ)り潰(つぶ)されたような痛みだった。

暴れすぎて寝台から落ち、掴(つか)んだままのシーツをぐちゃぐちゃに巻き込みながら、もんどり打つ。

しばらくバタバタと一人暴れていたバロスだが……ややあって異変が収まり、顔を上げる。

やけに女たちや天井が遠い気がする。まあいいかと女を引き寄せようとしたものの……全く手が届かない。よくよく見れば、自分の手に水かきと吸盤のようなものが付いている。

(ななな、なんだ!? ど、どうなっている!? 神力が使えない!? くそ! 喋れもしねえ!)

バロスは今——一匹の小さな蛙になっていた。

――ああ、面白くなってきた。

どこかで美しい神々が笑った。

残酷に、稚く、安堵したように、歓喜しながら――それぞれ思い思いに秘めた感情を浮かべながら。

◆

王都でシンは、相変わらず勤勉に働いていた。

あの後、五番街の下水路の清掃依頼の達成報酬として、本来は三万ゴルドのところ色を付けて五万ゴルドを得たシンは、嬉しくてしばらく水路や街路の掃除依頼を受けまくった。

まるで清掃業でも始めたかのような勢いだ。

潔癖症とか綺麗好きというわけではないが、汚い街より綺麗な街の方が良い。

また、浄化や洗浄、水魔法などの練習にもなったし、あまり見かけない珍しい魔物もたまに出てくる。

それに、依頼を達成するたびに受付職員が食事やジュースを奢ってくれるし、抱きつかんばかりに喜んでくれるのも、シンのやる気を増進させた。

そうして清掃を繰り返すうちに、ようやくギルドの壁にずっと貼り付いていた古紙の依頼カードが綺麗さっぱりなくなった。街も幾分清潔になっただろう。

それを確認し、シンは再び採取や討伐の依頼を受ける生活に戻ることにした。

今日彼が受けたのは、猪系の魔物――ボアの討伐依頼。

掃除以外の依頼を受けるシンを見たある男が「下水道でスライムごっこはやめたのか？」と揶揄してきたが、彼はギルドのベテラン職員にアイアンクローで顔面をキュッとされていた。

首をギュッとされていなかっただけマシだろう。

久々に王都の外に出ての狩りだったが、新調した弓も手に馴染んできたし、どこに何があるかもわかってきた。

シンはさっそく何匹かの獲物を仕留めた。

猪系の魔物は毛皮も肉も安定して売れるから、初級〜中級の冒険者に人気だ。しかし、一口にボアと言っても個体差は大きく、小型〜中型犬サイズのウリボアから、幌馬車サイズのものまでいる。グレー、ブラウン、レッドなど、色や大きさによって強さも変わり、討伐ランクがかなり違う。この辺だと、一番危険なのはイーヴィルボアという魔猪である。

獲物の整理を兼ねて一息ついていたところ、突然、上空から大きな鳥型のモンスターが襲い掛かってきた。

高い場所から狙われたのには驚いたが、シンだってそれなりの手練れだ。易々とやられはしない。

接近したら魔法やナイフで応戦し、逃げようとしたところに弓矢を放って仕留めた。

この珍しい鳥型のモンスターについて、フォルミアルカに貰ったスマートフォンで調べてみようとすると……突然、プッシュ通知が来た。

――称号『女神の寵愛』が『神々の寵愛』に進化しました。


スマホを眺めながらきょとんとするシン。

(……『女神の寵愛』ってなんだ？『神々の寵愛？』って、何？ 複数形ってことは、誰だ？最初の称号も意味不明だけど、まあ、呪いってわけじゃなさそうだし……)

心当たりがないが、名前からして害はなさそうなので無視することにした。

まあいいか、とシンは仕留めた魔物に目を戻す。

スマホの記述によると、この鳥型のモンスターはデスイーグルというらしい。

自分で狩りをせず、ウルフやゴブリンなど、下級の魔物が捕まえた獲物を奪い取る性質がある、そこそこ強い魔物だ。死肉や腐肉を漁る鳥だが、その恐ろしい名前と生態に似合わず、翼は白と黒で美しい。

討伐部位は嘴らしいが、肉や羽も売れるかもしれない。

(……僕のボアを狙ってきたってことは、僕がアイツらより弱そうに見えたってことかな？)

シンはどこか納得しがたい気持ちを抱きながら、デスイーグルとボアたちを荷車に載せて街に戻った。

街の門まで来ると、荷車いっぱいに魔物を載せたシンを見て、見張りの兵は少しぎょっとしていた。

「大丈夫かい？」

兵士の一人が、思わずと言ったように声をかけてくる。

「はい、慣れていますので」

「大変だったら、運び屋を雇うのも手だぞ。まあ、金は掛かるが」

本当は異空間バッグに入れれば済むのだけれど、王都近くではあまり使いたくない代物だ。恐らく、シンが持っているのはかなり規格外の性能で、目立ちそうなものだから。

シンはギルドに魔物の討伐を報告し、そのまま引き取ってもらう。

今日の受付職員はシルバーフレームの眼鏡をかけたクールそうなインテリ美女だった。

「デスイーグルは買い取り代金も入れて一万二千ゴルドです。でも、今回は爪や嘴、羽の状態も綺麗ですので、一万五千ゴルドで買い取らせてもらいますね」

頻繁に人を襲う魔物――特に危険な魔物、素材に需要のある魔物は特別な上乗せがあり、依頼カードが出ている。ゴブリン、ウルフ、ボア系がそうだ。

デスイーグルの討伐依頼は出ていなかったものの、通常の討伐金は貰えるらしい。また、羽と爪、嘴、肉は素材として買い取ってもらえることになった。

「いいんですか？」

「傷が少なく、価値ある素材は人気ですから」

　受付職員はさらりとそう言って、隣でごねている冒険者たちを一瞥する。彼らが手にしているのは、手足があらぬ方向に曲がり、毛皮が血みどろになって絶命しているウルフ。

　あんなボロボロの毛皮は加工するのも難しいだろう。不揃いな端切れと一枚に繋がった毛皮では、同じ大きさでも価値は段違いだ。

　どうやら彼らは買い取り価格が気に入らないらしく、若い受付のお姉さんにいちゃもんを付けているみたいだ。しかし、困惑する女性職員の後ろの扉からゴリゴリマッチョの壮年のギルド職員が出てきた途端、しゅんとなった。わかりやすい。

「ボアは一体七百ゴルドが二匹、千ゴルドが二匹、千五百ゴルドが一匹。合計で四千九百ゴルドです。状態が良いのと、人気の毛色のボアもいるので、色を付けて六千ゴルドとなります」

「では、手続きをお願いします」

「かしこまりました。では、少々お待ちを。冒険者カードに記録を載せますので、一度お借りしますね」

「はい」

　王都の冒険者ギルドだからか、タニキ村の職員たちよりかなりきっちりしている。

　村のおばちゃんやおっちゃんのゆるゆるした空気も嫌いじゃないが、王都ギルドのＴＨＥ職場と言わんばかりのきっちりした空気も好きだった。

　シンがトレーに載せた冒険者カードを受け取った受付職員は「ところで」と眼鏡を光らせる。

「シン君は腕が良いので、討伐効率を上げるためにも運び屋を雇ってはいかがです？　いつも荷車では大変でしょう」

「うーん、ソロに慣れているので、逆に人がいると落ち着かなそうなんですよね……。別に高難易度の依頼やダンジョンに挑みたいわけではないですし」

そう、この世界にもファンタジーではお馴染みの『ダンジョン』がある。魔物や魔王もいるのだから、当然とばかりに存在していた。

だが、シンはスローライフ希望であって、血飛沫と魔法が飛び交う英雄譚ライフを求めてはいない。日本で経験した進撃の社畜ロードで、頑張るのには懲りていた。信条として『ＹＥＳスローライフ、ＮＯ社畜』を掲げている。

そして、女神から色々授かっているシンは、周りにバレたら困る道具や能力を多く持っているので、身近に人を置くつもりはないのだ。ティルレイン並みに頭がフラワーガーデンであれば気にしないが、それは別の意味でいてほしくない。

「残念ですね……シン君のとってきた魔物は卸先や職人にも評判が良いので、是非数を増やしていただきたいのですが」

「ありがとうございます」

シンは先ほどの哀れなウルフを思い出す。

雑な倒し方をしたり、解体スキルを身につけたメンバーがいなかったりすると、素材になるか怪しい状態になってしまう。

冒険者には荒っぽい人間が多いらしく、ああいったものが運ばれてくることも珍しくないそうだ。

素材にすると考えると、ただ倒せばいいってものではないのだ。

◆

シンがタニキ村を出てから早くも一月以上が経過した。忙しくも楽しく過ごし、なんだかんだで王都に居ついていた。

そうなった理由の大部分は、それとなく監視したい――というか、なんとしてもシンを引き留めたい苦労人宰相チェスターと、ティルレインの世話役を務める善良なルクスの存在だろう。

ティルレインはそういったまどろっこしいことをせず、シンのところに乗り込もうとしてとっ捕まるタイプだ。彼は動きがバレバレすぎなのだ。

もっとも、監視といっても、シンが宿を替えていないかと、ちゃんと定期的に王都に戻っているかの確認程度のようだ。

冒険者の中には、採取や討伐に出てそのまま戻ってこない場合もある。

子供一人というので心配もあるだろう。中身はともかく、外見が十歳程度にしか見えないシンは、頼りなく感じるらしい。

シンはシンで、王都は依頼もたくさんあるので興味の赴(おもむ)くままに色々と挑戦している。

タニキ村と違ってここには真新しいものが多く、色々と情報収集もしやすい。ギルドにも依頼がたくさんあるから、出稼ぎにちょうどいい。周りにタニキ村の出身の人はいなかったが、地方や他国からの出稼ぎの人が多くいる。おかげで、シンも大勢の田舎者の中にほどよく埋没できて、気楽であった。

帰るタイミングを逸してしまったと感じつつも、シンは今日もギルドに顔を出していた。

（結構長居しちゃっているけど、王都で買いたい本があるんだよな。ギルドで見られるものだって限度があるし……。魔導書って高いから仕方がないか）

シンは本を読むだけでぽこぽことスキルを取得できる。これはフォルミアルカから貰ったギフトスキル『成長力』があってこそで、極めてレアケースだろう。普通の人は、ギルドなどに善意で置いてある本ではスキル取得までには至らないらしい。

とはいえ、わざわざ能力をひけらかす気はないし、むしろ隠蔽したいと考えている。

ありがたいし便利だが、あの宰相にバレたら、ますますシンを引っ張り込もうとするかもしれない。

シンとしては、個性の濃度が殴り合いのティンパイン王国の中枢には断じて入りたくなかった。

物欲しそうにしていたことが、あの宰相や国王やティルレインにバレたら、非常に面倒くさそうだ。

どこで誰が裏から糸を引いているかわからない以上、貸しや借りを作ると後で余計なものを背負う羽目になる。既にチェスターあたりは両手を広げて待ち構えていそうで、恐怖である。

（こういうのって、自分で手に入れてこその醍醐味だよな）

気を取り直し、シンは冒険者ギルドで依頼カードを物色する。

『ゴブリン退治　一匹　千ゴルド』

『ボア退治　一匹　五百～三千ゴルド』

これはいつもある依頼だ。ボア系は素材の状態や種類によってだいぶ報酬が変わる。

ゴブリンもボアも狩る自信はあるが、素材を持ち帰るとなると、運ぶのが非常に大変だ。

ゴブリンは耳を切り取ればいいので運搬は楽だが、群れをなされると厄介である。ワンランク上のホブゴブリンにはじまり、知恵の回るゴブリンリーダーや、ゴブリンメイジ、ゴブリンナイトがいると一気に面倒になる。

とはいえ、基本的には初心者向きの魔物ではある。

珍しい魔物ではないものの、王都の周辺ではめぼしいゴブリンは狩られている。人が多いのに比例して冒険者も多いからだ。

目に付いたのならやっつけた方がいい。でも、巨大な群れや集落でも形成していない限り、わざわざ探してまで倒して回るほどのものではない――それがゴブリンだ。

（うーん、前に倒したことがあるアウルベアは、緑が多い山林に棲む傾向があるから、この辺じゃ見つからないか。……ここはレベルアップしてワンランク上の魔物を狙うべきか？　でもソロ活動なんだから、手堅く慎重に行くべきだよな）

気になって取った依頼カードは、ギロチンバーニィ。

外見は兎だが、何故か常に手に斧を持っている。趣味と実益を兼ねた首狩り大好き兎だ。

名前からして殺意が高い。

たまにゴブリンの群れが消えたと思ったら、このギロチンバーニィの首狩りフェスティバル会場になっていたという噂も聞く。

メルヘンな外見のくせして非常に血の気が多い兎である。

基本はボロ斧か石斧だが、稀（まれ）に金の斧や銀の斧を持っており、それらはレアドロップだという。

また、ギロチンバーニィの斧のコレクターもいるらしいから、倒したら回収推奨だとのことだ。毛皮、肉、落とす武器、全てがお金になり、討伐報酬も出る割の良いモンスターだ。

ちなみに、ワンランク上のボーパルバーニィは、さらに殺意が高い。

出会ったら即強襲。挨拶代わりに凶器が振りかぶられる「こんにちは死ね」タイプだ。プリチーな見た目ではあるが、完全に習性は殺人鬼そのもの。兎詐欺（うさぎさぎ）もはなはだしい。草食動物の見てくれに謝罪すべきブラッディー兎たちである。

もう一つ、シンが選んだのは、スリープディアーという魔物だ。

睡眠を引き起こす鳴き声が厄介――この一言に尽きる。距離が近いほど鳴き声の効果が強力になるから、接近戦タイプの冒険者にとっては天敵と言える。

また、外見が鹿だけあって、逃げ足が速いため、仕留めるなら基本は遠距離だ。

毛皮も肉も角も売れるが、それなりに大きいので運ぶのは一苦労。

同じくらいの大きさのバイコーン類も討伐に向いているものの、まだ対戦したことがないので、戦い方のコツがわからない。未知数な部分も多いのだ。

角を活かして突進してくるし、上位種には魔法を使うものもいるらしい。

バイコーン系は角や牙、皮や肉を素材として買い取ってもらえるが、これもまた大きい。

異空間バッグを使えばいいだけの話ではあるが、微妙に権力者に注目されている状態で、そんな珍しいスキルを持っていると知られれば、事態が余計にややこしくなる。

（……となると、市販のマジックバッグが欲しいなぁ）

その手の市販品を自分で買ったら、気兼ねなく使えるというものだ。

一度、魔法の道具を売っている店を覗いたが、桁違いに高かった。

一番小さくてもゼロが六つは並んでいたので、冬支度をしながら貯めるには大変そうである。ちなみに、もっと桁が多いのもたくさんあった。

それだけこの技術は価値が高いということだろう。

（やっぱりタニキ村がいいな。めぼしいものを手に入れたら「冬支度のために帰ります」とでも言って、トンズラしよう）

改めて今後の方針を固めたシンは、冒険者ギルドを後にする。

最近シンが買い込んでいるのは砂糖、塩、胡椒といった、タニキ村では貴重品に該当する品。

こうした品々を持って帰るためにも輸送手段の確保は必須なのだが、市販のマジックバッグでそれをなそうとすると、いくらかかるかわかったものではない。

そうなると、次に考えられるのが馬だ。しかし、駄馬であってもそれなりの値段はする。老馬を買い叩けば安く手に入るが、途中で力尽きられても困る。

(うーん、普通に仕事するにも足は欲しいよな。運び屋を雇うより安上がりだし……馬の購入は真剣に検討しよう)

騎獣を持つ旅人や冒険者は珍しくないので、厩付きの宿は普通にある。

(飼い葉代と知らない人間を傍に置く危険を比べたら、やっぱり馬だよな)

悩んだ末に、シンは馬を買うことにした。

依頼の達成効率や移動時間、その他諸々を考慮した結果、それが一番だと感じたのだ。

騎乗できればなんでもいいのだが、一番一般的なものは馬だろう。

第二章　騎獣選び

シンはさっそく騎乗可能な動物――騎獣について下調べを始めた。

一般的なのはやはり馬。あとはランナーバードといった地上の走りに特化した鳥類がポピュラーで、荷運びだけならロバや牛を使う場合もあるらしい。

竜や大型の狼などに騎乗することもあるようだが、これは稀なケースだ。

また、大人しい魔物や魔獣を使うケースも珍しくないが、そういったモノは普通の動物より扱いが難しい上に、そもそも価格が高いそうだ。

そういった騎獣を売っている店を紹介してもらい、シンはさっそくそこに足を運んだ。

その場所には騎獣を扱う店がいくつも軒を連ねており、独特の獣臭さが漂っていた。

糞尿の臭いというより、その動物本来の臭いだ。檻に入れられている凶暴そうな魔物もいれば、ロープ一本で繋がれている馬もいる。

獅子にも似た真っ白な鬣を持った虎のような猛獣、鱗を持ったサイのような巨獣、二本足で立つトカゲは恐竜映画さながらだった。馬やダチョウのような、動物園にいそうな騎獣の姿もあったが、明らかに前の世界には存在しない生き物がゴロゴロいる。珍しさに目が奪われてしまう。

まだ予算は決まっていないし、貯まってもいないので、本当に下見だ。相場によっては、予算計画の組み直しも十分ありうる。

購入するのは生きた存在なのだから、衝動買いするべきではない。

シンは店の人に「定価と実際の騎獣の大きさをリサーチしに来ました」とはっきり言って、中を見せてもらうことにした。

中には露骨に「買いに来たんじゃねーのかよ」と邪険にする店員もいたが、大抵ちゃんと相手をしてくれる。

隣のエリアがやけに臭うと思って視線を向けたら、そこでは奴隷を売っていた。

人に値段が付けられている光景を目の当たりにして、シンは大きな衝撃を受ける。

人間、亜人、獣人――正式名称はわからないが、汚れた姿の老若男女が、絶望した目でひしめいている。

呆然と立ち尽くしていると、近くの騎獣屋の店主に腕を引かれた。

「坊やの見るもんじゃねえ。戻りな」

相当顔色が悪かったのか、騎獣屋の前に連れて行かれ、座るように促される。

びっくりしているシンの前に、木製のお椀が差し出された。

「アレは敗戦国から流れてきた奴らや、犯罪や借金やなんかで身を落とした連中だ。稼げねえ、売るもんもねぇ、自分の身しか質にできなくなった奴らの末路だ。テイランより扱いはマシとはいえ、それでもあれは底辺の連中だからな」

隣にどっかり座った中年の店主の言葉はつっけんどんだが、シンを心配しているのはわかった。

「そ、そうですか」

「もし使えるスキルの一つもあれば、だいぶ待遇も違うし、値段も跳ね上がる。欲しいのでもあるのか？」

「いいえ、僕には彼らの面倒を見る余裕はないので」

シンは首を横に振る。

たとえお金があっても、生きた人間の支配権や生殺与奪(せいさつよだつ)の権を得たいとは思わなかった。

奴隷ということは、裏切らないようにはできるかもしれない。それでもさすがに気が重すぎる。

ここは現代日本とは違う世界なのだと、改めて叩きつけられた気がした。

差し出されたお椀には、ハッカのような香りと炭酸みたいな微(かす)かな刺激があるお茶が入っていた。

動物の臭いで気分が悪くなった人用のものだという。

シンはそれをゆっくり飲んで、気分を落ち着かせる。

少しして、だいぶ楽になったので、そのお店の商品を見ることにした。

親切にしてもらったのに何もしないのは気が引ける。

ふと、トカゲのような生き物が目に入った。柵の中で不満げに桶(おけ)を突きながらうろうろしている。

「あー、ありゃ水浴びしたいんだろう。……朝にやったが物足りなかったんだな」

そう言いながら、店主は腰をさすっている。彼も意地悪しているわけではなく、肉体的な負担から労働がきつく、十分な世話ができないのだろう。

「魔法で出した水でも大丈夫ですか？」

シンが提案すると、騎獣屋のおじさんが目を丸くする。

「そりゃまあ……。でも、いいのかい？」

「お世話になりましたし、ただで見させてもらうのもなんだかなぁと思っていましたし」

さっそくシンが水を出してやると、地面で寝ていた他のトカゲもやってきて、バチャバチャと遊びはじめた。最初は警戒していたが次第に慣れてきて、シンが水の輪っかや球を作ると、我先にと突っ込んでいく。

魔法で水を集めてプールにした後、流れるプールや波のプールに変えて、さらに数メートルほどの水深に変えてやったところ、トカゲたちは大狂乱で泳ぎはじめた。

大量の水に大興奮で遊び疲れたトカゲたちは、満足するとプールから出て日向ぼっこをする。やがてすぴすぴと寝てしまった。それを確認し、洗浄魔法で綺麗に後始末する。

「坊主、大した腕だな。魔法使いだったのか？」

だらだらと長時間魔法で水を作り出したが、攻撃などをして消費をせずひたすら循環したようなものなので、意外とコストは低い。バスタブや水槽をイメージすれば、あまり難しくなかった。とはいえ、変に噂になってもいけないので、やんわりと謙遜しておく。

「水を集めるのは得意なんですよ。でも、勢いよく出せないから、攻撃には向かなくて……。簡単な魔法は一通りできるんですけどね」

「器用貧乏ってやつか」

気の毒そうな顔をする店主に、シンはぎこちない愛想笑いを返す。

店主はしばらくしげしげとシンを見た後、ニヤッと笑った。

「坊主、他にもやってくれるなら一万……いや、三万ゴルド出す」

「乗った」

「交渉成立だな」

かくして、シンは臨時バイト――水やり兼清掃員として雇われることになった。

騎獣たちの説明を聞きながらお世話をする。稼ぎもあり、騎獣の相場や生態、世話の仕方もわかる、一石二鳥の仕事だ。

それで三万ゴルドも貰っていいのかと思ったが、店主によると、大量の水を運び込むのも清掃作業も、人の手でやると一苦労なのだそうだ。腰痛持ちの中年には辛いらしい。

水を好む動物たちは定期的に水場に連れていくか、水場を作ってやらないとストレスが溜まってしまう。あまりに酷いとストレスによって喧嘩や自傷行為が起こって、商品価値が下がる。

よくよく見れば、眠っているトカゲたちのつるりとした鱗には無数の傷があった。

シンは店主がよそ見をしている隙にそっと近づいて治癒魔法を掛け、飲み水にポーションを混ぜておいた。

◆

それ以来、シンは定期的に騎獣屋に通うようになった。

最初に見た奴隷たちは、たまたまあの日あそこにいただけであり、以後見ることはなかった。

店主とはすっかり茶飲み仲間になっている。

アニマルセラピーと称して、店頭に並ぶ騎獣たちに触りながらさくっと掃除をこなすシンは、店主にしてみればふらりとやってくる座敷童(ざしきわらし)だった。

ちなみに、シンが世話したトカゲたちは、翌日には全て買い手がついていなくなっていた。それどころか店頭から商品がごっそり消えていたので、シンは何か問題でもあったのかと心配したほどだ。

そんなこととは露知らず、店主は「なんか急に鱗や毛艶(けづや)がやけに良くなっていて、一気に買い手がついたんだよ！」などとほくほく顔。

値段はそのままで商品価値が上がったのだから、売れて当然だ。

あわよくばまたバイトをしてお小遣いと癒(いや)しを得ようと思っていたシンはショックを受けたものの、孵化(ふか)したばかりのランナーバードの雛(ひな)がいたので、全て許した。

雛たちはふわふわぴよぴよでとても可愛い。ガラガラになった檻や柵の中で、その一画だけわちゃわちゃしていた。

気を取り直して、シンは改めて店主と話して、どんな騎獣がお薦(すす)めかさらに調査した。

トレンドの定番は馬系、そして高級騎獣といえば竜。ヒヨコをそのまま大きくしたようなジャンボピヨリンも女性には人気らしいが、どちらかと言えば愛玩用(あいがんよう)らしい。

◆

何度も通ううちに、シンは店主と打ち解けて、気軽に話せるようになっていた。同時に、店主の方も彼が来ると騎獣たちの怪我や病気が治ることにうすうす気づいていた。

しかし、シンは厄介ごとの気配に敏感だ。余計なことを突けば店に寄り付かなくなるのは容易に察せられ、店主は大事なところでお口のチャックはしっかり閉めていた。

今日も二人は差し入れのチーズ入りのパンを茶請けにしながら、雑談に花を咲かせている。

「あの、リザードやドラゴンって、爬虫類に似ていますけど、寒さは平気なんですか？」

「リザードはあんまり得意じゃないのが多いな。ドラゴンは基本、べらぼうに丈夫。だが、賢いから乗せる相手も選ぶ。騎獣が騎手を選ぶってのは、そう珍しくはねえ。気位が高いのは、高級騎獣にはよくあることだな」

シンはふむふむと頷いて、店主の話に耳を傾ける。

そこまでお高い騎獣に手を出すつもりはないとはいえ、知識として知っておいて損はない。

「この辺の冬ならどの騎獣もある程度は平気だが、もっと北の寒冷地で使うつもりなら、そっちで買い替えた方がいいかもな。ところで、坊主はもう買う相棒は決まったのか？」

「うーん、やっぱり値段や飼いやすさを考えると、馬なんですよね」

「まあ、手堅いわな。気性もそれほど荒くないし、賢くて手ごろだ。荷物運びならラバや牛でもいいけど、スタミナや足の速さもある程度欲しいなら、馬がいいだろうな」

「でも、荷運び用と、戦闘にもついていける騎獣って、だいぶ値段違いますよね……？」

「そりゃそーだ。荷運びは駄馬でもできる。騎士様を乗せる軍馬なんて桁が違うぞ」

ズバリと言われて、シンは自分の財布の中身を思い出す。

正直、まだ心許ないというのが現状だった。


店を出て宿屋に戻ると、〝ティルレイン・人生がダルメシアン模様・馬鹿王子〟からお手紙が来ていた。

追伸に今度遊びに行きたいなどと書いてあるが、シンは無言でそのふざけた泣き言を却下する。

手紙を持ってきた配達人の女性から便箋を貰い、そこに黙々と線を引いていく。

できたのは、全部で三十の枠があるスタンプカード。

シンは一つ一つ文字を確認しながら、それぞれの枠にあの馬鹿王子が何をやるべきか、順を追って丁寧に記していった。

自分の言動に問題のあったことを書き出し、何が悪かったかルクスに確認してもらう。チェスターに反省文を採点してもらう。元婚約者のヴィクトリアに謝罪し、そして許しを得る。家庭教師に勉学で褒められる。ちゃんと医者や解呪してくれる人たちの言うことを聞く、などなど。

シンの思いつく範囲で、可能な限り書き連ねた。

洗脳されていたとはいえ、ティルレインはヴィクトリアに酷いことをしたのだ。人として筋は通してほしい。

そして、課題を達成したらその相手からスタンプを貰うようにはっきり記しておく。ズルをしたら問答無用でタニキ村に帰るし、場合によっては出国するという脅し付きだった。

「これをよろしくお願いします」

シンがぺこりと頭を下げて手紙を渡すと、何故か配達人は目頭を押さえてそっと飴ちゃんを差し出した。

翌日、王城ではべっそべそに泣いたティルレインが、チェスター・フォン・ドーベルマン宰相に罵倒されながら「やり直し!!」と反省文を突き返されていたそうだ。

その手にはくしゃくしゃに握りしめられている例のスタンプカードがあったとか。以来、ティルレインの我儘が目に見えて減ったという。

◆

手紙を書いた数日後、また配達人が来た。

そして、先日のスタンプカードによって起こった顛末を実に楽しそうに語る。

うふふ～、と柔らかく微笑む女性は、ティルレインの婚約破棄に対して腹に一物あるようだ。

話を聞いたシンが、ちょっと言いすぎたかなと思っていると、彼女は「もっと蔑んでいいのに」と言わんばかりの反応をする。

なんで周囲はこんなに第三王子であるティルレインに辛辣なのか。

そんな扱いをされて、王族としてどうなんだと、ティルレインの資質を問い質したかったが……

そもそも彼には最初から落ちるほどのモノがない。

アレは既に立派なやらかし王子である。

美点が外見と、愚直と紙一重の素直さの二つに極振りのお花畑王子なのだ。

しかも黙っていれば美形だが、大抵くちゃっと表情が歪む。主に泣き顔で。

そもそもシンのティルレインに対する暴言や狼藉は教育のためであり、王家公認だ。

面倒や権力から遠ざかりたいのに、儘ならぬものだ。シンは色々としょっぱいものを呑み込んだ。

そんな彼の複雑な心境を知ってか知らでか、配達人は何かを取り出す。

「そうそう、シン君に王妃様からプレゼントがありまして」

「え⁉」

何故いきなりティンパイン王国のファーストレディから贈り物が届くのか、まるで心当たりがない。

シンがかなり引き気味に身構えていると、配達人から「あのスタンプカードを頂いてから、真面目に話を聞いてお勉強しているそうで」と補足が入った。

「ハイ、どうぞ」

拒否する暇もなく渡されて、思わず受け取ってしまったが、シンがそれを返す前に彼女は消えていた。恐るべき逃げ足である。

（……なんだこれ。鞄？　ちょっと上等そうだけど、普通の鞄だよな）

一見するとアイボリーの鞣革でできた横幅の長いウェストポーチである。

金具はしっかりしており、ベルトの調整をすれば肩掛けにもリュックにもできそうで、汎用性が高そうだ。

もし金貨や宝石みたいな露骨な光ものを贈られていたら、扱いに困っていただろう。

（怪しいところはないよな……？　意外と普通の贈り物だ）

中を開けてみると、カードが一枚入っていた。証明書の類だろうかと手に取ってみると、ポーチとカードが一瞬ピカッと光った。


――マジックバッグの持ち主として、登録しました。


カードは表面にその一文だけ浮かび上がらせた後、黄金の粒子となって消えた。

シンはカードを摘まんだ姿勢で呆然と固まる。

何が起こったか理解しようにも、脳が拒否して処理落ちして、完全に〝スペースキャット〟状態である。とにかく、偉い人からとんでもないものを貰ってしまったのはわかった。

マジックバッグは桁違いに高い。それなりの財産持ちならともかく、貧乏人には運よくダンジョンなどで手に入れない限り、一生縁がないものだ。今のシンが全財産をなげうっても、間違いなく買い取れない。

どうやらその持ち主として登録されてしまったらしい。

血の気が引き、何度も登録を抹消しようと試みたが、無理だった。

自分が欲しかったものをズバリ当てられたという意味では内心嬉しいのだが、同時にバレていたことに恐怖を感じる。アンビバレンスと言うべきか、非常に複雑な思いを抱いていた。

この不意打ちのようなプレゼントは非常に実用性が高く、的確にシンの需要を突いている。

また、これがあれば、異空間バッグの存在を隠しやすくなるという利点もある。事実として有難いのは確かだ。

一方で、シンとしては、貸し借りを作りたくなかった。

あのオツムの緩い王子のお世話の代価が、高価なマジックバッグ。

しかし面倒を見たといっても、たかだか数ヵ月程度だし、こういった慰労はタニキ村領主のポメラニアン準男爵が受けるべきだ。

お礼をするにしても、シンは王妃というロイヤルかつハイソサエティーのトップにいる女性の喜ぶものなどわからない。日本にいた頃に恋人がいたことはあるが、普通の女の子と王妃は比較できないだろう。世代も世界も違いすぎる。

「……どーすんだ、これ。余計なご縁になってなきゃいいけど……」

既にあの駄犬王子と関わった時点でどうしようもないことなのかもしれない。

考えるだけで恐ろしいが、もう突っ返せない状態になっている。

シンは観念して、まずはお礼のお手紙を書いたのだった。

◆

マジックバッグを王妃マリアベルから貰ったことにより、シンの荷物問題はあっけなくクリアされた。

その後ろに権力が近づいてくる気配をひしひしと感じるため、シンとしてはそっとフェードアウトしたいところだ。

長いものには無闇に反抗するよりも、そこそこ巻かれつつ、上手に使うのが賢い。

シンが王都に滞在している主な理由は出稼ぎなので、ほとぼりが冷めたらとっととタニキ村に戻る予定だ。

場合によっては、ティルレインを王都に置いていくのも、アリ寄りのアリである。

シンはとりあえず討伐や採取依頼を受けながら、マジックバッグの容量や性能を確認していくことにした。

異空間バッグの下位互換くらいだとは思うが、使って慣れていった方がいい。

(うーん、狩りもいいけど、ポーション液肥でこっそり栽培した薬草とかをごっそり詰める？ 調合用にもキープしたいし、あとで異空間バッグに移動して、冬場の内職用に多めにとっておこうかな……。 やりたいことがいっぱいだ)

ファンタジーならではのポーション調合作業は、理科の実験のようでもあって楽しい。

薬師になるつもりはないが、ポーションは使い勝手が良いのでたくさん作りたかったし、たとえちょっと失敗しても、それはそれで使い道がある。

今作れるのは下級ポーションだけだが、作り方がわかったら中級や上級を目指したい——と、シンは考えていた。

（とりあえず、冬の蓄えができてからだな……地道に稼ごう）

今年はシンにとってタニキ村での初冬籠りになる。だから余裕をもって支度をしたかった。

シンはさっそく王都の外に出て狩りを始める。

今まで持ち帰れないからと自制をしていたが、ボアを数匹狩ってマジックバッグに収納してみたところ、あっさり入った。

名前通り灰色の毛並みのグレイウルフや、羊のように分厚い毛皮を持つコートウルフなどを合計七匹仕留め、さらにギロチンバーニィも五匹倒した。

（ぐんぐん入りよる）

さすが王族からの品、と感心するシンであった。

これならたくさんとっても運ぶのに困らない。採取も狩りも気兼ねなくできる。

普段の鬱憤（うっぷん）を晴らすかのごとく色々とマジックバッグに詰め込んだシンだったが……王都に戻ってから困ることとなった。

大量の収穫物をどうやって出すか。それに尽きる。

異空間バッグみたいな神様直送のギフトスキルほどではないにしろ、シンのような子供が貴重品のマジックバッグを持っていたら、それはそれで人目を引く。場合によっては、ガラの悪い冒険者にカツアゲされる可能性がある。

厄介事を避けたいシンとしては、とにかく悪目立ちをしたくなかった。

シンはカウンターで少し悩んだ末、受付職員をちょいちょいと手招きする。

今日は眼鏡のクール美女ではなくて、後輩の愛らしい女性職員だった。

「あの……ちょっと内緒で出したい品があるので、別の場所で見てもらっていいですか？」

「ええ、どうぞ。ではこちらへ」

にっこりと笑った受付職員は、あっさりとシンを奥の方へと案内してくれた。

シンは人前でマジックバッグを出さずに済んでほっと胸を撫で下ろす。

「何か珍しい薬草？　それとも魔物でもいたかしら？」

「いえ、その……身分の高い方とご縁がありまして、お礼にマジックバッグを頂いたんです。貴重品なので、あまり人に見せたくなくて。ごめんなさい、持ってきた中身は普通の魔物なんです」

コソコソとシンが小声で返すと、若い女性職員が凄い速度で振り返った。

「えっ！　マジッ――ふぐっ！　もが！」

叫び声を上げる後輩職員の口を、クール美女の受付職員が後ろから塞いでいた。

「しっ！　ダメよ。騒いだら、シン君が隠そうとした意味がないじゃない。シン君、良い判断だわ。正解よ。マジックバッグはもの凄いレアアイテムだから、強奪しようとする人が出てくるかもしれないもの」

やはり狙われるのかと、一瞬目が死にかけるシン。

「シン君はソロ活動だから、なおさら危険ね。徒党を組んだ冒険者が嵌めようとするかもしれないわ」

「……やっぱりですか」

「今度から解体場で直接出した方がいいかもしれないわね。シン君がランクアップしてBランクくらいになれば、だいぶ危険性も減るでしょうけど」

冒険者の事情をよく知るギルド職員の言葉は重かった。冒険者の実力の見方は、装備や年齢ではなく、ランクが重要視される。

I～Hランクはビギナー、G～Fランクでようやく慣れはじめの脱初級、E～Dランクで中堅、C～Bランクはベテラン、A～Sランクは選ばれたごく一部のみ。

大抵の者が中堅のE～Dランクで終わり、少し才能があるとC～Bランクあたりまで行ける。

だが、そこに達する前に大怪我を負ったり命を落としたりする若者もたくさんいる。

シンはアドバイスに従って、冒険者ギルドの奥にある解体場に移動し、マジックバッグに入れていた魔物をどさどさと出した。

その後受付に戻り、改めて依頼達成と買い取り査定の手続きをお願いする。

すると、冒険者カードを受け取った職員が「そういえば」と口を開く。

「シン君にランクアップの打診が来ていますよ」

「打診？」

「はい。本来なら次はEランクですが、一気に二ランクアップしてDランクにもできます。この前、下水路の掃除を達成してくれたでしょう？　ああいった街への貢献度が高い依頼や、ずっと未達になっていた依頼を解消してくれた場合は、特別なポイントが付与されるんです。言わば、信用や信頼的なものですね。その冒険者が、人として危険性がないかを判断するものでもあります」

低賃金で地味だが人の役に立つ仕事には、そういう特典が付いてくるとは意外だったが、自分の利益や名誉だけを追い求めた人間はそんな依頼を受けないからこそだろうと、納得できる。

「そんなものがあるんですね」

「タニキ村みたいな場所では同じ系統の依頼がどうしても増えていますから」

ドブ掃除は複合型依頼で、様々な貢献度があるという。

冒険者ギルドといっても、ただ魔物をぶっ倒せばいいわけではないらしい。日銭を稼ぐくらいなら問題ないが、トップランカーを狙うなら貢献度は必須なのだという。

なんでも、この貢献度系の依頼を果たせないとBランク以上に上がれない、という裏システムまであるのだと、受付職員がこっそり教えてくれた。

「大抵は仲間や周囲からの人望があれば、何かしらの形でそういった情報が耳に入ります。もしくはビギナーの時に知らず知らずに貢献度アップを済ませていることが多いんです。ですが、一気に駆け上がった人や、能力に驕（おご）って一匹狼を気取っているタイプはダメですね～」

受付職員が愛らしく微笑む。恐らく、実力があっても俺Ｔｕｅｅｅｅｅ！　とイキリまくっていた者が躓（つまず）いた姿を何度も見たことがあるのだろう。

シンは以前、同郷と思しきエンドーだかシンドーだかという冒険者が、一気にCランクに駆け上がったらしいという噂を耳にしていた。

強い魔物をぶっ倒して、自分の能力を自慢しまくりたいとオラオラ街道まっしぐらだったら、間違いなく足止めを食らうタイプだ。彼はその後どうなったのだろうか。

「シン君はどうしますか？」

「あ、Eランクでお願いします。普通がいいので」

「えっ、勿体ない……高ランクに興味はないのですか？」

「希望はスローライフですから」

（悪目立ちはしたくないでござる）

NOと言える日本人であるシンは、スキップ昇格を断った。

受付職員はびっくりしたように、ちょっと納得できない顔をしたものの、一ランクアップの手続きをした。

「一つ上がるのと二つ上がるのでは何か違うんですか？」

「もしダブルアップだったら、特殊依頼をやることになるんです。それを達成したら完了ですね。ちょっとした試験みたいなものです」

「へー」

地道に行きたいシンとしては、あまり興味がない話だった。

シンの素っ気なさを察したのか苦笑した受付職員は、使わなかった書類をどこか残念そうに仕舞うと、一度奥に下がっていった。

　代わりに先輩格のクール美女受付職員がやってくる。

「シン君、マジックバッグがあるのよね？」

「はい」

　受付職員はスッと一枚の依頼カードを差し出してきた。

「もしよかったら、食料の調達をお願いできないかしら」

「食料ですか？」

「正確に言えば食材ね。レストランに卸すの。そういうのが得意な人がいたんだけれど、今は別の依頼で遠出していてね……。で、そこのシェフは定番よりもちょっとした変化を持たせることや、個性や季節ものに拘(こだわ)るのよ」

　でもね……と、物憂(ものう)げに続けるクール美女。

「食材は狩りや採取が上手な人じゃないと、鮮度がすぐ落ちちゃうものもあるの。シン君、ちょっと前に薬草以外にも胡桃や木苺をたくさん持っていたでしょう？　あんな感じのものでいいから、採れないかしら」

　狩りや採取作業はタニキ村の山林で慣れているシンにとっては、難しくなさそうだ。

「それくらいなら……」

「特に食材に指定はないわ。市場に並ぶような普通の野菜じゃなければいいと思うの」

　食材と聞いて、シンは異空間バッグに貯蔵してあるものを思い出す。

「自然薯(じねんじょ)とか山芋の類ならまだしこたまありますけど」

シンはマジックバッグから取り出した体(てい)で、それらの食材を並べる。

王都はどちらかというと平地で、山や森は遠い。芋は芋でも山芋は手に入りにくく、珍しい部類ではないだろうか。

とりあえず、自然薯、むかご、胡桃、クコの実、『メープルドロップ』などを納品することになった。

メープルドロップはトレントの戦利品だ。その名の通りメープルシロップの詰まった丸いボール状の物である。蜂蜜(はちみつ)より癖(くせ)がない、それでいて濃厚な甘みが特徴だ。

編(あ)み籠(かご)に入れられた食材を見て、受付職員は何やらほっとしている。

「では、先に五万ゴルドお渡ししますね。シェフが気に入ってくれたら、さらに上乗せで払ってくれるわ。追加があったらまた持ってきてもらえれば、質と量に応じて支払います」

どれも余ったら冬場の食料にしよう程度に考えていたもの。本当にただのバッグ内の余剰在庫だったのに、とりあえずで五万ゴルドは気前がいい。

この金払いの良さからして、もしかして高級レストランなどのかなりお偉いところの料理長なのかもしれない。

「肉類はなんとか間に合っていたんだけれど、それ以外はほとんどなくて困っていたのよ。もしよかったら、東や西の森に行ってみるといいかもしれない。魔物は少し強いけれど、あそこなら珍しい食材が手に入ると思うの」

女性職員が地図で示した場所は少し王都から離れている。

シンはなかなかの健脚なのでそこに行くこと自体は簡単だったが、さすがに日帰りだと難しいだろう。食材の鮮度や状態を考えると、不安があった。

「ただ、少し遠いので、馬など騎獣があった方がいいかもしれませんね。夜になると活発になる魔物がいますし」

「騎獣ですか。考えてはいるんですが」

「お店によってはレンタルをやっているところもありますよ。相性が良い騎獣を探すのも兼ねて試してみては？」

「ははあ、レンタルなんてあるんですね」

案の中に入れていいかもしれないと、感心しながら頷くシンだった。

◆

ギルド職員の勧めに従い、さっそくいつもの騎獣屋にやってきた。

「ここはレンタルとかやっているんですか？」

事情を説明すると、店主のおじさんは顎を扱きながら唸った。

「うちは基本やってねぇが……まあ、坊主ならいいだろ。好きなのを持っていきな。ただし、もし逃がしたり、死んじまったりしたら買い取りか、しばらく下働きだからな」

「いいんですか？」

この辺りでも古参で高級騎獣も取り扱っている店だというのに、意外とあっさりＯＫが出てしまった。

「その代わり、胡桃林檎があったら採ってきてくれ。馬どもの好物なんだ」

「わかりました」

胡桃林檎は胡桃サイズの非常に小さな林檎だ。舌がびりびりに痺れるくらいの独特の苦みがあり、人間が普通に食べるのには向いていない。

だが、馬たちは何故か大好物なのだという。

シンはどの子を借りようかと、うろうろ見て回る。

馬にランナーバード、ピヨリンなどは積極的に寄ってくる。しまいには運搬用の巨大なリクガメもやってきた。

餌をくれるか、水遊びをしてくれると期待しているのかもしれない。

だが、その中にあって、最も存在感を主張する巨漢ならぬ巨馬がいた。

魔獣の戦馬――バトルホース種の中でも最もデカいと言えるデュラハンギャロップ。

艶やかで真っ黒な筋骨隆々たる四肢に、それよりなお漆黒の鬣はドレッドのような癖がある。

耳は少し毛が長く、真っ黒な目は聡明そうで、鼻筋に沿って真っ白に雪が下りたかのごとき筋がある。

本来なら額に黒曜石に似た質感の角があるのだが、それは根元から折れてしまっている。その代わりに、今は抉れた宝石みたいなものが額についているのが痛々しい。

だが、それすらも跳ね飛ばす威風堂々たる王者の風格を持つ魔馬だ。

ぶるると控えめに嘶いて、鼻面をシンに押し付けてくる。

連れてくよな？　と言わんばかりの圧——というか、主張が激しい。

「あー、そいつ、胡桃林檎大好物だからな。まあ、魔角が折れちまっているが、戦力としても機動力としても申し分ないだろう。そいつにするか？」

「これ、滅茶苦茶高級騎獣じゃないですか！　なんかあったら払えませんよ！」

「いらんいらん。確かに傷なしのデュラハンギャロップならその通りだが、そいつは角なしだ。そのうち弱って死んじまう。元気なうちに連れてってやれ」

店主のあっけらかんとしたその言葉に、シンは絶句する。

今は元気にシンをべろんちょと舐めているが、この見るからに逞しい馬が、そう遠くないうちに死んでしまうらしい。

角は大量の魔力の結晶なので、ある程度残っていれば大丈夫だ。しかし、このデュラハンギャロップのように根元から抉れてしまっていると回復は難しいという。

そんな理由もあり、売れ残って色々とたらい回しにされているのだそうだ。

「お前が脚を治してやったんだろう？　それだけでも十分満足してるはずだ。むしろ俺から頼む。連れていってやってくれ」

確かに、シンはこの魔馬を治した。飼い葉を食べに行くのも大変そうだったので、ポーションと魔法で治療したのだ。それもあってか、この魔馬はシンに懐いている。

高級騎獣のレンタル許可があっさり下りたことに戸惑ったものの、結局そのまま押し切られる形で連れて行くことになった。


――三十分後。

シンは微妙な顔のまま、馬上で揺れていた。

他の人間が手を出そうものなら無言で頭の毛を毟る魔馬は、嬉しそうに尻尾を振ってパッカパッカと軽快な足音を立てて進んでいる。

乗っているというより、乗せられているシン。

彼は王都から出ると、スマホでデュラハンギャロップについて調べはじめた。

概ね知識通りであり、その魔角は時間をかけてゆっくりと魔力を溜め込んで伸びるものだそうだ。

魔力や魔素の高いものを取り込むと伸びが早くなるらしい。

魔力を含むものとして代表的なのは、魔力を帯びた植物や、魔石、霊石の類である。

(魔石……そういえば、この前の下水路掃除の時にちょっと出たよな。小さいのばっかりだったけど。全部ギルドで売っちゃったよ……手持ちの中に魔石ってあったっけ?)

異空間バッグの中を探すと、いつだかタニキ村で倒した蜂の魔物の魔石があった。

「食べる?」

真っ赤な魔石を差し出すと、魔馬は躊躇わずにぱくりと食べた。

口に含むと一欠片も落とすものかと言わんばかりにバリムシャと食べていく魔馬。

「……生きたいよな」

不憫になって声を掛けると、ぶるる、と嘶きが返ってくる。

「よし！　お前の名前は、どんな場所にも対応してしぶとく強く生きられるように、雑草根性にあやかって、『雑草号』だ」

ひでぇネーミングセンスだが、これはシンの決意の表れだった。

他に思いついたしぶといイメージの案が、台所の黒い悪魔や特定外来種の魚類しかなかったのだから、まだマシな方である。

シンは食材を求めて森に向かいながらも、スマホで魔石の探し方を検索していた。

基本はある程度の強さの魔物から採るのが一般的。稀に魔素溜まりに水晶のように現れることもあるという。

だが、そういった場所には大抵強力な魔物がたむろしている。

(でも蜂はそんなに強くなかったような？　弱点を突けばそう難しくないのかな？　霊石ってのはゴースト系の魔物がたまに落とすやつだよな。……下水路掃除をすれば、またスライムの魔石と一緒に集められる？　毒石も魔石の一種だろうけど、名前からして体に悪そうだよなー……)

今日は巨大な馬に乗っているせいか、小型の魔物はやってこない。

しばらく走っていると、グレイウルフやグリーンウルフが群れをなして襲い掛かってきたものの、あっけなくグラスゴーに蹴り殺されていた。

それらの亡骸（なきがら）は異空間バッグに収納しておいた。あとでギルドに持って行けば毛皮や牙を買い取ってもらえるはずだ。

だが、魔石は出ない。

平原を横断し終え、やがてこんもりと緑が密集した森に着いた。

ギルドの受付職員の話では、ここは平原よりも強い魔物が出るそうだ。ここならば魔石を期待できるかもしれない。

だが、当初の目的である食材と胡桃林檎探しも忘れてはいけない。

きょろきょろと周囲を見渡すと、平原でも見かける薬草や香草の類が目に入る。一応それらをぷちぷちと採取しておく。

「これじゃきりがないね。奥に行こうか」

ぶるるんと同意するように嘶くグラスゴーの首を撫でる。

グラスゴーはとても大きい。軍馬向きというだけあり、甲冑（かっちゅう）を着た騎士が乗ってもびくともしなさそうだ。

だが、現実に乗っているのは小柄な子供のシン一人。勿体ないくらい余裕がある。

しばらく進んでいくと、水音が聞こえてきた。

川のせせらぎとは少し違う大きな音だ。

グラスゴーに音がする方向へ行くように示すと、滝壺がある大きな水辺に出た。

高さのある場所から水が落ちているため、少し靄（もや）がかかっている。

綺麗な場所だし、水辺にはセリに似た植物が生えていた。もしかしたら、魚もいるかもしれない。

もっと近づこうとするが、突然グラスゴーの脚が止まった。

怪訝に思い、シンは真っ青な水面を見る。

すると、透明度の高い水の中で、何か大きなものがゆらりと動いた。かなり遠かったが、魚にしては尋常ではないサイズだ。グラスゴーに匹敵するくらいだろう。

「グラスゴー、ちょっと離れていて。魔法を使うから少しうるさいし、光るからね」

シンはグラスゴーから降りて、少し下がらせる。

頭が良いのだろうか、グラスゴーは語りかけた言葉を理解したように、従順に下がっていった。

そして、シンは水辺に容赦なく雷の雨を降らせる。

雷と雨ではない。水底まで穿つような強烈な雷を、雨のごとく降らせたのだ。

凄まじい音と光が終わり、ややあって、バカでかい魚が数匹と、おまけに蟹や海老のようなものまで浮いてきた。

ここは淡水なので、海老ではなくザリガニかもしれない。庶民派のシンにはロブスターという発想は出てこないため、やけにデカいザリガニにしか見えなかった。

ほぼ全て感電死しているし、そうではないものも虫の息である。シンはそれらを次々とマジックバッグに収納していく。

しばらく水面を見つめたが、怪しい影はない。

だが、先ほどの大きい影がこの巨大魚だという保証はない。湖面を見るだけでは、中心部の水深などわからないので、安全かどうかは微妙なところだ。

それでもシンのいる近辺からは、魚影どころか生き物による水しぶきや波紋が一切見られない。

シンはここで一度休憩することにした。

「大丈夫だよ、グラスゴー。おいで」

手招きすると、お利口なグラスゴーがぱっかぱっかとやってくる。

あの大きな音にも光にも逃げずに、ちゃんと待っていられた賢い子である。どこぞの馬鹿犬殿下とは大違いだ。

ティルレインをグラスゴーの馬糞の中に詰めて理解させてやりたいくらいだが、そもそも彼のために馬糞を集める労力を割くのすら面倒くさい。

シンは昼食として、屋台で買った果物と揚げパンを取り出した。

喉が渇いていたが、生水は雑菌や寄生虫が怖い。

一度魔法で水を煮沸させた後、さらに凍らせてグラスゴーと分け合う。

軟らかい氷なので、食べているそばから溶けていく。食べ終わる頃にも冷たいままだ。ひんやりとした水が喉に心地よい。

ここで茶葉やコーヒーでもあればいいのだが、あいにくそういった嗜好品は持っていない。

(うう……マジックバッグがあるんだから、ちょっと買えば良かったかも。いや、贅沢は覚えるときりがないからな)

持ってきた果物を分け与えると、グラスゴーは喜んで食べた。

しばらくぼーっと滝を見つめていたシンだが、ふとあの滝の裏側がどうなっているか気になりはじめる。

一歩間違えば滝壺にドボンと落ちて溺死(できし)コースだが、慎重に行けば大丈夫だろう。

最悪、魔法で滝ごと水を凍らせればいい。その時は、氷で体を強打する羽目になるが、巨大な水棲動物や魔物がうようよしているかもしれない水中に入るよりはずっとマシだ。

そこそこ足場はあるし、下水路掃除で水魔法はだいぶ慣れているのでいけるはず——と、シンはグラスゴーを待たせて滝壺に近づいていく。

歩きながら水面を覗き込むと、小さな魚たちはさっと逃げていく。透明度が高いので底まで見えた。

(あ、貝だ。普通の二枚貝もあるけど、巻貝もあるな)

手を突っ込むには水深がありすぎるし、あのバカでかい魔魚たちが棲息(せいそく)していたので油断はできない。

色々考えた結果、水魔法で引き寄せてマジックバッグに収納した。

基本、マジックバッグも異空間バッグも生きた動物は入れられないが、貝のように大きく動けないものは植物と同じくそのまま仕舞えるようだった。

一方、沢蟹(さわがに)などはどんなに小さくても、活きが良い状態では入らない。だが、魔法で氷漬けにしたり、痺れさせたりして、動けなくしたものならば、問題なく収納できた。

しかし、以前狩りをしたギロチンバーニィは生きていると全部ダメで、仮死状態というか、虫の息にしないと入らなかった。そのことから考えると、大きいほど収納査定が厳しいのかもしれない。

シンが採取に熱中している間、グラスゴーは新鮮な草を食(は)んで満喫していた。

貝拾いを終えたシンは、いよいよ滝の裏側へ向かう。

滝から巻き上げられる飛沫と風圧、そして湿り気のある冷たい空気。

岸壁にはうっすらぬめりのある苔(こけ)が生えており、手で掴んでも滑ってしまいそうである。

崖伝いに滝の裏の方へ入っていくと、岩肌に洞窟(どうくつ)のような穴が開いていた。

内部にも水が流れているが、水深は浅く、流れも穏やかだ。

ハゼやイモリのような小動物がちらほらいる。

やや薄暗いので魔法で明かりを灯(とも)すと、洞窟の壁面や足元に、ところどころテニスボールサイズのクラゲのようなものがへばりついていた。

近くで見れば、それがキノコだとわかる。

キノコは毒性のあるものが多い。スマホで調べると、ウォーターマッシュルームという、水の綺麗な場所に生える食用キノコだった。

食べられるならもちろん採取するが、あまり数がないので、採りすぎると全滅してしまう恐れがある。

シンはしばし逡巡(しゅんじゅん)した後、試しにウォーターマッシュルームにポーションを垂らしてみた。

すると、むくむくと大きくなって、あっという間にバレーボールサイズになった。

面白くなって他にも垂らすと、どれも急成長して大量増殖である。

全部採ってはいけないので、一部だけ持っていくことにした。来た時よりも増えている気がするが、気のせいということにする。

洞穴はさらに続いており、シンは慎重に奥に進んでいく。

すると、暗闇の中で何かがきらりと光った。

不気味な光は二つ見える。

怪訝に思ったところで、水音に紛れてずるりと何かを引きずるような音が聞こえた。音のする方向に目を凝らすと、だんだんとその正体が露わになってきて……シンは戦慄する。

(蛇！　それもデカい!!)

その規格外の巨体に気づいて、真っ青になったシン。

日本にいる頃に実際に目にした蛇なんて、せいぜい青大将くらい。一～二メートルほどあれば大きい部類と言える。

だが、映画の世界でしか見たことのないような――否、それよりなお巨大な蛇が、今目の前にいる。

なんとか衝撃から立ち直ったシンは、魔力を練って作った氷や炎の礫を、牽制としていくつかぶつける。

こんな狭くて暗い場所では大きな魔法は使えない。

もし洞窟が脆くて崩落が起きたら生き埋めになるし、閉鎖空間で爆風をもろに浴びればシンだってただでは済まないだろう。

だが、初歩的な攻撃魔法では引く気配はない。

洞窟の岩肌と鱗がすり合わされる不気味な音が、徐々にこちらに近づいてくる。

暗くて視界は良くないはずなのに、大蛇の動きに迷いはない。

熱感知をしているか、響く衣擦れや靴音に反応しているのか、それとも匂いだろうか。

出口である滝の方へ向かいながら、洞窟の奥から追いかけてくる存在を警戒する。

諦めろ――と願いを込めて、シンは氷の障壁を作る。

魔法で大蛇の接近を妨害しながら、滝を風魔法で吹き飛ばし、飛び散った水を凍らせた。

傾斜状に固まった氷を利用した簡易的な滑り台で逃げる。

シンは着地するとすぐさま氷上を走り、なんとか岸にたどり着いた。

数秒後、大蛇が滝裏の洞穴からぬるりと出てくる。

胴回りが一メートルを超え、体長は優に二十メートルはありそうだ。洞穴の闇に紛れるようにくすんだ青黒い鱗で覆われている体は水に濡れ、太陽に晒されてテラテラと不気味なほど輝いていた。

大蛇は鎌首をもたげてゆらゆら揺れている。

その目は一点にシンを捉え続ける。

突如現れた巨大な魔物を警戒するように、グラスゴーが蹄を鳴らして低く嘶いた。

「グラスゴー、下がって」

シンがすっと指示すると、グラスゴーはすぐに下がる。

あの蛇は氷も滝も突き破って出てきた。しかも、今も半身は水につかった状態だ。

だが、巨大であっても見た目は爬虫類。寒さには弱そうだ。また、先ほど洞穴の奥にいたことからして、普段日中は眠っているのかもしれない。

理由はともかく、まだ動きが鈍(にぶ)い。

「とりあえず、多めに落としておけばいいのかな?」

魔法によって作り出された氷の結晶が、シンの手の平でヒュウウと音を立てて踊りはじめていた。

直後、ガトリング砲のように放たれた氷塊(ひょうかい)は、凍(い)てつく礫となって大蛇を襲う。

一つ一つは些細(ささい)な物でも、絶え間なく何十、何百もの数が叩きつければ、音も臭いも熱も、全て感知しにくくなるはずだ。

しかも、その礫は蛇の体や水面に叩きつけられるたびに周囲を凍らせる。

蛇は変温動物。恒温動物より温度変化に弱いはずだ。水温も体温も下がれば、どうあっても動きが鈍くなり、ますます回避が困難になる。

魔物は基本的に動物よりも知恵が回ったり、耐久性があったり、巨大だったりするため、総合的に戦闘力が高い。

だが、決して無敵というわけではない。

大蛇は鬱陶(うっとう)しそうに身をよじりながらも、シンが放つ氷弾をかわしきれずに浴び続ける。

……十分後。

氷漬けになった大蛇をグラスゴーと一緒に必死に引っ張るシンがいた。

ちなみに、この蛇はレイクサーペントという、水辺に出没する魔物らしい。

肉は食用、皮や骨、牙は武器の材料になるという。毒はないが、その巨体で絞殺し、大きな口で丸呑みにする戦い方が得意な、アナコンダや青大将タイプの蛇だ。

(しかし、あんなバカでかい蛇は何を食べていたんだ？　水辺に寄ってきた動物？　それとも魚？　魔法は使えないだろうし、獲物に水の奥深くまで潜られたら、間違いなく蛇の方が逆に餌食になるよな……。水中で呼吸なんてできやしないんだし)

蛇は泳げるとはいえ、変温動物である以上、体温が下がると著しく動きが鈍くなる。水中の獲物を深追いすればするほど不利になるだろう。

事実、氷をぶつけていくたびにレイクサーペントの動きは緩慢になった。

そう考えると、恐らく水中の獲物よりも、水場に集まる動物を狙っているのだろう。シンのようにのこのことやってくる冒険者だっているはずだ。このサイズなら、大人だって丸呑みできそうだから恐ろしい。

「うーん、魔石が採れたらよかったんだけど、そもそもあるのかな？　大物みたいだけど……ギルドで解体してもらって、あったら回収してくるかな」

レイクサーペントは、シンが今まで相手取った魔物の中でも一等巨体だ。あまりに巨大で、魔石を探すのにも一苦労なほどである。

シンはこれまで、巨大すぎる魔物は避けていた。体が大きいというのは、それだけで十分アドバンテージになる。体が大きければ毒の効きが悪くなるし、外皮や脂肪が分厚い装甲になって、攻撃が通らないパターンもあるのだ。

また、当たり判定が大きいという点は、攻守において表裏一体のメリット・デメリットでもある。

いずれにしても、小柄なシンにとっては分が悪い。

そんなわけで、シンは初めて見たレイクサーペントの扱いに、少し戸惑っていた。

明るいところで見るレイクサーペントの滑（なめ）らかな皮は、艶々と輝いて綺麗だった。

魔法攻撃を浴びせたはずだが、皮の表面には大きな傷らしい傷はない。恐らくかなり丈夫で、柔軟性を兼ね備えているのだろう。

大きいからといって、無闇に切り刻めば、素材としての価値は下がりそうだ。

とりあえず、そのまま丸ごとマジックバッグに収納する。

事切れていたので、完全にモノ扱いになっているのか、問題なく入った。

今日の収穫だけでもかなり入れたのに、マジックバッグの容量は思いのほか余裕があるらしい。

「魔石をあげられなくてごめんな」

シンに鼻先を撫でられたグラスゴーは、まるで「気にするな」と言っているかのように、ぶひひんと嘶く。多芸というか、嘶きのパターンが多い馬だ。

一休みした後、滝壺の周囲を探索すると、クレソンやフキなどの食べられる植物を見つけたので、いくつか摘んでいく。

グラスゴーが欲しそうにしていたので食べさせてやると、よほど気に入ったのか、摘み残しを全て平らげそうな勢いでもしゃもしゃしはじめる。

とはいえ、根こそぎ乱獲は良くない。シンはそっと根元に下級ポーションを掛けて、再生を促しておいた。

それにしても、こうして元気よく草を食む姿を見ると、グラスゴーが余命僅かだとは思えない。

なんとも言えない感情が蟠り、胸が重くなる。

シンは暗い気持ちを追い出すように頭を振り、周囲を見渡す。

再び、滝が目に入る。

（そういえば、レイクサーペントの根城だった洞穴の奥まで入っていなかったな。奥はどうなっているんだろう）

気になって、再び洞穴に足を運ぶシン。

念のため、魔法で光源を二つ用意する。シンの足元を照らすものとは別の明かりを先行させ、前方の視界を確保した。

進んでいくと、大きく開けた場所があった。

天井は縦穴が空いていて、上から光が入るようだ。少し湿っているが、水浸しではない。

岸壁の隙間に、どこからか樹木の根が伸びている。あの大きな蛇なら岩の窪みや根の凹凸を利用して上に登れるのかもしれない。

周囲を見回すと、何かチカチカと光るものが目に入った。

明かりに反射して煌めく場所にあるのは、何やら埃を被った土っぽい塊。

近づいてみると、折れた剣や壊れた鎧が蜘蛛の巣や落ち葉に埋もれていた。中には赤っぽいガラスか宝石のようなものもある。

レイクサーペントは消化できなかったものをまとめて隅に押し込んでいたらしい。

かろうじて原形がわかるが、だいぶ風化している。スマホを使ってそれらを調べると、『折れた剣』『錆びた鎧』『ひび割れた盾』などと、色々出てきた。

中には冒険者カードもある。

（……うわぁモロ遺品だ。一応回収して報告した方がいいよね？）

冒険者が魔物に殺されてしまうのはそう珍しい話ではない。とはいえ、冒険者に何か依頼をしていたり、家族や仲間から捜索依頼が出ていたりするかもしれない。ギルドも状況を把握したいだろう。

シンが巣穴探索を終えて戻ってくると、グラスゴーが魔物に絡まれていた。

相手は二本角の馬の魔物バイコーンだが、グラスゴーの方も一歩も引かず「誰だテメェ、ぁあああん!?」「やんのかおらぁ!?」と睨み合っていた。

軍馬向きというだけあって、ちょっとやんちゃで好戦的な部分もあるようだ。

シンは睨み合いに夢中のバイコーンをサクッと弓で射抜き、死体をバッグに収納する。

「胡桃林檎はなかったけれど、もうすぐ夕方だし、そろそろ帰ろうか。また明日来よう？」

グラスゴーは時折残念そうな様子を見せたものの、ちゃんとシンの言うことを聞いて、まっすぐ街へ走った。

途中、薄暗くなりはじめると、何度か魔物に遭遇したが、弓矢と魔法で容赦なく屠り、なんとか陽が沈み切る前に王都に着いた。

シンは胡桃林檎を採れなかったお詫びに、道すがら露店で林檎を買ってグラスゴーに食べさせる。これでだいぶ機嫌は良くなった。シンは魔法でグラスゴーの体を軽く綺麗にした後、騎獣屋に返したのだった。

騎獣屋に寄ったその足でギルドを訪れたシンは、前回のように奥の解体場に案内された。台の上に今回の収穫物をどさどさと広げていく。まずは薬草や香草、貝類など、食材になるものを出した。

中でも目を引いたのは、クラゲに似た透明な傘の形をした大きなウォーターマッシュルームのようで、ゴリマッチョな男性職員が真っ先に食いついてきた。

浅黒い肌にスキンヘッドで強面――見覚えがあると思ったら、いつだったかごねていた冒険者をきゅっと絞めていたマッチョの一人である。

彼は喜色を隠さず声を上げる。

「ウォーターマッシュルーム！　こんだけデカいのは珍しいな、上物だ」

規格外品でなく上物扱いなら、なかなか良い反応である。

「はい、たまたま見つけまして。倒した魔物と食材の買い取りをお願いします」

「さっそく行ってきてくれたのか？　ありがとうな、坊主」

男はがしがしと乱暴にシンの頭を撫でると、白い歯を輝かせてニカッと笑う。こういう表情を浮かべると一気に愛嬌が出て、近寄りがたさがなくなる。

「魔物ってことは……まだあるのか？」

「はい」

シンは頷く。魔物の中にも食材になりそうなものはいる。

「じゃあ隣の台に置いてくれ」

言われた通りにウルフ系やバイコーン、ビッグクラブ、ビッグロブスターと次々出していく。

どれも非常にわかりやすい名前だ。

デカい蟹とデカい海老――と言っても、そのサイズは小さいものでも中型犬、大きいものは羊くらいある。

魚もソルトフィッシュやバカでかいピラニアのようなものがごろごろといる。シンより大きいものもたくさんいて、店が開けそうなほど大漁である。

今回の収穫物の中でも特に大物であるレイクサーペントもここで出そうとしたが、あの蛇を出すには狭すぎる。

部屋を見回しても、やはり空いたスペースはない。

さっき出した分だけで、ワイワイと解体場が一気に騒がしくなり、数量を数えたり解体を始めたりと、職員が忙しく動き回っている。

巨大ザリガニを突きながら、スキンヘッドのゴリマッチョが聞いてきた。

「こいつらはすぐ水中に逃げちまうのに、どうやって仕留めたんだ？　力ずくで引きずり出そうとすると、大抵脚の一本や二本は千切れるんだが」

「ちょっと浮いていたところを、雷の魔法でドーンと」

シンは水中で呼吸できないし、自分よりデカい魔物と力比べなんてするつもりはなかった。

「坊主、アーチャータイプじゃなくて、メイジだったのか？」

シンが肩に掛けている矢筒や弓を見て、スキンヘッドの職員が首を傾げる。弓使いが魔法を使うのは珍しいのだろうか。

「うーん、器用貧乏型といいますか。メインは弓なんですけど、水中までは射抜けないですよ」

魔法は何気（なにげ）なく使っていたので、曖昧（あいまい）に答えてぼかす。

弓矢でも仕留められるかもしれないが、きっと効率が悪いだろう。

シンの戦闘スタイルは、基本は弓だ。

まだグラスゴーの高さや揺れに戸惑うことも多く、騎乗しながらの狩りは出番少なめだったが、これも徐々に慣らしていくつもりだった。

「すみません。今回は魔石を引き取らせてください。ちょっと必要になっちゃって」

「おう、了解。本当に仕事が早くて助かるぜ！　レストランにも良い返事を出せるし、こっちの面子（メンツ）も保てるってもんだ。報酬は明日になりそうだが、いいか？」

魔石は問題なく回収できそうで、一安心だ。

「あ、まだ一体残っています。あと、冒険者のものらしき遺品があるんですが……」

「じゃあ、残りはあの辺が片付いたら置いてくれ。遺品は何か身元がわかるようなのはあるか？」

「だいぶ古いですが、装備品と冒険者カードを見つけました」

とりあえず、蛇の巣にあった古びた遺品を出した。

冒険者の遺品が見つかるのは珍しいことではないのか、ギルドの職員たちはこれもてきぱきと処理していく。

「遺体はなかったのか？　アンデッドにでもなっちまったのか……だとしたら厄介だな」

「いえ、蛇に丸呑みされていたようで、金属などの硬いものだけが残ったみたいです」

すぐに見つけられたのは冒険者カードや武具などだった。恐らく死体は蛇が消化したのだろう。

「それで……最後の魔物はレイクサーペントなんです。出して大丈夫ですか？　かなり大物なんですよ」

「仕留めたのか!?」

驚嘆（きょうたん）の込められた言葉に、シンはこくりと頷いた。

「寝ていたところを襲いました。起こさずに逃げることはできないと思ったので」

ちょっとだけ嘘を挟む。寝起きではあったが、一応動いている状態だった。

でも、レイクサーペントが本調子でなかったのは確かだ。

「……坊主」

「はい」

なんだか改まった空気に少し背筋（せすじ）を伸ばすシン。

含みのある表情を浮かべたスキンヘッド職員が、一つの提案をする。

「レイクサーペントもそうだが、最近貴族の間では蛇革が人気だ。普通に売るんじゃなくて、オークションに出していいか？　仲介手数料はちょいと貰うが、普通の買い取りより値は付くぜ」

「頼みます」

即答だった。

せっかくのマネーチャンスは逃したくない。

シンとギルド職員はしっかりとアイコンタクトをした。

誰だって貰えるものは多い方が良い。シンだって、結構怖い思いをしたのだ。

◆

とんでもない量の獲物を納品した期待の新人は、どこか育ちの良い家のご子息を思わせる謙虚さを崩さぬまま解体場から帰っていった。

その背中を見送りながら「あれは年上に可愛がられるタイプだな」と、スキンヘッドの男はこっそり評価を下す。

シンから引き取ったレイクサーペントは、かなりの大物だった。傷も少なく、値打ちがあるのは明らかだ。滅多（めった）に出ない上等な魔物に、周囲は騒々（そうぞう）しいほど沸き立った。

期待の新人とは言われていたが、予想以上の成果を挙げてきている。

「レイクサーペントの二十メートル級……何十年ぶりだ、こんな大物。しかも色は青みのあるスモーキーブラックで、損傷や変色はなし、状態良好。これは高く売れるぜ……。どんだけ吊り上げられるか、腕の見せ所だな。暗色系は男女ともに人気だし、特にブラック系は流行に左右されない。デザイン次第で年齢問わずいけるな。これは国内向けの方が高く売れそうだ」

スキンヘッドの男の目の奥で、意欲が燃え盛っている。

その浮足立った様子を見て、クール美女のギルド職員がずいっと迫ってきた。

「シン君には余計なことを言わないでくださいね、マスター。あの子は貴重な、実力ある地道型の冒険者です。この前、新人の子がちょっと口を滑らせたので……。それほど気にしていないようなのは幸(さいわ)いですが」

しっかりと釘を刺されてしまった。

冒険者ギルドには、様々な訳アリの人間が来る。

故郷、職、立場など居場所を失った者もいれば、憧(あこが)れやスリルや強さを求めて来る者もいる。

テイラン王国で冒険者登録し、ティンパインに移ってきた少年――シンは当初、恐らく流民か戦災孤児だろうという見立てだった。

大人しそうな顔立ちに小さい体、細い腕を見れば、いかにも頼りなさを感じる。だが、その依頼履歴は全て達成で塗り潰されていた。

最初はIランクの依頼がそびえるように並び、徐々にランクの高い依頼が入り込み……じりじりと右肩上がりにランクが上昇している。

依頼の受諾や達成状況を見れば、その人間の傾向が見えてくる。

シンの場合は、とにかく慎重で手堅い。「無茶をするな」と言われなくとも、石橋を叩いて渡りつつ、ちゃんと救命具や命綱までつけているタイプだ。

勤勉かつ堅実であり、背伸びはせず、地道の一言だ。

時折、唐突に高ランクの討伐をこなしていることから、突発的な事態にも強いのがわかる。未知数な部分も多いが、恐らく、実力は既にランク以上だ。

ギルドに顔を出し、依頼を選ぶ時も、隅々まで依頼カードの内容を見ている。

受けた依頼は雑用でもきっちり完遂し、一つだけでなくいくつかの依頼を幅広く効率的に複合達成してくる。

受付をする女性職員の間では、暴言やセクハラもしなければ、粋がってもいないシンは大人気だ。

何せ周囲には「俺様強いだろ？」系の冒険者が結構いる。実力があっても依頼のえり好みが激しい人間も多い。一癖や二癖など当たり前だ。

しかし、シンはそういったものがない。

嫌な依頼でも受けてくれるし、ギルドの要望にも柔軟に対応してくれる。好感度が上がらないはずがない。

さすがに下水路掃除はしばらくしたくないとぼやいていたが、あれだけの数をこなしたならさもありなんと納得する。普通なら、一度やったら二度とやりたくないという者が大半だから、彼は十分すぎるほどにこなしてくれている方だ。

そんなわけで、人気のあるシンが来ると、カウンター裏では子供好きの受付職員ＶＳセクハラ男嫌い受付職員の内乱が起こることすらある。

受付職員だって人間だから、好き嫌いはある。

無闇に口説(くど)いてくる荒くれ者や、トラブルやクレームを持ち込んでごねる冒険者の相手をするより、圧倒的安牌(あんパイ)の良心的な少年の相手をする方が良い。

シンはギルドへの貢献度の高い冒険者の中でも期待のルーキーである。

ちなみにこのスキンヘッドのギルドマスターも彼に期待する一人だが、立場のある者が早々に出てきたら警戒される可能性があるので、今回は軽い顔合わせだけだ。

ギルド独自の情報網によれば、シンは王家との交友があるらしい。

ただ、親しいのは盆暗(ぼんくら)と名高いティルレイン王子である。文通をしているというが、微塵も嬉しそうではない。

シンはあまり権力者とは関わりたくないような傾向がある。目立つのを嫌い、好んで日陰側にそっと寄っているような雰囲気(ふんいき)があった。

それは翳(かげ)があるというよりも「メンドクセェのはごめんだ」という、スーパードライな一面があるからだ。人生における辛酸(しんさん)と苦渋(くじゅう)を知る狡さ故(ゆえ)か。

そう、シンはお人好しではない。

何か厄介事の気配を感じたらサクッとこのギルドからも手を引く可能性がある。強引に詰め寄った結果疎(うと)まれて、他所(よそ)の冒険者ギルドを窓口にされたら困る。

ギルドマスターとしては、不自然でない程度に人脈を繋ぎたいと考えていた。

「あの坊主、ダブルアップの試験受けさせるか？」

「それ、先日拒否していましたよ」

ギルドマスターの提案はクール美女にあっさりと一蹴された。

思った以上に手強そうで、思わず舌打ちを漏らすマスターであった。

◆

翌日、ギルドで報酬と魔石を回収したシンは、再び騎獣屋にやってきていた。

採取報酬、討伐報酬、素材の売却報酬を合わせて二十一万ゴルド。今までとは段違いの収穫があったので、かなりの収入になった。

さらに、先日納品した山の幸食材の追加報酬が十万ゴルド。喜んでもらえたようで、かなり色を付けてくれた。特に昨日渡したメープルドロップが好評らしく、在庫があればもっと欲しいということだったので、小出しで数個渡しておいた。

今回のウォーターマッシュルームなどは五万で引き取ってくれた。レストラン側が気に入ってくれれば、さらにもう一声出るかもしれない。

レイクサーペントの報酬はオークションで別売りのため、まだ出ていない。もう少し待ってほしいとのことだ。

森の探索の成果は大きく、ざっくり一ゴルド一円で換算すると、一日だけで日本の会社員の初任給相当だ。

魔石が採れたのはレイクサーペントとバイコーンと、特に大きな魔魚からだけだった。

レイクサーペントは林檎サイズで青みを帯びた魔石。バイコーンと魔魚はチェリーサイズで、それぞれくすんだ緑と白に近い薄青の魔石だった。

魔石は属性か瞳の色に近いものになる傾向が多いらしく、種族が同じならこの色だとは決まっていないそうだ。

シンが手を伸ばして魔石を差し出すと、グラスゴーはもりもり食べる。

特に大きさや色、属性も関係なく、まんべんなく食べるようだ。

シンは食べ終わったグラスゴーの頭を撫で、角のない額に触れる。

「……ちょっとだけへこみが減ったかな？」

どことなく、額の亀裂が滑らかになった気がする。

今のところ、グラスゴーに目に見える衰弱などはなく、健康そうである。

ふと、騎獣屋の店主に断りもなく勝手に魔石を与えていたことに気がつき、シンははっとして振り向く。

しかし、店主は頬杖をついてずぞぞと茶を啜りながら、険しい顔で帳簿を睨んでいる。

次の入荷を何にしようか思案しているらしく、こちらを微塵も見ていない。

とりあえず一安心だ。

一方、グラスゴーはもっと撫でろと言わんばかりに顔を突き出してくる。

それに応えて両手で撫でながら、シンは店主に声をかける。

「すみませーん、今日もデュラハンギャロップを借りていいですかー？」

「おう。ヤバそうだったらちゃんと帰って来いよー」

騎獣屋の店主であるおじさんは、こちらをちらりとも見ない。

この辺りは高級騎獣を置いているエリアだ。傷物とはいえ、グラスゴーはデュラハンギャロップ。高級騎獣の中でも高価であり、王国の擁(よう)する騎士団でも使われることのある種類だ。

信用してくれるのはありがたいが、ちょっと雑すぎやしないだろうかと、心配になるシンだった。

グラスゴーに跨り、騎獣屋から十メートルほど離れたところで、轟音(ごうおん)のような店主の怒声が響いてきた。

「このクソガキぁああああ！　俺の商品に触んなぁあああ！」

その声に思わず振り返れば、シンとさして変わらない年齢の少年たちが固まっていた。

その手は最近入荷したグリフォンの前で止まっている。若い雄グリフォンは高級騎獣であり、目玉商品の一つだ。

「さっき俺らより小せえガキに触らせていただろ⁉」

納得がいかないとばかりに少年は吠(ほ)えるが、シンは店主の判断が正解だと思う。グリフォンは、知能も高いし、個体によっては狂暴な上に気位が高い。迂闊に手を伸ばせば、指が無くなる。

グリフォンはまだ静かだが、攻撃射程に入ったらわからない。

「ぁあ⁉　あのちんちくりんは掃除と餌やりとブラッシングまでするからいいんだよ！　触った分は働けよ‼」

ちんちくりん。

確かにシンの肉体は子供で、およそ十一歳だ。しかも、平均的な子供より小さい。

それでも、店主の言葉がぐっさりと胸に刺さったシンは、自分を必死に慰める。

（……成長期はまだまだある！　ちゃんと食べて、運動して、寝れば伸びるはず!!）

異世界転移前の二十七歳の姿の時は、一応百七十センチ強あった。それくらいはいくはずだ。今後に期待である。

◆

陽が高くなった頃、シンはまた昨日の森に来ていた。

着いて数分もしないうちに、さっそく襲い掛かってきた魔物はギロチンバーニィ。

茂みから音もなく飛び出してきた兎たちを、シンはなるべく傷が付かないように弓で一体一体仕留めていく。

群れだったが、そう苦戦することなく討伐した。

あまり強くはないから、魔石は期待できない。

シンはグラスゴーを慰めるように撫でる。

「少し奥に行こうか」

無理をさせてはいないかというシンの心配をよそに、グラスゴーの足取りは軽快だ。

上機嫌に尻尾も上がっているし、もっと運動したいとばかりに元気いっぱいである。

ルートを変えた先で胡桃林檎があったので、いっぱい収穫して、グラスゴーにもたくさん食べさせた。よく食べるなぁと、なんだか安心するシンであったが、ふと何かの気配を感じて振り返る。

すると「やぁ」と言わんばかりに、ぞろりと多数の魔物が並んでいた。

しかも、大型昆虫の魔物だ。

カマキリのようだが、サイズは成人男性ほどだし、前脚の鎌なんてえげつないほど大きい上に、色が真っ赤である。

先ほどまでのほのぼのとした空気が一気に消え去った。

シンは即座に魔法で火の玉を繰り出して、カマキリの顔面目掛けて連打する。

火は苦手なのか、カマキリが怯んだ隙に、シンは立て続けに矢を放つ。

次々と額や目に矢が刺さり、カマキリたちが倒れていく中、グラスゴーもシンに負けじと躍りかかり、蹄で蹴り飛ばしていく。

それでもなかなか死ぬ気配がないカマキリもいた。そういう奴らには風魔法で鎌の部分を切り落とし、これでもかと矢を撃ち込んでいった。

この巨大な赤カマキリはレッドマンティスという名前で、背の高い草や樹木の多い場所に棲息している魔物だ。

やや手こずったが、倒したのは全部で八匹。その中でも特に大きくてしぶとかったマンティスからは、魔石が期待できそうだ。

収納しようとしていたら、グラスゴーが死体を漁ってもごもごしていた。

なんと、魔石を物色して、既に食べている。

「グラスゴー、寄生虫とかいたらどうするの？」

シンに注意されたグラスゴーは、心なしか真っ黒な巨体をしゅんとさせ、すごすごと下がっていく。

普通のカマキリは、かなりの割合でお腹にハリガネムシという寄生虫がいると言われている。馬の体に害があるかはわからないが、怪我と違ってお腹に棲み着かれたら厄介そうだ。

しかし、グラスゴーはまだ魔石が欲しいのか、チラチラとシンを見ている。

ダメもとであるが、シンはスマホで魔石のありそうな位置を調べてから、マンティスの体を探る。

魔石は魔力が集中する場所にあることが多く、九割は心臓部か頭部のどちらかにあるという。

獣の解体とは似て非なる昆虫の魔物の死体漁りに精神がゴリゴリ削られたが、グラスゴーのためと我慢して続けると、ナイフの先に硬いものが当たった。

手を入れて取り出すと、握り拳くらいの真っ赤な魔石が現れた。

それを魔法で軽く洗浄してから、グラスゴーに食べさせる。

（うーん、まだまだ魔物の解体は下手だなぁ……）

そもそも魔物は多種多様だ。スライムのようなアメーバ系から、先ほどのカマキリや蜂などの昆虫類、鳥や猪や鹿や狼のような動物系、魚類や爬虫類や甲殻類もいる。

姿が違えば、解体の仕方もコツも変わるだろう。目指すはオールラウンド型だが、上手くできるようになるには時間が掛かりそうだ。

魔石を食べ終えたグラスゴーは、もうマンティスへの興味を失ったのか、草をむしゃむしゃやりはじめる。

シンは一応、レッドマンティスの死体をマジックバッグに収納しておいた。

回収作業中、獲物の臭いにひかれて草むらから双頭の蛇が現れたが、シンは慌てずさくっと弓で射抜いて仕留める。

蛇といえば、先日のレイクサーペントは、競売にかけると言っていた。

もし高値が付いたら、騎獣用の良い鞍や鐙などを購入したい……などと、シンは想像を膨らませる。

（いかんいかん……マジックバッグを手に入れたからって、浮かれすぎだ。金遣いが荒くなっている）

不用品を買うつもりはないが、購買意欲が上がっているのは否めない。

マジックバッグが何よりもありがたいのは、異空間バッグのカモフラージュになることだ。

おかげで、シンが異様なほど大量の荷物を持っていても不自然に見えないので、ギルドに大量納品できる。わざわざ荷車を引く必要もなくなった。

ギルド側も配慮してくれるので、個室に案内されるようになり、結果として様々な手間が省け、シンは以前より格段にお金を稼ぎやすくなっている。

それとは別に、あの下水路をはじめとする清掃依頼をこなして以来、ギルドからの扱いが良くなった気がしていた。大変だったものの、達成したらとても感謝されたし、その後で良い仕事を紹介してもらえた。

レッドマンティスの群れを倒した後も、獣なり魔物なり森の住人たちなりと遭遇する機会はあったが、進んでは戦わない。時間も矢も有限なのだから浪費は禁物である。

グラスゴーは大きな図体で木々が生い茂（おいしげ）る森の中を器用に駆け抜けていく。

川だって十メートル近く離れた岩や石の上をぴょんぴょんと飛び移って渡ってしまう。

やがて、シンは木が生い茂った薄暗い場所に辿り着く。

そこでは、黄色い林檎や、椎茸（しいたけ）に似た食用キノコが見つかった。

スマホで確認すると、キノコはまさしく椎茸だった。

一瞬、なぜ異世界に椎茸？　と首を傾げるシンだったが、そもそも人参やじゃが芋もあったし、動物だって似たような種類がいっぱいいることに思い至る。

（というより、だからこそ召喚された人や転生した人たちもこの世界に順応しやすいんだろうなー。……得体の知れない肉や野菜ばっかりじゃ、きついだろうし）

スーパーで見るものより不揃いな椎茸。一見すると大きすぎて椎茸とわからない、規格外品に該当しそうな扇風機並みのビッグサイズから、ペットボトルの蓋（ふた）並みのプチサイズまでいっぱいある。

シンは生椎茸の傘の裏の部分にチーズを載せて、麺（めん）つゆや醤油（しょうゆ）を垂らして焼いたものが好きだった。

この肉厚さなら食べ応え十分だろうけれど、シンの手持ちにチーズも醤油もない。

ちなみに、バターホイル焼きはシメジや舞茸が好きだ。

ここでは食べることができない味を想像してしょんぼりするシン。

そんな彼を嘲笑うかのように、突然、キノコの魔物が現れた。

でっぷりと太った人間大のキノコの魔物は、昔何かで見たことがある肉人という妖怪に似ていた。

別名ぬっぺふほふ、もしくはのっぺらぼう。

のたのたと距離を詰めてきたかと思うと、唐突にうっすら紫を帯びた白い煙のような毒粉を、ぶっしゃあああと振り撒いてきた。

だが、所詮粉である。

しかも、シンとグラスゴーは斜め方向だがどちらかと言えば風上にいた。粉はシンたちの所に達する前に、さらさらさら～と呆気なく散っていく。

キノコの魔物は一生懸命毒の粉を噴いているが、全部風に攫われて散ってしまう。

やがてキノコはガス欠ならぬ粉欠になったのか、ぜいぜいと苦しそうに膝をつく。

その様子を確認し、シンは容赦なく魔物を焼いた。

念のため毒消しを口の中でもぐもぐする。グラスゴーには毒消しポーションを飲ませた。

グラスゴーは毒消しポーションの味が気に入ったらしく、おかわりを催促されたが、当然あげない。ジュースではないのだ。

ややウェルダンにしすぎたキノコの魔物は、焦げ焦げになっている。

要は炭化している。ちょっと枝で突くと真っ黒な炭がボロボロと崩れていく。その中から紫色の魔石が転がり出てきた。

（あんなオツムがアレなキノコに、魔石？）

あり得ないと思っても、現実には魔石が転がっている。「ちょっと訳がわからないです」とばかりにシンは宇宙を背負った。別名、処理落ちか理解拒否――心はコスモを感じすぎた猫ちゃんである。

解(げ)せぬ、とシンの頭にクエスチョンマークが飛び交っていた。

このキノコの強さが、恐ろしいレイクサーペントと同等とは認めたくはない。

そんな中、何かがさがさと上から落ちてきた。さらにキノコの魔物の背後を見て、シンはぞっとする。

数匹のゴブリンが血の泡を噴いて倒れていたのだ。

どうやら木の上から様子を窺っていたゴブリンたちが、飛び散った毒粉にやられたらしい。

その猛毒っぷりにドン引きしていると、ゴブリンの緑の肌の一部がもぞりと動き、キノコが生えてくる。

そして、あっという間にキノコが死体をわっさんわっさんに覆い尽くしてしまった。

どうやら毒と一緒に胞子もばら撒いていたようだ。

シンは自分の腕やグラスゴーに異常がないか確認するが、特に変化はない。死体しか菌床(きんしょう)にすることができないらしい。

ゴブリンから生えてきたキノコは、まだあのでっぷりしたごんぶとキノコのフォルムではなく、ブナシメジやナメコのようである。

スマホで調べると『モンスターマッシュルーム』と出てきた。

その説明を読んで、シンはさらにドン引きした。


『モンスターマッシュルーム』

高級食材。新鮮なモンスターの死体のみにしか生えない。火を入れると無毒化する。育つと知性を持ち、歩き回れるようになる。そこまで育つと猛毒を持つため、焼いても食べてはいけない。


（誰がこんな気持ち悪くて恐ろしいもの食うか!!）

あんなグロテスクなものを見た後でこんなキノコを食べる気にはならないが、高級食材と書いてあるので全部毟り取った。

それでも、ポーション養殖をする気にはならなかった。試す気すら起こらなかった。

一応、食材になりそうなものは採取依頼が来ているので、自分が食べないならいいや、と採っていく。

酷いと言うなかれ。

他人がサルミアッキやマーマイトやシュールストレミングといった強烈な珍味を食べていようが、それを批判するべきはない。全部自己責任だ。

そして、そうした食品の材料を用意した人間や、作った人間が責任を持って完食しなければいけないという法律はないのだ。

食材を回収し終えてほっと一息ついたのも束の間、この日陰と湿り気のある場所はキノコの魔物の宝庫だった。先ほどの魔物を皮切りに、次々とシンたちの前に現れる。

シンは常に口の中にもぐもぐと毒消しを食みながら、サーチ&デストロイしていく。たまに防ぎきれずくらくらしたら、ポーションを飲み干した。

幸い魔物はキノコだけあって、あまり体は硬くないため、攻撃は通りやすい。たまにぬめぬめ系がいるが、基本火炎系の魔法にめっぽう弱かった。

シンは素材や討伐報酬は気にせず、狙いを魔石オンリーに絞って火の球をばすばす当てていく。

魔石が出ると、よく洗ってグラスゴーのお口にシュートだ。

次から次へと現れるキノコの魔物を、シンは口の中が毒消しの味でおかしくなるくらい無心で狩り続け、キノコジェノサイダーになっていたが……しばらくして我に返る。

「……ここから離れればいいんじゃん」

もういっそ、森林火災でも起こしてやろうかと思っていたが、なんとかブレーキを掛けたシンだった。追い詰められた人間の思考は、時々ぶっ飛ぶ。

危(あや)うくひたすら仕事に没頭の社畜モードになりかけていた。

それでも、グラスゴーは魔石をいっぱい食べられて満足したようで、上機嫌で走ってくれた。

(あ、角の部分が丸くなっている)

額の角のへこみはすっかり消えた。

角が長く伸びてはいないが、すべすべの丸石をくっつけたようになっている。

（……なんかうーっすらだけど、白く濁っているような？　あれ？　真っ黒い角だったよな？）

もしや、魔石だと思って毒石でも食べさせてしまっただろうかと心配になり、念のため状態異常を治すポーションを飲ませる。

シンが調合チャレンジで作ったものだ。一応はポーションとして申し分ないはずだ。

グラスゴーは、ゴッキュゴッキュと、ポーションを嫌がらずに——むしろ美味しそうに飲み干す。

ポーションの瓶がビール瓶に見えてくる。

もっと欲しいグラスゴーと、温存したいシンの間で「いやー、良い飲みっぷりっすね。グラスゴーパイセン。え？　もう一杯？　ダメです」と、やり取りが行われる。

角の様子は気になるものの、それ以外はいたって健やかなデュラハンギャロップ。

この漆黒の騎獣は巨体だが、シンに対しては懐こく従順だ。

魔馬は気性が荒いと思われがちだが、一度仲間や主人と認めた相手に対しては非常に愛情深い一面もある。

魔獣なので普通の馬よりも体は丈夫だ。そして勇猛果敢で環境変化にも強い。

餌はそれなりの量食べるが、雑食である上に、魔力の強いものを食べればかなりコスパが良い部類に入るだろう。

それに、討伐や狩りをするシンからすれば、多少の魔物に襲われても平気なのもポイントが高い。

足場の悪い森や川辺でも軽快に走り回っていたし、急な斜面にもびくともしない。かなり足腰が丈夫なのだろう。蹄鉄（ていてつ）いらずなのもありがたい。

「……この世界の金利って、どうなってるのかな……」

シンはすっかりグラスゴーに情が移っていた。

仮に購入するとして、問題は資金である。

普通の馬は数万ゴルドからで、高くても二十万ゴルドほどだ。この世界の馬は、セレブでハイソな高級嗜好品ではなく実用品なので、値段もピンキリだ。

しかし、デュラハンギャロップは高級な騎獣である。貴族や格の高い騎士でも憧れるようなＴＨＥ高嶺（たかね）の花だ。もとは角がへし折れていた傷物だったので、多少の値切りは可能だろう。だが、底値からして規格が違う。

ローンや分割払いを了承してもらえるだろうか。しかし、たとえ分割できたとしても、タニキ村に帰ることを考えると信用問題がずっしりと絡んでくる。そうなると売ってもらえないかもしれない。レンタルと買い取りは違うのだ。

もし、借金ということになっても、トイチみたいなエグいものじゃなければいい。

◆

その日、狩りを終えたシンは、グラスゴーを騎獣屋に返しに行きがてら、店主のおじさんに聞いてみた。ずばり、グラスゴーのお値段についてである。

「今までの手伝いを含めて、捨て値で五十万ゴルドだな」

「ごじゅうまん……」

捨て値でと付いているのが怖い。角を失い、余命僅かと言われた投げ売り価格で五十万ゴルドとなると、一般市場に並ぶデュラハンギャロップの適正価格は一体どれくらいだろうか。

財布と相談するまでもなく足りない。今の手持ちの現金をかき集めればギリギリといったところだが、冬支度のための資金を考えるとちょっと危険だ。

シンは無理のない範囲でなるべく積極的に仕事をしている。

王都は仕事も多くあり、タニキ村にいた頃より稼ぎも良い。仕事の単価も少し高いので、日当で考えると五万ゴルド以上は稼いでいるはずだ。

年齢の割には相当稼いでいる自負もある。ただ、今後大きな負傷やトラブルもなく、順調に稼げるとは限らない。

シンの悩む様子に、騎獣屋のおじさんは顎を指で扱きながら提案した。

「まあ、あそこまであの馬を面倒見てくれたんだ。半分払えれば売ってやるよ。あとは少しずつ返せよ」

破格の申し出であったが、即答できなかった。

その後、ギルドに納品したシンは宿屋に帰り、そっとスマホでデュラハンギャロップの価格を調べてみた。

　ゼロの数が凄かった。

　仔馬でも百万単位、血統によっては後半からスタートである。大人の馬だとしょっぱなから仔馬より一桁多い。ここまで来ると、高級スポーツカー並み。庶民のシンはドン引きである。

　しかも、サラブレッドのように血統が超一流だとかプレミアがつくと、レーシングカーや戦闘機クラスになる事例もあるらしい。

（余命が少ないからと考えてあの値段？　それでもだいぶ安いよね？　いや、あのおじさんがいくら僕を見る目が甘くても、色々魔石とかあげちゃっているの、知っているよね……）

　そしてシンは、よりにもよって、超絶セレブ軍馬に対して雑草（グラスゴー）号と命名してしまった。

　しかもあの様子だと、自分の名前だと認識しているし、シンが呼んだ時、目がきらきらと輝くのだから、多分そこそこ気に入っている。

　これで嫌がっていたら、シンは何をもってあの馬を理解すればいいかすらわからなくなる。

（うん、働こう……グラスゴーのためなら、そんなに嫌じゃない。今日も十五万ゴルド近く収入があったし、このペースでいけば、そう難しくない）

　自分の金銭感覚が壊れていく気がしてちょっと怖かった。

　五十万ゴルドは日本円で五十万円ほど。現代で言えば、型落ちした中古車を買えるくらいの金額だ。

　これも必要経費だと、シンは自分に言い聞かせる。戦闘もできる、自分に懐いている騎獣。相性も多分良いし、非常に賢い。

今までになく、ダントツにお高い買い物だが、決して悪い買い物ではない。むしろ掘り出し物レベルと言っていいはずだ。

翌日、溶けるゴルドの夢にうなされて、シンはちょっと寝坊した。

小市民にとって、五十万ゴルドは大金なのだ。

◆

勤勉に働くこと一週間、あっという間に五十万ゴルド貯まった。

これはあくまで騎獣の本体価格。それ以外にも馬具用品のために、色々と貯めておいた。今まで、馬具なども一緒に借りていたが、自分の騎獣となるのだから、必要な物を買い揃えるべきだ。

ニコニコ現金一括払いで払うと、騎獣屋のおじさんはにやりと「毎度ありー」と応えるだけだった。

その笑みには、やけに凄味があった。

当然、シンも察せざるを得ない。騎獣屋の店主は絶対気づいている。

グラスゴーの角が治りかけているのも、既に余命はウン十年単位で延びているのも。

シンはだらだらと冷や汗をかきながら、改めてデュラハンギャロップの飼育の方法の説明を受ける。それが終わると、逃げるようにグラスゴーを迎えに行く。

その背を眺めて店主は笑う。

（あの、ケチがついてすっかりヒネちまったデュラハンギャロップを御(ぎょ)したんだ。こういうのを運命って言うんだろうな）

こういった出会いの多い職業をやっていると、何度かそんな場面に遭遇する。

少なくともあのデュラハンギャロップ——グラスゴーは一目見てシンを気に入っていた。

だから店主は大人しく怪我の治療もさせたし、与えられた餌も水も手入れも、受け入れていたのだ。

シンは大人しくて可愛い馬だと言うが、実際のところ、あれはとんでもない暴れ馬だ。以前高名な騎士団に卸すはずだったが、たまたまそこにいた馬鹿貴族が強引に飼い慣らそうとして振り落とされた。これに逆上した貴族はグラスゴーを殺そうとしたのだ。

ところが、グラスゴーは十数人という騎士たちを全て打倒した。脚が折れ、角が砕けても、あの魔馬は誇りにかけて背を許さなかった。

妥協して主人を選ぶくらいなら、潔(いさぎよ)く死ぬという覚悟をもって、奮起(ふんき)したのだ。

もし、まともな騎士と出会っていれば、名馬として名を馳(は)せていただろう。しかし、ろくでなしのせいで最高級ランクの騎獣は傷物の駄馬の烙印(らくいん)を押されて戻ってきた。

他にもグラスゴーを手懐(てなず)けようとした者はいたが、皆けんもほろろだった。

そのたびに頑なになっていくグラスゴー。どんどん角の輝きも失われていき、やがて命のカウントダウンが始まっていた。

ずっと厩舎(きゅうしゃ)の隅で燻(くすぶ)っていたのが、シンが来ると目で追って顔を出すようになったのだ。まるで、長い間待っていた仲間を見つけたように、するりと懐いた。

(デュラハンギャロップは基本的には強い奴しか好かないが、あのちびっこ坊主……強いのか？)

まあ、貰うものを貰ったからいいか――海千山千(うみせんやません)でそれなりに長く生きた店主は、深く考えるのはやめた。

シンは当初から騎獣には種類を問わず懐かれていた。『そういう才能』を持った者は、稀にいるのだ。

◆

シンは子供だから、からかわれたり、舐められたりすることが多かった。その一方で、子供だからこそ親切にしてもらえたし、この世界の常識が足りなくても許してもらえたし、色々教えてもらえた。幼い体は体力がないし力も弱いが、吸収力は抜群だ。教えてもらった手紙の書き方も、だいぶ慣れてきた。ぶつぶつと文脈が途切れて不自然な文章ではなくなってきたはずだ。文を書くのと、単語を並べるのではだいぶ違う。ギルドでは単語を読めれば依頼を受けるのに困らないし、ちょっとしたことは単語の羅列(られつ)で十分だった。絵や言葉や身振り手振りの説明で事足りた。

冒険者の中には読むことすらできない人もいる。恐らく、この世界の識字率(しきじりつ)は日本より大幅に低い。日本の識字率が九割以上とハイレベルなのもあるが、この世界はその半分にも満たないだろう。

豊かで平和なティンパイン王国ですらこの状況なのだから、他の国ではもっと低い可能性がある。たとえばテイラン王国は、召喚チートを乱用し、周辺諸国に喧嘩を売りまくる軍事国家で、軍人と貴族が富と知識をほぼ独占している状態だ。

落ちこぼれた人間を救済するような国ではないだろう。あの国は浮浪者や奴隷落ちした人も多く、そうした者たちがティンパインにも流れてきている。隣国ですらないここにも流れてきているのだから、もっと近いトラッドラをはじめとする周辺諸国への奴隷の流入や移民、難民はもっと多いだろう。

多少ならともかく、大挙して押し寄せれば治安の悪化は免れない。

(冷たいかもしれないけど、救済者なんて気取れるほど僕はチートじゃない。多くの勇者や聖女や賢者っていう本物のチートが別にいるはずだし、そーいうのは、やりたい奴がやればいい)

シンは無理をしてシャカリキになって働きたくなかった。

ノーモア社畜。これに尽きる。自分の利益になるならやってやってもいいが、煩わされるのは御免こうむる。

シンは久々にティルレインへの手紙を書いていた。

以前与えた宿題スタンプカードの進捗状況を聞くためだ。

もし途中で投げ出したり飽きたりして、シンのところに突撃してきたら、迷惑極まりない。

そこそこに相手をしつつあしらうのが、シンのやり方だ。

書き方を教えてもらいながら、なんとか今日も手紙が書けた。

辞書がないので、色々と質問することになり、いつも配達人の女性には迷惑をかけてしまう。

ふと、シンはその人の手が傷ついているのに気づいた。

「どうしたんですか、その手」

「ああ、ちょっとね。寒くなってきたでしょう？　仕事で紙に触れることが多いと、肌の油分も水分も奪われていくのよね……。若い時はそうでもなかったんだけど」

自分で言っていて、何か地雷を踏んでしまったのか、女性は虚ろな目で笑う。

確かに夜は少し涼しくなってきたが、まだまだ暖かい時期なのに、これから冬になったらどうなるのか。

「薬やポーションを使うほどでもないのよね。かといって、美容軟膏は高いし……あと臭いのよねぇ」

ポーションは使い切り前提なので、封を開ければどんどん劣化していく。

シンはふと思った。調合でポーションが作れるなら、ハンドクリームや美容液もいけるのではないだろうか。少量ならば、それほど劣化も気にならないはずだ。

だが首を横に振る。ああいったモノは、肌に合えばいいが、合わなかったら悲惨なことになる場合もある。

（でも、あれば僕も便利だよな。これから寒くなると、あかぎれや霜焼けができるかもしれない。ポーションは液体だからこぼれやすいけど、塗り薬だと思えば練習に丁度いいかな？）

スマホ先生によれば、シアバターや油と、蜜蝋と、香りづけの精油があれば作れるらしい。

食材集めは一段落しているし、並行して行っていた採取で薬草の在庫もたくさん確保してある。

精油を作るには水蒸気蒸留法と圧搾法が一番簡単だ。

前者は原料を蒸して抽出するのでハーブや花がおすすめだが、後者は柑橘類の果皮などから取る時に使われる。

（蜜柑はないけど、オレンジなら市場にあるし、皮ならゴミだし、いっか。不純物が入りやすいのは……まあ、自分用なら気にしなくていいや）

シアバターは植物性脂肪。この世界にシアの実があるかは不明だが、全部が全部前の世界の物で再現する必要はない。油を固められる、人体に害のない素材があればいいのだ。

色々と買う物が増えてしまったものの、楽しみでもある。

（薬草はバッグに入っているから、店では使えそうな油脂、あと馬用のブラシと……蹄鉄はいらないか。でも、僕の騎獣だってわかるようにしておかなきゃ。登録とかあるのかな？　ペットに埋め込むマイクロチップとかは聞いた覚えがあるけど、それに該当するようなものとか）

若いというより幼さすら残るシンは、そこまで乾燥肌でもないし、配達の女性のように手がぱさぱさになるほど紙に触れる機会など今のところほとんどない。だが、アラサーを迎えた社畜時代には、紙をめくれないもどかしさを感じたこともあるので、その地味なイラつきは理解できる。

帰り際、手を振る配達人の女性を見て、ふとシンは思った。

（あの人の名前、なんだっけ？）

いつもお姉さんと呼んでいて不便がなかったため、すっかり聞きそびれていた。

手紙の書き方をはじめ、色々教わっているのに名前さえ覚えていない。ちょっと気まずいシンだった。

◆

と、いうわけで、まずはお馴染みの騎獣屋にやってきたシン。

屋台の串焼きと果物を土産に、店主のおじさんに聞いてみた。餅は餅屋である。

「デュラハンギャロップなら騎獣登録の申請をしておいた方がいいな。珍しい騎獣や高級騎獣は窃盗の被害を受ける可能性が高い。最近カツアゲも増えているらしいが、まず基本は登録だな」

ほほう、と頷くシン。初耳だった。それだけで、奢った分の価値ある情報だ。

「老馬や駄馬ならまあ諦めがつくが、あの値段じゃそうもいかねえだろう？　盗まれて売り飛ばすことができりゃかなり儲けられるから、なくなりゃしねえ」

もっともな意見である。これですぐに盗まれたらシンは落ち込む。グラスゴーの購入は、シンにとっても一大決心だし、既に情が移り切っていた。

「登録はどこでできるんですか？」

「役所だな。ペットや騎獣は任意でできる。登録料は二万。そんでもって登録証明がついた首輪やアクセサリーをつけるんだが、それがピンからキリまでだな。グラスゴーは高級なんだから、千ゴルドの紐みたいなしょぼいのはやめてやれよ」

「わかりました」

貯めたゴルドが渡り鳥の群れのように飛び去って行き、懐(ふところ)にヒュルルと音を立てて木枯(こが)らしが吹く。

マジックバッグの利用により収入が激増したが、支出も同じくらい増大している。赤字になっていないだけマシだし、必要経費だとはわかっていても、辛いものは辛い。

だが、グラスゴーはエリート騎獣。貴族でもない子供が持っていたら、盗もうとする馬鹿が現れるに違いない。警備も薄く、追跡も厄介でないと思うはずだ。

早急に手続きをした方がいいだろう。

善は急げだ。シンは手早く騎獣屋の清掃と水やりや餌やりを済ますと、役所に向かった。グラスゴーの安全のためにも、ちゃんとしておこうと真っ先に足を運んだ。

役所は白っぽい石造りで、やや武骨で重厚な建物だった。

石自体はきっちり加工されているが、表面は粗く、タイル張りや丹念に研磨されている感じではない。経年劣化の影響もあるかもしれない。

シンは大きな地震が起きたら一発で崩落しそうだと思ったが、黙っておいた。

建物から少し離れたところに駐車場ならぬ騎獣置き場がある。もっと近い場所に貴族専用のものもあるが、使用料を払えば平民でもそちらを使用できるそうだ。

王都は人が多いし、役所も混んでいるかもしれないと予想していたが、案の定そうだった。

窓口や待合室には多くの人が待っている。

利用者は着古した服の平民もいるが、きっちりとした服装の人も多い。だが、身なりは清潔であるが華美ではないので、商人や貴族の使いで来ている人たちだろう。

順番札を受付で貰い、騎獣登録申請の用紙に記入する。

幸い、シンは前の世界でこの手の書類は比較的慣れている方なので、あまり苦戦せずに書くことができた。

壁や掲示板に「代筆による詐欺に注意してください」と書いてあった。しかし、この注意書きが読める人は良いが、読めない人こそ危なそうである。

シンが張り紙を見ていると、隣の男性がちょいちょいと突いてきた。こざっぱりした金髪と小麦色の肌の、かなりいかつい顔のおじさんだった。大柄で、布の服より鋼鉄製の鎧が似合いそうな体躯である。

「坊主、なんて書いてあるか読めるか？」

「ええ。『代筆による詐欺に注意してください。代筆屋と称して相続財産や、預け金の権利書を奪う、借金を背負わせてくるなどの詐欺が多発しております。また、文書の解読にも同様の詐欺が見られます。読めない文書に安易に署名するのはやめましょう』――ですね」

シンが警告文をそのまま読むと、男性は目をひん剥いた。

「ハァ⁉　そんなことあるのか？　……まさか、おい、坊主！　これ、なんて書いてあるんだ⁉」

大声にビビりながら、シンは男性が差し出した紙に視線を落とす。

「借用書と権利譲渡証明書ですね。借金しますよって契約書と、何かの権利……物でも利益でもお渡ししますよって意味の契約書です」

シンが説明している間、男性の背後で不審な動きがあった。

つい先ほどまで、親切そうに男性の世話を焼いていたひょろっこい優男(やさおとこ)が、そろーり、そろーりと、逃げようとしている。

抜き足・差し足・忍び足といった具合で、見るからに逃げようとしているのがわかる。

シンは容赦なく逃亡者を告発してやった。

「ざっと読んだ限り、おじさんの名前がシーガンさんなら、恐らくそこで逃げようとしているジョルダンさんに、お金と土地とお家をお譲りしますってことです」

「テメエェエエエ！　このクソ野郎!!」

空気が震えるほどの怒りの大咆哮(だいほうこう)が響き渡った。

なんでも、冒険者上がりのシーガンは、同じ冒険者パーティの女性と結婚するに伴(ともな)い、王都で腰を据えて暮らそうと考えていたそうだ。肉体労働は他にもあるから、賃金が多少安くても安全で安定した生活を目指し、就職したという。

頑張ってコツコツ貯めた資金を、親切ぶって奪おうとした詐欺師に怒るのも当然である。

シーガンはジョルダンをとっ捕まえて、すぐさま衛兵に突き出した。

しかし、何故かシンまで同じように首根っこを掴まれてしまう。結局、ちゃんとシーガンの手続きが終わるまで書類を声に出して読んで説明する羽目になった。

なんで面倒事が嫌いなのに、この手のトラブルがしょっちゅうタックルしてくるのだろう。シンは自分がカモれそうな顔をしているのではないかと不安になった。

だいたい、シーガンも詐欺に遭いかけたばかりだというのに、どうして会ったばかりのシンをああも信頼してしまうのか。ジョルダンのように欲望のままに搾取するとか考えていなかったのだろうか。

シンはちょっと悩んだが、すぐに頭の隅に追いやった。

なので、シンは気づいていなかった。役所という場所に、十歳そこそこに見える子供が一人でいるだけでも浮いていることに。しかも、心配そうに右往左往するどころか、泰然としてすらいる。活字に慣れていない周囲の大人たちが難解な書類の言い回しや独特の表現に苦心しているのを横目に、わからないところは受付の役所職員に聞いて、全てサクサクこなしている。

シンは「あの子供の真似すればいいんじゃね？」と、大いに視線を集めていたのだった。

そんな厄介事に巻き込まれながらも、シンはちゃんと騎獣登録の手続きをし終えた。

登録のアクセサリーはリング型のものを選んだ。グラスゴーには無駄にジャラジャラしたものではなく、こういうシンプルなものが似合うと思ったからである。

リングは純銀製だが、魔法で強化加工を施してある。ちなみに、純銀は本来硬度が低く、軟らかくて装飾品には向かないので、合金にするのが一般的だ。

魔石を宝石のように散りばめたものもあったが、キンキラしすぎて下品にすら感じるのは頂けない。成金仕様は好かないシンだった。

（……正直、もっとカッコいいのもあったけど、お値段が一般向きじゃなさすぎる。もう少し先立つ物が増えてからにしよう）

宿屋に戻ると、グラスゴーがシンの足音に気づいて顔を上げた。

シンの姿を認めた瞬間、明らかに表情が輝いたように思える。

「グラスゴー。お前の騎獣登録をしたんだ。角につけていいか？」

グラスゴーの額の角は、角と言うには丸っこいが、少しずつ、少しずつ伸びている。

シンの言葉に従って、グラスゴーは頭を下げた。

額の角の根本にあてがうと、そのサイズに合わせてリングの大きさが変わる。そして、銀環がくるりと角を一周するように広がった。

（シンプルな割に高かったのは、こーいう機能もあるからか……）

納得のお値段である。

◆

シンがグラスゴーを引き取ってから一週間ほど経ったある日、招いていない来訪者が来た。

「シーン♡　来ちゃった！」

グラスゴーをブラッシングしていたシンに、愛嬌たっぷりに声をかけてきたのはティルレインだった。

　グラスゴーの後ろからひょこっと顔を出し、にんまりと笑みを浮かべている。

「失せろ(お帰りください)」

「なんでそんなに冷たいんだよぉおお！　苦い薬もいっぱい飲んだし、ヴィーやチェスターにもちゃんと合格貰ったのに！　見てよ！　ほら！　ちゃんと僕、頑張ったんだぞ!!　見ろ！　僕の偉業を！」

「偉業じゃなくて黒歴史ですよ」

　ティルレインから突き出された——だいぶくっしゃくしゃになった——スタンプカードは、意外なことに、全てハンコやサインで埋まっていた。

　ちゃんと課題をフルコンプリートでクリアしている。

　絶対無理だと思っていたので、シンは密かに瞠目(どうもく)する。

「お目付け役(ルクス様)の許可は得たんですか？」

「七分だけならいいって！　その代わり、そのあと一週間みっちり勉強が入るけどな！」

　たった七分と引き換えに一週間を売る馬鹿を、シンは憐憫(れんびん)を込めて見た。

　そんなシンの視線を堂々と胸を張って受ける馬鹿王子。背後でインビジブル尻尾がよく回っている。相変わらず、ある意味幸せな人間だ。

「なんか、ごちゃごちゃ記憶がいじられてたみたいだけど、まあなんとかなったし」

　さらっとおっそろしいことを言うティルレイン。

相変らず事の重大さがわかっていないようではある。それでもルクスも許した外出のようだし、護衛の騎士たちはしっかり連れているので及第点とする。

「尽力してくださった方に、お礼を言ってくださいね」

シンはそう言いながら、先ほどのティルレインの言葉に引っ掛かりを覚えて尋ねる。

「ところで、いじられていたとは？」

あのお馬鹿っぷりはそのせいかと思ったが、周囲の様子や今の態度を見ると、やはり脳内フローラが大爆発なのは通常運転なのだろう。

思わず聞いたシンに、ティルレインが頷く。

「そーなんだよ、初恋がアイリだったとか、アイリが滅茶苦茶好きとか、何故か兄弟仲が悪いとか？　あと父様や母様が僕に冷たいとか憎んでいるとか思い込んでいたなぁ」

アイリとは、ティルレインに危険な洗脳を施したアイリーンという女性である。

同じ学園に通う伯爵令嬢だったそうだが、ティルレインが王族にしてはフランクで世間知らずなのを良いことに付け込んだのだ。

結果、側近たちごと見事に傀儡と化したティルレインは、婚約破棄をやらかした。

だが、当時の婚約者であったヴィクトリアに逆にやり込められ、ティルレインが田舎に蟄居コースとなり、アイリーンの略奪婚は失敗となった。

「ディープで糞重たい洗脳じゃないですか」

なんでも、タニキ村に来る前の『色恋にうつつを抜かした横暴なティルレイン王子殿下』は、記憶操作を伴う非常にヤバい案件だったらしい。

シンも彼のバグった姿に、精神が普通でないと薄々感じていたが、周囲の心配をよそに、ティルレインはあくまで能天気。周りから露骨に「おいたわしや」と言わんばかりの視線と同情票が集まっているのが、勿体ないくらいである。

「なんでも、アイリの本当の狙いは王太子のフェルディナンド兄様だったらしいけど、楽に遊びたかったから、僕を引っかけたらしい」

王太子狙いの洗脳とか、間違いなく内乱罪クラスである。

同じ王族であっても、当時学生であり脳味噌がほっかほかフローラル馬鹿王子と、既に公務をいくつも担って(にな)いる王太子では問題の大きさが変わる。

街中で、ティルレインの騒動の裏にそんな真相があったなど聞かないし、恐らく当事者や王宮の一部にしか知らされていないお話ではなかろうか。

「おい駄犬王子。ステイ。僕を国の中枢の問題にぶち込んでこないでください」

シンが顔を引きつらせてティルレインを止めようとするが、シンと会えて嬉しいと浮かれているティルレインは止まらない。

「それで、上兄様が二重の意味で助けてくれたから、是非一度お礼を言いたいって言ってたんだ！」

「誠に恐悦至極(きょうえつしごく)ですが、一介の冒険者である僕には恐れ多いので、そのお言葉だけで十分ですとお伝えください。お礼でしたら、王妃様よりあり余るほど頂きましたと」

固辞(こじ)するシンを見て、ティルレインが膨れる。

「えーっ！　なんでだよぅ！　まだ王宮も離宮も別荘も案内してないんだぞぅ！　シンとシンディードとの思い出の場所へ一緒に行くんだ！」

まだ宮廷案内を諦めていなかったかと呆れるシンが、その我儘を冷徹な一撃で切り捨てる。

「それが恩人に対する扱いですか？　糞野郎王子殿下。僕はいつでも根無し草になっていいんですから、出国しますよ」

冷たくあしらわれ、ティルレインはびゃっと涙を流しはじめた。

「うわあああん！　ごめんなたぁい！　……でも、たまには一緒に遊ぼう」

「すみません。僕は平民だから、冬籠りや旅費や宿泊費を稼ぐ必要があるので、遠慮します」

「僕の宮殿や別荘に泊まればいいじゃないかぁ！」

「それが嫌だから言っているんです。自分の身の丈に合わない絢爛豪華な調度品に囲まれるとか、僕の神経がすり減ります。タニキ村の我が家に帰るのがベストです」

「……じゃあ、僕も一緒にタニキ村に戻る」

「国王夫妻とドーベルマン宰相とヴィクトリア様とルクス様に許可は？」

まだ取っていないのだろう。シンの言葉にティルレインは項垂れた。

どうせ今日来られたのだって、あまりに駄々をこねるからごく短時間のお許しが出ただけである。

時計の針は七分をとっくに回っている。

グラスゴーは最初、慌ただしく煩い訪問者にイラついていたが、早くも何か残念なモノと認識したようだ。

歯牙に掛けるかどうか以前に、雑魚認定の残念な生き物として見ている。
シンは黙り込んだティルレインをシカトして、再びグラスゴーのブラッシングをしはじめた。
すると、一頻り泣き喚いたティルレインは、てくてくとグラスゴーに近づいてきた。

「シン、その馬はなんだ？　よく見れば角があるな。ジュエルホーン？　ブラックユニコーンか？」

「デュラハンギャロップの雑草号です。怪我をしていたのを格安で購入できました。僕の相棒です」

「カッコイイな！　騎士団の厩舎の軍馬や兄様たちの愛馬も見たことあるけど、こいつは特に立派だなぁ。いいなぁ！　絵に描きたいなぁ！　そうだ、貴族街にあるタウンハウスを貸そうか？　あそこなら飼いやすいぞぅ！　そこだと僕も絵を描いても怒られない！」

名案だと言わんばかりに満天の星空のようにキラキラさせたティルレインが、グラスゴーの周囲をうろつく。

一方、シンは白けた表情。相棒を褒められれば嫌な気分ではないが、貴族街には当然行きたくない。

「貴族街は嫌です」

「えー、ちゃんとした場所に置いておかないと、性質の悪い商人や貴族にとられちゃうぞ。アイツら、たまに偽造書類で高級騎獣やレアなペットをカツアゲするって、騎士から聞いた。騎獣は登録してないとそのまま持ってかれるし、その上、本当の持ち主の方が盗人ってことになっちゃうらしい」

「なんでティル殿下がそんな話を知っているんですか」

「護衛の中にトラディス兄様から騎獣を下賜された騎士がいて、被害に遭いかけたんだぞぅ。狙われたのがたまたま下賜品で、前の持ち主や経歴がはっきりしていたからなんとかなったけど、そうじゃなかったら取られていたらしい」

「……………なんですか、その胸糞悪い話は」

話を聞きながら、シンは絶えずブラッシングをし続けている。騎獣屋で鍛えた技術は、今や匠の技の領域にあった。

「書類の偽造は重罪だからな。フェルディナンド兄様やトラディス兄様も捜査しているそうだが、相手が狡賢くてなかなか難しいって聞いた」

ティルレインはグラスゴーに手を伸ばしたが、鼻で笑われてプイッとそっぽを向かれた。

そんな中、後ろから背の高い侍従が補足する。

「しかも狙われるのは立場の弱い平民や流民の冒険者が多いのですよ。騎獣屋は移動式の店舗もありますから、購入した店の店主が国を去った後に証明を取るのは大変です。その間に逃げた盗人に騎獣を転売されてしまえば、取り返すのも立証するのもさらに絶望的になりますからね。裏に権力を持つ犯人がいて、狙われるのが平民ということもあって、こういう事件の被害者は泣き寝入り状態が多い。まだ噂も少ないので、知られていないんです」

なるほど、と侍従の言葉にシンは納得して頷いた。ティルレインもほへーと感心している。

「わかりました。ルクス様にお願いしま……」

そこまで言いかけて、ぎょるんと音がしそうなほどシンは勢いよく振り向いた。

侍従だと思ったら、よく見ればチェスター・フォン・ドーベルマン宰相だった。間違いなくティンパイン王国の重鎮である。

「何しているんですか？」

シンが驚愕(きょうがく)も露わにこぼすと、チェスターは軽く肩をすくめた後、ちらりとティルレインを見る。

「馬鹿王子のお迎えです。予想通り、約束の時間より長く駄弁(だべ)っているようでしたので」

「やだーっ！　シンともっと話すぅ！」

半泣きのティルレインが嫌がるが、チェスターはそれに動じる気配が全くない。

「馬鹿でも無駄に身分が高いので、駄々をこねた時に連れ戻すのも、それなりの肩書や身分が必要なんですよ」

「それは大変ご愁傷様(しゅうしょうさま)です」

思わず同情が声に滲むシンである。

やんごとなき馬鹿はその苦労がわかっていないらしく、ヤダヤダと駄々をこねている。

「良かったらこの屋敷を訪ねてください。恐らくですが、シン君の騎獣は既に目を付けられている可能性が高い」

そう言いながらチェスターは封筒を差し出し、シンが首を傾げるのにも構わず言葉を重ねた。

「デュラハンギャロップの若い雄は数百万ゴルドの価値がありますからね。大きさ、毛艶、健康状態も良好。しかも子供でも手懐けられるなら、大人しく従順なのだと思うでしょう」

確かに、デュラハンギャロップの相場はべらぼうな金額だ。グラスゴーは訳ありだったから、シンでも迎えられただけである。そして、その瑕疵となる部分は改善しつつあるのだ。

難しい表情を浮かべるシンが事の重大さを理解していると判断したチェスターは、さらに続ける。

「大事な騎獣を奪われたくなかったら、自分で屋敷を購入して防護魔法を施すか、護衛を雇うのが一番です。しかし、君の年齢だと頭金を多く用意しないと、屋敷を借りるのも買うのも一苦労でしょうからね」

シンとしても、かなり奮発して買って、手塩にかけて可愛がっているグラスゴーが盗られるのは断固として嫌だった。

「どうして、僕のグラスゴーが目を付けられている可能性が高いと……？」

「常にというわけではありませんが、宿の周囲に念のため護衛を付けています。怪しい人影が厩の付近をうろついていると連絡がありました。一匹数百万の価値のある騎獣であれば、強盗殺人が起きてもおかしくありませんから」

シンはこう見えて王家の恩人である。彼が王宮への招待を嫌がるので、チェスターは妥協案で見守ることにした。だが、結果的に監視めいた真似をしているのだ。

「シン君は身寄りのない子供です。冒険者は自由ですが、身元や故郷の判別が難しい。ましてや君は流民ですから、ここがタニキ村ならともかく、知り合いの少ない王都では、どうしても味方も知人も限られます。犯人をしつこく追及する基盤が薄いとみなされてしまうのです。たまには大人を頼って、長いものに巻かれてください」

狙いをつけるようなギラギラした目ではなく、心配そうな目で見られてしまうと、シンは居心地が悪い。

グラスゴーを狙う盗人はきっと、シンが子供だと油断しているはずなので、その気になれば返り討ちにできるだろう。だが、その後の身の振りを考えれば、進んで危険に巻き込まれたいとは思わない。

しかも、チェスターの話では、裏には貴族や豪商といった大きな権力者がいる可能性が高い。

黒い犬のシルエットの封蝋が押された封筒を受け取り、シンは考える。

グラスゴーが目立つのは事実だし、治安が良い王都でも詐欺やいざこざは日常的にある。人が増えれば悪人の絶対数も増えてしまうのだ。

このところシンは、毎日狩りや採取に出かけていた。王都内で、人の往来の多い場所も移動している。シンとグラスゴーを見掛けていた人も多いだろう。騎獣屋からのレンタル状態の時は気にしていなかったが、こうなると宿泊先もちゃんと考えなくてはならない。

シンとしては、愛想のいい女将(おかみ)さんと娘さん、料理上手なコック兼宿屋の主人による家族経営の今の宿屋はお気に入りだった。厩舎だって年季は入っているが、ちゃんと清潔だ。

だが、グラスゴーは厩舎でもずば抜けて体躯が立派で、威風堂々たる佇(たたず)まい。

(うん……目立つな。ちょっとイキった冒険者に絡まれたこともある)

シンのことをIランクのビギナーだろうと思って絡んできたGランクの冒険者の少年たちがいたが、シンがEランクだと知るとすごすご下がっていった。

「うわぁあああん！　帰りたくないよぅ！　シーンーーー!!」

わんわんと周囲に鳴り響く、サイレンの如き絶叫と号泣。

馬鹿犬王子は相変わらずシンに懐いている。だが、首根っこを押さえた宰相がずるずると容赦なく引きずっているため、いくら手を伸ばしても、その手はシンに届かない。

（スタンプカードが終わったってことは……意外とあっさり、家族も婚約者さんも許したんだな）

記憶の改竄というやべー事実の前に、もともと阿呆で元気な馬鹿王子が引き起こした暴走は、一度罪状に対する酌量の余地が出たのだろう。

狙いが王太子だったと考えると、王位継承権が下位であるティルレインに被害がいったとしても「まだ良かった」と思えるだろう。

未来を嘱望される王太子と比べれば、健やか馬鹿王子の責務は少ない。周囲への影響も酷くなかったはずだ。

もし、王太子が精神汚染で誑かされたりしたら、それこそ国家の危機である。ティルレインより年上となると、既に成人していて、いつ王位を継承してもいいように準備が整えられつつあるはずだ。

（……しかし、ヴィクトリア様もよく許したよなぁ）

シンはヴィクトリアをシビア思考のしっかり者な令嬢だと想像していたが、情の深い人なのかもしれない。

◆

馬車に乗り込んだチェスターは、向かいに座るティルレイン第三王子殿下を見る。今日も無駄に見てくれがいい。シンに会えてご機嫌なのか、今にも鼻歌を歌いだしそうなほどである。

「チェスター、帰りにケッテンベル商会に寄りたい」

「今からですか？　恐らくそれなりに混んでいますよ」

「この後、ヴィーとお茶会なんだぞぅ。あそこのカヌレやフロランタンは、ヴィーも妹のヴィオや公爵夫人も大好きだから、お土産に買っていくんだ」

馬鹿王子だが、婚約者やその家族の好みを把握し、手土産を持参しようという心意気は良い。

しかし、それ以上にチェスターが驚いたのは、このやらかし王子に茶席が用意されているということだ。

チェスターの知るヴィクトリアは、そんなお優しく甘っちょろい女性ではなかったはずだ。

「……もうそんなに仲直りしたんですか？」

「なんでも『いたぶり甲斐のある顔に戻ってきたので許します』だそうだ。ちょっと前の僕は、イジり甲斐がなくてつまらなかったみたいだ。よくわからないけど、女性を退屈させるのは良くないな！」

ニコニコとヴィクトリアの危ない性癖を暴露する馬鹿王子に、同情すればいいのか失笑すればいいのかわからない、チェスター・フォン・ドーベルマン。

そういえば、ヴィクトリア嬢は、よくにこやかに研ぎ澄まされた言葉でこの第三王子を素殴りあそばしていた。優雅に罵倒される王子の横で、侍従のルクスが青い顔で腹をさすっていた記憶がある。

ティルレインより理解力の高いルクスは、より強い精神ダメージを食らってしまうのだ。

「ヴィーは僕の泣き顔が好きらしい。笑顔が素敵と言われた記憶はあるが、改めて思うと、僕は自分の泣き顔をあまり見たことないな。チェスター、僕の泣き顔はそんなに良いのか？」

そこまで言われてものほほんとしている王子の図太さに、チェスターは軽く引いた。

会話が聞こえてしまった護衛の騎士たちも、すすーっと静かに視線を下げていく。

チェスターがおかしいのではなく、ティルレインの危機感のなさがヤバいようだ。

ヴィクトリアは生粋のサディストなのか。

チェスターにとってティルレインの泣き顔は、子供っぽくくちゃっとしているという印象しかない。威厳ゼロとしか感想を抱かない。ちょっと前まではシンに泣かされては、この顔を披露していた。

「私は特に何も。ヴィクトリア・フォン・ホワイトテリア公爵令嬢のご趣味では？」

そう言いつつ、ずれていない眼鏡を直すチェスターだった。

なんでまだ婚約が白紙になっていなかったかの疑問は氷解する。

恐らく、レディ・ヴィクトリアの趣味は『ティルレインを泣かすこと』か『ティルレインの泣き顔鑑賞』であり、アイリーンが傍にいた頃のティルレインには、さして興味がなかった。そして、頃合いを見て戻るようであれば、浮気の有責でマウントを取る。そして優雅な言葉でオブラートごとお殴りあそばすつもりだったのだろう。そして、戻らなかったらそのまま切り捨てるつもりだった。

ティルレインは「犬用ビスケットも買って来いって言われているんだぞぅ」と、呑気に言っている。既にパシリにされている。

（……あそこには番犬はいたが、ペットは猫のはずでは？）

番犬は職務中だし、調教師や使用人しかおやつは与えないはずだ。何に与える気だろうか、と首を捻るチェスター。

「ビスケットはペティベッキーの『人も犬も食べられるヘルシーお野菜ビスケット』だそうだ」

そう言って朗らかに笑うティルレインに、騎士たちはウッと顔を覆う。

（あ、もしかしてこの王子が食わされるんじゃ……）

敏いチェスターは一生懸命にお使いをしているティルレインに、その残酷な予想を伝えることはできなかった。

フラグは乱立していた。だが、ティルレインは気づかない。

ふんすふんすと鼻息荒く、お使いメモを持って使命を成し遂げようとしている。

第二章　宰相夫妻

宿屋の部屋でシンは考えていた。

グラスゴーが狙われている。

見切り品とはいえ、高級騎獣。しかもシンの与えた魔石やポーションの影響か、すっかり健康そのものだ。今では少し前まで余命宣告を受けていたとは思えないほどに毛艶はとても良く、元気溌剌としている。キズモノだった名残といえば短くなった魔角くらいだが、それも徐々に伸びはじめている。

以前、スマホで調べた価格はえぐかった。庶民が手出ししていいものではない。シンだって、グラスゴーのような特殊案件でなければ絶対手を出さなかった自信がある。

下心のある者にとっては、身分の高い貴族からカツアゲや窃盗するより、子供の方がよほど狙いやすいだろう。ましてこの世界の命の価値は身分の貴賤によって露骨に違う。平民にすぎないシンの命の価値など、かなり低い。

非常に不愉快だが、納得するしかない。

シンはチェスターに頼っていいものかと悩んでいた。

(奮発して買ったグラスゴーを狙われる+命を狙われる+宿屋が襲われることに対する損害……。今までも、宿は手紙の配達人が来て半分監視状態だったたし、チェスター様の管理下にある気配もするけど、まだ僕が子供だと心配しているのも事実だろうな)

年齢的に、チェスターにはシンと同じか少し上くらいの子供がいてもおかしくない。シンが幼く頼りなく見られがちな外見なのも相まって、無意識に保護対象と思っているのかもしれない。

今泊まっている宿屋のおじさんは、シンが食材の差し入れをした際に「小さいのによくできた子だ」と褒めて、頭が揺れるほど、わしわしと勢い良く撫でてきた。チェスターもきっとそんな認識なのだろう。

シンはチェスターに渡された封筒を開く。その中に入っていたのは、貴族街の住所と地図、そして、注意を促す手紙だった。

(煩わしさを取るか、身の安全を取るか……こうなったら、レイクサーペントの報酬だけ貰ったら、一旦タニキ村に帰るか。それまでは少しだけお世話になることにしよう)

チェスターは少し怖いが、ティンパイン王国ではまともな部類だ。頭でわかっていても、どうしても怖い。

まだ見て回りたい場所はたくさんあったが、必要な物は大体購入済みだ。

タニキ村でも狩りはできるし、異空間バッグに品質そのままで大量にとっておいたものがある。

ちなみに、マジックバッグの方は、試用した感じ、劣化がちょっと遅れる冷蔵庫感覚だ。容量は今のところかなり余裕があるので、まだ天井は見えていない。

毎日討伐や採取に出ても、ほぼ同じ量だけ納品しているし、余った分は異空間バッグに回しているので、マジックバッグの中に溜め込んではいない。

（そういえば、この王都に来る前にスキル統合したけど……あれ、どうなったんだ？）

シンはスマホで確認しようとしたが、しばらく放置していたせいで、ずらーっとスキルが増えていた。

『清掃』『動物好き』『魔獣の心友』『騎乗』『トリミング』『ブラッシング』などのスキルや称号がずらーっと並んでいるのは、騎獣屋の世話をしていた影響だろう。

フォルミアルカから貰った『成長力』で、スキルや称号を得やすいのは、シンにもなんとなく自覚があった。

スキル・称号を最適化しますか？

▼ YES
NO

（見るのもメンドクセェ）

シンは全くスキルを確認せず、ぽちっと押す。

スキル・称号の最適化に五十時間要します。

▼ YES
NO

有能なるスマホさんが処理を開始した。

また、時間が空いた時に結果を確認すればいい。

シンは別に打倒魔王を掲げているわけでもなく、社会の闇と戦っているわけでもなく、復讐に燃えているわけでもなければ、圧政に苦しんでいるわけでもない。伸びやかまったりなスローライフを望んでいるだけだ。


これ以上考えてもどうにもならんと、シンは宿屋を出て冒険者ギルドにやって来た。

無駄に悩むより、成果の出る労働の方が生産的である。

見慣れたカウンターに近づくと、シンの来訪に反応したクール系美女の受付職員に個室に案内された。

そこには先日オークションを勧めてきた、スキンヘッドの強面ゴリマッチョが待っていた。

彼はシンの顔を見るなり、にんまりと笑みを浮かべる。

「坊主、喜べ！　レイクサーペントは三百万ゴルドで売れたぞ！　手数料を諸々差し引いて二百五十五万ゴルドだ！」

「にひゃくごじゅうご」

桁違いの金額にシンはぽかんとした顔になる。

フルタイムパート以上、新社会人の年収未満だ。冬支度の資金どころか、慎ましい生活であれば一年ニートができる。

可愛らしい方の受付職員が、金貨をトレーに載せて持ってきた。

山吹色のお菓子がざっくざくで、目がチカチカする。

これだけの金額になると、支払いは銅貨や銀貨ではなくなるのだろう。シンが初めて見るタイプの金貨もある。

シンも学生時代、アルバイト先の売り上げ計算の時などに札束に触れた経験はあったが、目の前で燦然と黄金色に輝く塊は圧巻だった。

思わず言葉を呑み込み、驚愕するシンを見て、ゴリマッチョは満足げだ。

「丁度いい具合に、蛇革を欲しがっていた商会の旦那と成金貴族の旦那が張り合ってな。二百万ぐらいが妥当だと思っていたら、競りがぐんぐん伸びたんだ。そこの二人は仲が滅茶苦茶悪くて有名なんだが、今回は特にヒートアップしていたな」

ギルド側としても美味しいオークションだったらしい。

競り落としたのは貴族の方らしいが、値の吊り上げ方が尋常でなかったので、完全に意地になっていたところもあるようだ。

だが、蛇革は人気だし、黒はトレンドや季節をあまり選ばず使える。これほどの上物は、早々出ないこともあり、是が非でも欲しいと競りは白熱したそうだ。

「あと、食材の追加払いがまたあった。その分色を付けて二百八十万ゴルドだな。あの店は上客だから、機嫌を損ねないでくれて助かった。しばらくは大丈夫そうだが、また良いものがあったら納品してくれとのことだ。お前の採った物ならいつでも歓迎するって言ってたぞ」

「ありがとうございます」

　固定客がついたようなものだろうか。嬉しい反面、タニキ村に帰ろうと思っていた矢先なので、少々気まずいシンだった。

「冬になる前に田舎へ帰るんだろう？　日持ちしそうなモンがあったら、そこのギルド経由で送ってくれ。料理人曰く、平野と山のモンは同じ植物でも味が違うらしい」

　そうした違いは、味のプロフェッショナルだからこそこだわる玄妙さなのだろう。料理人が細やかな味を追い求めるのは良いことだ。矜持や意識の高さを感じさせる。

　シンだって、食べきれない在庫を抱えるより美味しく食べてもらいたい。

「わかりました」

「……話は変わるが、坊主の騎獣はデュラハンギャロップか？　最近、冒険者の騎獣の窃盗や詐欺が増えているから、気を付けな」

　ゴリマッチョ職員は、個室であってもひっそりと声を抑えて話す。

　またこの話題だ。どうやら冒険者ギルドの間でも被害はあるようだ。

「犯人、捕まってないんですか？」

　ゴリマッチョは親指と人差し指で顎をごしごしとこすりながら、難しい顔をしている。

「つい先日Eランク冒険者が、若くて良い鹿毛の馬をやられたらしい。借物でも、盗られたら買い取り扱いだし、気を付けろよ」

「もう買い取りました」

「登録はしたか？　後見人や、お前の身元引受人の名前は提出したか？」

「いえ、僕の登録だけです。親はいないので」

「……お前さん、どっかのお偉い方と知り合いらしいな。もし他に頼めるようだったら、そいつにバックについてもらえ。裁判沙汰になったり取り立てされたりした時、そういった人間がいるだけでだいぶ変わる。厄介な連中でもちょっと頭の切れる奴は、貴族や大店がいるってだけで引いていくからな」

ギルド職員の言っていることはわかる。安全のためにも、貴族の威光を借りた方がいいと親切心で忠告してくれているのだ。

「でも、借りは作りたくないです」

「安心しろ。貴族ってのは面子があってなんぼだ。ノなんちゃらオブなんちゃらがあるからな。逆に、それを盾になんか言ってくるのは『自分は小物です』って宣言しているようなもんだ」

彼は『ノーブレス・オブリージュ』と言いたいのだろう。身分のある者には、それに応じて果たさなくてはならない責任があるという考え方だ。

「そういうものですか？」

「身分がある奴らはプライドが無駄に高いのが多いし、体面が大事な連中だからな。子供の頼みを無下にした、なんて噂が立つのは良しとしないだろうさ。無理そうなら、俺が探してやる。こう見えて、コネは多いからな」

ゴリマッチョはニッと白い歯を見せて笑う。

職員というより、傭兵か冒険者ですと言っていいような筋骨隆々だが、経歴も長ければそういったこともあるのだろう――などと、印象を抱くシンだった。

実際はギルドマスターだとも知らずに。

改めて、シンは言われたことについて少し考えた。

当てがないわけではない。

「知り合いの人に当たってみます」

ここは良識派代表のルクスに頼むのが良いだろう。

やはりチェスターは怖い。色々と頼ったらズブズブの沼になるかもしれない。リスクは分散させるべきだ。

彼はサモエド伯爵子息と聞いた。確か爵位の順は、公爵、侯爵、伯爵、子爵、男爵と続く。伯爵は上から三番目の爵位のはずだ。

ちなみに、辺境伯は侯爵と伯爵の間くらいだ。国境沿の王都から遠い領地は、ただの田舎の場合もあるが、紛争が起きやすい最前線の場合もあるので、重役が付くことも珍しくない。

前の世界ではここまであからさまな階級や身分制度はなくなっていたとはいえ、貴族に詳しくないシンもそれくらいは理解している。

（ルクス様は馬鹿犬王子の侍従だけど、王族付きになるくらいだから、ミソッカス貴族じゃないはず）

それにまだ若くて真面目なあの青年なら、ある程度コントロール可能だ。

しかも、ルクス・フォン・サモエド伯爵子息は、やらかして追放された馬鹿ボンボン王子の危機に尽力し、すっ飛んできた人間だ。

人柄と常識を兼ね備えており、あのティルレインには勿体ないほどの好青年。否、あの人柄だからこそ、スカタン王子のお目付け役になったのだろう。

（まあ、断られたら断られたで仕方ないや）

シンとしては、下手に食いつきが良すぎる人を選びたくはなかった。

シンがギルドから貰った報酬をマジックバッグに入れていると、ゴリマッチョがじっと見ていた。

「……何かありましたか？」

「シン、お前。Dランクに昇格だ。受けた依頼の回数、達成率、功績を考えると、それが妥当だ」

「それは早くないですか？　まだ僕は子供ですし」

「冒険者のランクは年功序列じゃなくて、完全な能力主義だ。普通Eランクはあんなデケェのを仕留められねぇ。ましてやソロクリアとなると、Cランクはあっておかしくない。レイクサーペントは毒がないとはいえ、あの巨体で絞め付ける力や丸呑みにする能力は侮れん。それに、お前がタニキ村でゴブリンモンキーとキラーエイプの群れを討伐したっていう連絡も来ているしな」

確かに以前そんな名前の魔物を倒したが、備蓄の食料を食い漁られたことまで連鎖で思い出してしまい、シンはイラッとする。

完全な〝思い出し怒り〟で、また出たら全部狩り尽くしてやると燃えていた。

「別に、ガキだからってそう珍しかねえよ。そーいうのが得意なのは、小さい頃からメキメキ頭角を現す奴もいる。大器晩成の奴もいるが、十代二十代は伸び盛りなんだからな。俺が知ってる中にも、辺境のド田舎育ちの戦闘民族や、元戦奴（もとせんど）、極地の少数部族、血統的にやたらめったら強いのがたまにいるんだ。それ以外だと、稀人（まれびと）や渡り人、愛し子（いとご）や寵児（ちょうじ）って呼ばれる異世界人だな。あと、そいつらの直系の子孫や、先祖返りで強力なギフト持ちの奴だっている」

まるで珍しくないかのような口ぶりである。

「そうなんですか」

シンがこてんと首を傾げると、ギルド職員たちはこくりと頷く。

女神フォルミアルカが言っていたテイラン王国の召喚術乱発の影響が、意外なところにあった。

異世界人という単語にちょっとどきりとしたが、特に怪しまれてはいないようだ。

「あと、ランクが高けりゃ、こうやって個室で話し込んでも怪しまれないからな。坊主が目立ちたくなさそうだからこっちでやっているが、低ランクを頻繁に呼びすぎりゃ逆効果だ」

彼が指摘した通り、シンのスタンスはいつでも「目立ちたくないでござる」である。

日陰上等。忍者のように忍びたい。女性歌劇団のごとく脚光や視線を浴びて凱旋（がいせん）なんぞしたくはない。ひっそり静かにやらせてもらいたい。

確かに、シンは持ち前の影の薄さを利用しているため、他の新人よりも絡まれない。

あまりに気配が薄くて、そっとお札を貼られた時は叩き落とした。いくらなんでも、ゴースト扱いしないでほしい。

もとは、機嫌の悪い上司や、面倒な同僚から逃げているうちに、磨かれた社畜スキルである。

気配を薄くするコツとしては、自分は空気だと思い込みながら、音を立てず声も張らずにいることだ。声は大きすぎても小さすぎても駄目だ。あまりに小さいと、相手が聞き返して余計に視線が増える。

「基本、冒険者は目立ちたがり屋とどうでもいい奴の両極端だ。静かにしていれば、他の奴が勝手に騒動を起こすから、お前さんはいつも通りにしてりゃい――」

その時、ドアの向こうからドォンという爆発音が響いた。

続いて、きちんと閉められた扉の奥からギャーギャーと荒っぽい罵声が聞こえてくる。

少しくぐもっていて言葉は拾い辛いので、詳細は不明だが、恐らく受付カウンターで誰かがクレームをつけているのだろう。

最初の轟音は軽く建物を揺らすほどで、強面ゴリマッチョのギルド職員とクール美女受付職員の顔がそれぞれ若干引き攣る。

「悪い。話はここまでだ。シメてくる」

握り拳を手の平に打ち付けたゴリマッチョ職員の顔面は、既にマスクメロンのように青筋が浮いている。ホラー一歩手前の激昂状態だ。彼の上腕二頭筋も怒気怒気が止まらないと言わんばかりに、マックスハートならぬマッスルハートが鼓動している。

受付職員は止めるかと思いきや「ヤれ！　完膚なきまでにヤってしまえ！」と煽る勢いだ。

こんなのに絡まれたら、心身がボコボコにされて四分の三殺しくらいにされそうだ。

荒くれ者の冒険者も少なくない冒険者ギルドの職員たる者、いざ荒事に臨む時は、これくらい殺意の波動が高く、応戦できなくてはならないのだろうか。

年季の入った木製の扉に怒り狂う背中が消えた後、数秒置いて先ほどの轟音を超える破壊音と怒声が響き渡った。

野太い悲鳴をＢＧＭに、シンが「お願いします」と冒険者カードを渡すと、受付職員はそれを受け取る。

シンは晴れてＤランク冒険者になった。

手続きを待っている間、セクシーダイナマイツ系のギルド職員のお姉さんが「おやつよ〜」と木製のトレーにナッツとレーズン入りのクッキーと紅茶を載せて持ってきてくれた。

その後も入れ代わり立ち代わりで女性職員たちがわちゃわちゃとやってきては、シンは彼女たちに撫で回される。

柔らかくて良い匂いのお姉さま方に最初はドキドキしたが、自分の立ち位置が愛玩動物やベビー的なポジションだと気が付けば、そんな胸の高鳴りはスンッと落ち着いた。

猫カフェや動物ふれあいコーナーで、誰の手からも逃げず淡々とナデナデを甘受する玄人アニマルはこんな気持ちなのだろう。深呼吸ばりに力強く匂いを嗅がれ、甘ったるい赤ちゃん言葉でばぶばぶプレイのように話しかけられなかっただけ、シンの尊厳は守られたと考えるしかない。

トドメは、ひたすらシンをナデナデしているクール美女職員だった。

「シン君って、冒険者だけどいつも清潔で大人しいから、可愛いって評判で、ずっと職員に狙われてたんですよ。小動物系の獣人や、長寿系の種族、童顔ルーキーたちが受ける洗礼の一つですね。知らなかったんですか？」

そんな現実は知りたくなかった。

めでたいDランク昇格だが、なんだかしょっぱい気分である。

シンは「優しいお姉さんたちだなぁ」と思っていたのに、そんなギラギラどろどろの、欲望で血走った視線で見られていたとは。

「純粋な人間系で、シン君は本当の子供だからナデナデで済みますけど、下手に頑丈だとサバ折りにされますよ」

恐ろしいことを口走るクール美女。

ギルド職員には元冒険者も少なくないそうだ。暴れる冒険者を叩きのめせる実力者も多いらしい。

シンは、ファンタジーな世界でも厳しい現実を知るのだった。

◆

冒険者ギルドの用事を済ませたシンは、チェスターから貰った手紙を持って、とある屋敷に向かっていた。

貴族街はギルドのある繁華街や商業区からは離れていたが、グラスゴーがいるから移動が楽である。雄々しく立派なグラスゴーに揺られているシンは、持ち主ではなく小間使いに見られている気がするが、それは仕方ない。

件(くだん)の屋敷は金属製の立派な門構えで、両脇に見張りらしき兵がいる。

周囲には厳めしさすら感じる外壁で囲まれ、途切れている場所が見えないから、この区画一帯がこの屋敷の敷地なのかもしれない。

貴族街は雑多な繁華街とは違い、閑静(かんせい)で整然としている。

明らかに場違いに感じながらも、シンは手紙を持って門番の兵に話しかける。

「あ、あの……」

「冒険者の子供……ああ、君が『シン君』だね？　閣下(かっか)から話は聞いているよ」

中年男性の門番は意外なほど気さくに応じてくれた。既に話が通っているらしい。

シンのためにわざわざ屈(かが)んで視線を合わせてくれるあたり、この門番は子供好きなのかもしれない。

「デュラハンギャロップを連れた子供なんてそうそういないから」

門番はシンを屋敷の中に招き入れると、使用人らしき少年に取り次いだ。手紙を受け取った少年は、そこからさらに先輩格の中年の使用人へと話を通す。

屋敷までは綺麗に舗装(ほそう)された石畳(いしだたみ)が続いており、周囲には雑草のない青々とした芝生(しばふ)が広がり、綺麗に剪定(せんてい)された庭木が並んでいる。

少し開けた場所には白い女神像の壺から水が流れ落ちる噴水があり、明るい色の瀟洒なレンガの花壇に色鮮やかな花が競い合うように咲き誇っている。

清潔感のある白亜の外壁の立派な屋敷は、赤い屋根が可愛らしく、大きいのにドールハウスのような雰囲気があって、女性が好きそうな佇まいだ。

応接間には先客がいた。

絹張りのゆったりと広いソファーに座っているのは、気品溢れる貴族のご婦人。

年の頃は三十代で、亜麻色の髪を緩く巻き、若草色の瞳を柔らかに細める姿は優美だ。シミどころかくすみ一つ見当たらない滑らかな肌と薔薇色の頬。繊細な銀糸の刺繍が入ったペールグリーンのドレスが、彼女の穏やかな雰囲気とよく合っている。

まさに姫君と言わんばかりの女性であり、シンが今まで生きてきた中で一切関わりのなかったタイプと言える。

生まれながらのカースト上位というものをひしひしと感じた。

シンが知っている『お嬢様』は、お高くとまっており、高貴さとは傲慢さと言わんばかりに親の七光りをぎらぎらと見せつけている性悪系だった。学生時代に女王気取りで取り巻きを侍らせているタイプや、周囲の者に我儘や無理難題を吹っ掛けてはすぐにごねるタイプだ。

「いらっしゃい、シン君。チェスターやマリアベルから話は聞いているわ」

「お招きいただきありがとうございます。シンと申します」

にこやかに挨拶してきた女性に対し、シンは片膝をついて、少しぎこちなくぺこりと頭を下げる。

この際、居心地の悪さは仕方がない。

シンは貴族への挨拶の方法なんて知らなかったが、丁寧にしすぎるということはないだろう。

（うん、やっぱりこんな美人知らない）

しかも貴族。チェスターとマリアベルという女性の知り合いらしい。チェスターは知っているが、マリアベルは誰だろうと頭を捻るがやはりわからない。

シンは王侯貴族に疎い異世界人の上にド田舎出身なので、自国の王妃の名前すら知らなかったのだ。生粋のティンパイン王国人ならわかっただろう。

「顔を上げてちょうだい。陛下が仰(おっしゃ)っていた通り、可愛いのね。それに礼儀正しいから、本当にチェスターが好きそう。あの人、気に入った人間に対してはしつこいの。でも、悪意はないのよ？　手元に置きたがる癖があるのだけれど、あれは育てたいだけ。ただ……あの人、雰囲気がアレだから、みんな怖がるのよね」

美女が困ったように苦笑する。

とてもわかる。勘繰(かんぐ)りたくなる。シンも頷いた。

ころころと笑うご婦人は、それだけで上品で華やかだ。そこにいるだけで癒しオーラが出ている。

「ああ、ごめんなさいね、名乗りが遅れました。私はミリア・フォン・ドーベルマン。チェスターの妻よ」

（こんな美人な奥さんがいるとか、チェスター様は人生勝ち組か、死ね）

シンの中で、チェスターの株が爆下がりした。ナイアガラの滝よりも急落下だった。滝壺どころかマントルを突き抜けたかもしれない。

以前話に聞いた、ロイヤル問題児の一角を押し付けられたのと引き換えに得た奥様は、大層美しかった。おっとりと優しげで、上品なオーラが凄い。

「とりあえず座りましょう。小さなお客様を、我がドーベルマン家は歓迎いたします。ここでなら貴方も、貴方の騎獣も安全ですから――それに、耳をそばだてる人もいないでしょう」

ドーベルマン伯爵夫人はばらりと扇を開き、美しい紅の引かれた唇をそっと隠す。

まるで内緒話をする合図のように。

そして、宰相夫人であるミリアは、シンに驚くべき情報をもたらした。

今回の騎獣の窃盗や詐欺の事件の裏にはそれなりの貴族がおり、しかもその者は、かつてグラスゴーに傷を負わせた犯人と浅からぬ関わりがあるらしい。

グラスゴーを傷つけて返品させた貴族とやらは、幾度となく良い騎獣を従わせようとしていた。

だが、扱いやすい馬ですら騎手があんまり下手だと言うことを聞かない。

高級騎獣である魔獣はさらにその判定がシビアだ。背を許すには技巧であったり、能力であったりを求めるのだ。

当然、貴族という立場の金と権力に物を言わせて堕落した騎士（笑）などに、従うはずがない。

だが彼はそれを認められず、納品される騎獣にことごとく難癖をつけて、潰してきた。

過去にも何度か同じことをやっていて、その度に騎獣を卸す商人たちが平民なのをいいことに代金を踏み倒し、傷物を返品していたのだ。

だが、何度も買っては返品しているため、とうとう付き合いのある騎獣屋すら彼に寄り付かなくなった。悪評は徐々に広まり、新しい騎獣屋も敬遠する始末。騎士団にも、騎獣が必要数に満たず一向に増えないことを気づかれてしまい、そこから悪行がバレた。

「騎士団長が非常に怒ってね、その騎士団員たちを追放したの。騎士にとって騎獣は剣や鎧と同じように大切な存在よ。ましてや、騎獣は生き物だもの。長年付き合いのあった店に見放され、悪評は広まり、備品の騎獣は足りなくなる。これでは遠征にも討伐にも支障が出るわ。移動・戦術の両方にデメリットがあるのだから、当然よね」

騎士団の恥晒しとすら扱き下ろされて追放されたらしい。

始末が悪かったのが、返品した騎獣の代金の踏み倒しだろう。

しかもただの返品ではなく、傷物にして返品したのだ。

騎士団の財政的には、出費はなかったことになっているのだから、当然その部分は気づかれにくくなる。

やり方が狡いし、せこい。

「――で、その追放された連中が今回の騒動の裏にいるようなの。騎獣を集めれば騎士団に戻れるとでも思っているらしく、めぼしい騎獣を見つけては平民から巻き上げているそうよ。それこそ、恐喝や詐欺紛いのことをして……騎士団どころか、貴族の恥晒しね」

ミリアは物憂げな表情でパチンと扇を畳む。

「彼らが追放になった直接のきっかけは、大量の怪我人とデュラハンギャロップの未納品。非常に優秀な個体で、本来なら王太子への献上品になる予定だったの。噂だと体・角・瞳・鬣・尻尾全てが漆黒で、たとえ乗りこなせなくても、観賞用としてだけで十分なほど立派な姿だったそうよ。デュラハンギャロップの黒馬自体は珍しくないけれど、角・瞳・鬣・尻尾が全て黒と言える個体は珍しいの。しかも、顔に新雪のような真っ白な筋がある……丁度、シン君の愛馬にそっくり。この筋はね、特に喧嘩の強い雄だけに出てくる白刃線と呼ばれて、狂暴であると同時に名馬の証なの」

　なんでも、角につながる魔力の動脈線のようなものが鼻筋にあるらしい。強い魔力の影響で変色して白く輝いて見えるそうだ。力ある成獣の証でもあるという。

　確定だ。完全にうちのグラスゴーじゃないですか――と、シンはお口をきゅっと引き結びながらミリアの言葉を聞いていた。

「そんな顔しなくて大丈夫よ。貴方の愛馬は物凄く狂暴だから、貴方以外は危なくて乗せられないわ。主を決めた魔馬を奪うなんて、普通やらないもの」

「……僕の馬はそんなに暴れたことはないですけれど」

「シン君の前だからよ。なんでそのバトルホースがデュラハンギャロップって呼ばれるか知ってる？」

　シンが首を横に振ると、ちょっとミリアは眉尻を下げて、口を開く。

「気に入らない騎手の首を刈り取る習性があるの。魔角で突き殺したり、切り落としたり、噛み付いて毟り取ったり、脚で頭蓋ごと粉砕することがあるのよ。主人には優しく噛んだり舐めたりしてくるけど、それ以外に対しては……バトルホース種の中でも一等に物騒なのよ。だから、デュラハンギャロップはたまに背中に首のない遺体を乗せていることがあるの。デュラハンギャロップは戦って御すか、背中に乗り続けて根競べして御すのが常套手段よ。でも、戦うと馬が傷だらけになって死んでしまうケースが多いから、大抵後者ね。落馬したくなくて背中に固定したのは良いものの、命を落としちゃったら本末転倒よね」

「あの、僕……そんな危ないチャレンジしたことないのですが」

「じゃあ一目惚れね！　素敵！」

ミリアは両手を合わせてにこにこと笑う。

シンとしては、デュラハンギャロップという名の本当の意味を知ってしまってドン引きだ。

デュラハンは前の世界ではアイルランドにいると伝わる、首のない男性の姿をした妖精だ。諸説あって女性の場合もあるが、首なし騎士とも呼ばれ、死を予言する不吉な存在と言われている。

可愛い愛馬は、実はとんでもなく獰猛だった。

「多分、貴方が漆黒のデュラハンギャロップを快癒させたと知ったら、連中はなんとしてでも奪い取ろうとするはずよ。そうでなくても、もう目を付けられているかもしれないのだけど……。冒険者の騎獣なら誤魔化せると思っても、宰相家の騎獣には手出しもできないはずだから、犯人が捕まるまで我慢してね」

「アッ、宿泊確定ですか」

「チェスターが『路傍の石に金の卵を潰されたら、ストレスでおかしくなる』って駄々こねているの。ごめんなさいね」

「過大評価が痛いです」

シンは金の卵なんて柄ではない。チェスターが田舎小僧に何を求めているかわからないし、わかりたくもなかった。大方、馬鹿犬王子の飼育係だろうが、それは謹んでお断りしたい。

「それに私、動物や魔獣が好きなの。窓から見えたけれど、立派なデュラハンギャロップね。シン君と一緒なら、近くで見られると思うから、傍に行っていいかしら？　二十年くらい前に仔馬なら見たことがあるのだけれど、あんな立派な成獣、もう二度とお目にかかれないかもしれないもの～」

ウキウキとした様子を隠そうともせず、ミリアは笑う。

(おい、宰相。もしやそれが目的か)

シンの中でチェスターの株が以下省略。

◆

地上ではない、神々の住まう領域で、その終わりは始まっていた。

どこかで白亜の神殿が壊れる音がする。何度も響くその音は、一つ一つが小さく消えていき、誰にも気づかれない。

かつて荘厳だったはずの神殿は、荒廃しつつあった。

噴水は枯れ、花は消えて、芝生には雑草が生い茂る。

大きな石造りの神殿は、ここ最近であっという間に老朽化していた。石柱にはひびが入り、主のための椅子は打ち捨てられ、権威を表す巨大な石像は手足や首が取れて崩れ落ちている。
栄枯盛衰とはいえども、あまりの変わりようだ。しかし、それが霞むような声が響いている。

「ねえ、見た？　今日のバロス様。昨日、マシェリアに触ろうとした途端にまた『変わった』らしいよ」

「ダメよ、そんなこと言っちゃ！　ここはバロス様の神殿よ？　どこで聞いているかわからないのよ？」

「あら？　もう何もできないのではなくて？　聖剣も持てず、戦神としての神力を失ってしまわれたと聞きますもの」

「笑えるぜ、アタイたちを人形みたいにした能力も失っちまったんだろう？　最近じゃ、下界の神官もろくに力を使えないみたいだぜ！　……で？　何になったんだ？」

「それがさぁ、カマキリ！　しかもこんなちっちゃいハナカマキリよ！　あれじゃあ鼠やクモにでも食べられちゃうんじゃない？」

きゃらきゃらと愉しげな女たちの声が、さざめくように広がる。

神々の住まう天上。そして神殿の主たるバロスが力を失って失墜しているというのに、彼女たちは誰も彼もが楽しそうだ。

そこには最近までバロスの性欲の捌け口として使われていた人形のように従順な様子は見られない。平然とバロスを謗り、嘲っている。

小鳥の囀りのような女性特有の高さと軽やかさ、そして毒のある姦しさがあった。

感情と自由を取り戻した彼女たちは生き生きしている。

もともとそれぞれが美しさを持つ女性たちだけあって、その場に揃うだけでも非常に華やかになる。

それを陰から見ている小さな白い存在は、怒りか羞恥かわからない感情で震えていた。

（嘘だ、嘘だ、嘘だ！　俺は強いんだ！　この世界を救った勇者で、戦神様だぞ!?　どうなっている!?　勇者の力が使えない！　神の力も権能も何もかも使えない！　なんで俺様がこんな弱っちい生き物になっているんだ!?）

女神たちとの約束を破ったバロス。

約束をした自覚はなくとも、しっかりと交わされた『契約』は、的確に履行されていた。

バロスは、己が世界の頂点とすら思っていた。戦神バロスは最高神をもしのぐ唯一無二の存在。信仰の崇拝の絶頂にいた――はずだった。

今やどうだ？

言葉を失った。力を失った。姿を失った。

つい先日まで自分が視界にも入れなかったような小さな存在に成り果てた。

たまに治って元の姿に戻っても、憂さ晴らしをしようと女に近づくと、再びバロスは神としての力をなくす。

どんどん弱くなっていくバロスと反比例するように、バロスに仕える神使や巫女は本来の自分を取り戻していった。

バロスの周りにいた存在は全て、地上や他所の神々から奪った女性ばかりだ。

すき好んでバロスに従った女性の方が少ない。そうでなくとも、バロスのあまりに暴虐で奔放な性質に辟易して、皆尊敬を失うのだ。

ある程度力ある側付きたちは、バロスの呪縛から逃れると早々に神殿から去っていった。

その中にはお気に入りの妖精姫や精霊、女神もいた。

（クッソ！　絶対取り戻す！　俺様は天下の戦神バロス様だぞ！　このままじゃ人間たちの祈りが減る！　信仰を失ったら神としての質が下がっちまう！）

バロスは必死に考えた。

彼の神殿だというのに、日頃の行いのせいで味方がいない。

無視するくらいは良い方で、神殺しの呪いや神罰を受ける覚悟でバロスを殺そうとした連中もいた。

（あのガキ女神……あいつから奪えばいい！　あんなチビでチンクシャだが、あれでも最高神だ！）

そそくさと移動するバロス・ハナカマキリを、蛙がじっと見つめていた。

◆

シンは、グラスゴーと自分の安全のために、しばらくドーベルマン宰相宅に滞在することになった。

半ば仕組まれた強制イベントのような気もしたが、それ以上に厄介な事件に巻き込まれたくない身としては、断りづらかった。

相手は強盗殺人上等かもしれない危険な連中である。

シンは今まで多くの魔物や獣と戦ってきたが、対人戦の経験は少ない。正当防衛は仕方ないことだとしても、できれば人殺しはしたくなかった。一般人の感性のままでいたかった。

宰相夫人のミリアがグラスゴーを近くで見たいと言うので、世話になる身としてはそれくらい……と、引き受ける。

さっそく案内しようと思ったが、それに待ったをかけたのは当のミリアだった。

彼女はとても楽しげに何かを持ってきたかと思うと、シンをメイドに任せて空いている部屋に放り込んだ。

「まぁ！　とっても可愛い！　やっぱり似合うと思ったのよーっ！」

小一時間後、シンは貴族令息の着るような仕立ての良い服に身を包んでいた。

機能性を重視した着古した生成りのシャツとは違い、絹シャツの滑らかで独特の柔らかさがもぞもぞする。あと、首元をかっちりとタイで締められて少し息苦しさを感じる。

ド庶民のシンだが、仕立ての良い服を着ると不思議と良家のご子息に見える。

馬子にも衣裳とはよく言ったものである。

しかし、子供なんて汚す天才なのに、何故首元や袖口にフリルを付けるのだろうか。シンは疑問に思うが、貴族には貴族の体裁や、身分相応の装いといったものが必要なのだろう。

シンが着ているのはドーベルマン子息のお下がりらしい。

「あの子たち、いくら可愛い服を仕立てても、いっつも半裸で殿下と庭を駆け回っていてね……姿絵を描くために着せた一回きりよ。ちゃんと着てくれたの」

「あの、何故半裸で？」

ミリアはふっと寂しげに若草色の目を細め——否、荒んだ目をした。

在りし日に思いを馳せるにしては、随分と投げやりな感じだ。彼女の中では良き思い出ではないのは明白だった。

「ちょっと長い棒を見つけると、勇者様ごっこや騎士様ごっこに夢中になるのよ。上着もベストもタイも玩具にされて、すぐボロボロ！　いっつもチェスターに雷落とされて、泣いて謝るんだけど、翌日にはケロッとしてるんだから」

そう愚痴りながらも、伯爵夫人はぎゅーっとシンを抱きしめて頬ずりする。

シンは最近こんな役回りが多いと感じつつも、大人しくされるがままにする。どうしてか、こんな美女に抱きしめられているのに、ちっとも嬉しくないし、ときめかない。

もしや自分は、この年齢にして枯れてしまったのだろうか……と、シンは一抹の不安を抱いた。

「あの、ドーベルマン伯爵夫人」

「ミリアよ。せっかく一緒に住むんだから、仲良くしましょう？」

「ええと、ミリア様、お伺いしたいことが……」

「うーん、今はこれくらいにしておきましょう」

シンの譲歩は大満足とはいかないまでも、ミリアの妥協点には達したようだ。

「ご子息がいらっしゃるのであれば、できればその方にもご挨拶をしたいのですが」

「あの子たちはそれぞれ騎士団に勤めているから、うちには滅多に帰ってこないわよ。長男はトラッドラとの合同訓練で国外だし、次男は魔物の討伐遠征に行っているの。手紙は飛ばしたけれど、戻ってくる頃には忘れていそうねぇ」

意外と子供が大きいことに、シンは驚いた。

苦笑するミリアは、外見の印象では二十代後半から三十代ほどに見える。

若々しい年齢不詳の美貌だが、典雅な落ち着いた雰囲気は、マダムな年上感を醸し出していた。

騎士団に勤めているということは、彼女の息子は少なくとも十代半ばか後半ではありそうだ。伯爵家の子息が騎士の小姓や小間使いなどをするイメージは湧かない。

もしかしたら、ミリアはシンが想像しているよりもっと年上なのかもしれない。

前の世界でも、美魔女という年齢不詳のアンチエイジングの塊のような人たちがいた。

女優などもそうだが、美容と若さを保つことに情熱を燃やした女性たちは、時々化け物じみて若い容姿をしていることがあるのだ。

もしくは、耳は普通だがエルフとか亜人などの血筋なのだろうかと勘繰ってしまう。

それほどまでに、ミリアは年齢を感じさせない。

「お二人もお子様がいらっしゃるんですね。ミリア様はお綺麗なので、そうは思えないです」

「あら、嬉しい。小さいのにお上手ねぇ。はぁ、うちの子もそれくらいはお世辞でも言えればいいのに」

喜んだ後、すぐに物憂げに溜息をつくミリアは、母の顔をしていた。

どこの世界も時代も子供を心配する親は変わらないようだ。

「おいくつなんですか？」

「二十六と二十三よ。外見はすくすく立派に育ったのだけれど、どうして脳味噌は旦那に似てくれなかったのかしら……」

完全に予想以上の年齢で、シンは困惑する。

「……えっ？　えと、失礼ですが、その、女性に年齢を聞くのは不躾かもしれませんが、ミリア様はおいくつで？」

「四十五よ」

「ふぁ!?　三十代ではなく!?　えと、実子!?　後妻や他にご夫人がいらっしゃるとか、実は養子、なんてことではなく!?」

取り乱したシンは、矢継ぎ早に質問をしてしまう。何気に失礼なことを口走っているが、その言葉の裏に「若すぎてそんな年齢のお子様がいるように見えない」という意図を嗅ぎ取ったミリアは、相好を崩す。

「あらあらあらぁ～～～！　三十代なら、ちょうどシン君のお母様世代ねぇ！　それくらいに見えたの？　嬉しいわ～！」

上機嫌のミリアにぎゅぎゅーっとさらに抱きしめられると、シンの体に柔らかい物が当たる。だが、それ以上の衝撃で、彼の脳はフリーズしていた。

まさかの自分の親世代の年齢だった。いや、ちょっとだけ若いが。


しばらくして、なんとか落ち着きを取り戻したシンは、始終上機嫌のミリアを連れて、グラスゴーに会いに厩舎に行った。

しかし、グラスゴーがいたのは厩舎ではなく、庭のど真ん中。そこで堂々と餌箱代わりに樽入りの果実と干し草ロールを貪っていた。

グラスゴーは「なんや、このニンゲン」という感じであったが、シンと友好そうなミリアの前では大人しくしていた。

多少の警戒はあるが、殺意や敵意はない。間近で見た迫力満点のデュラハンギャロップに、ミリアは嬉しそうにしている。

その後も、伯爵夫人は自らあれこれと屋敷を案内してくれた。

屋敷は広く、玄関ホールだけでも前の宿屋がすっぽり入りそうだし、二階から見下ろせば入り口の門からはよくわからなかったところまで見える。実は敷地にはかなり奥行きがあったらしい。

一国の宰相宅だけあって、敷地内には本宅以外にも社交用の別宅、使用人用の宿舎や厩舎がある。

(なんか随分気に入られたっぽいなー)

やらかした。

美人でほわほわしているように見えて、ミリアは結構押しが強い。だが、押しつけがましいわけではないため、なんとなく「まあいいか」と頷いてしまい、シンはミリアの都合のいいように転がっている。

結局、屋敷の案内をしてもらっただけでへとへとになったシンは、午後は出かけることなく、与えられた客間の一つで過ごすことにした。

少し陽が傾きかけた外を見ながら、ふかふかのベッドにダイブすると、シンはそのまま寝てしまった。

気づいたら、晩餐の時間だとメイドが起こしに来た。

幸い、ティルレインとの旅路での経験のおかげで、食事の席のマナーはある程度なんとかなったようだ。

そして子供用貴族服は、宰相宅にいる時だけという条件で着用することになった。

シンは別にここまで高級でかっちりした服などあまり着たくなかったのだが、ミリアの哀しげな表情に負けたのだ。

◆

次の日、シンは疑問を覚えつつもやはりお坊ちゃまのお下がりを着て、夫人と朝食をとっていた。

用意された朝食は、柔らかいテーブルロール。黒糖を使っているのか、独特の風味がある。白いパンにはチーズが練り込まれていた。他にも焼いたハム、ふわふわのオムレツ、オレンジと林檎の入ったフルーツサラダなどが出てきた。サラダはカリカリのクルトンとローストされた胡桃が良いアクセントになっている。チキンコンソメスープは、野菜がたっぷりで優しい味だった。

豪勢でバランスの取れた朝食に舌鼓を打っていると、なんだか多少のことはどうでも良くなってきたシンである。

美味しいという事実は、それだけで人を幸福にする。

朝食を口いっぱい堪能して、シンはうっとりと目を細める。

（おかわりはしていいのかなぁ）

咀嚼しながら考えているシンを、ミリアはにこにこと眺めていた。

「シン君は好き嫌いしないで偉いわねぇ」

何故にこんなに距離が近い。

どうして伯爵家の宰相夫人と、しがない冒険者の子供が同じテーブルについているのだろうか。

思わず呆然としてスペースキャットと化したシン。

「ティルレイン殿下がいらっしゃるそうよ」

ミリアにそう告げられた。

そして予告通り、無意味にご機嫌のティルレインがやってきた。

「来ちゃった♡」

一応、ヤバい精神汚染で療養中のはずじゃなかったのだろうか。周囲は少し甘すぎじゃなかろうかとシンは思う。

「暇なんですか。一週間缶詰で勉強漬けだと聞いたのですが」

「ふっふふふ！　ここにはちゃんと勉強をしに来たんだぞぅ！　シンのデュラハンギャロップの絵を描きに来たんだ！　芸術を嗜むことも王族の務めだからな！」

偉そうなティルレインの態度に、どつきたい衝動がシンを襲う。

彼の言葉を聞いて何か思い当たったのか、ミリアは頬に手を当てる。

「多分、大公妃のお誕生日用の絵画ですわね。殿下は毎年絵を贈っておりますもの。とてもお上手なんですよ」

「意外とまともな理由」

そういえば、タニキ村では女神像も上手に作っていた。ティルレインは手先が器用でデザインセンスもあるんだろう。芸術的な感性が高いのだ。

好きなものこそ上達するということか。

「芸術家気取りの二流より良いものをお描きになるんです。下手にプレゼントを選ばれるより安全なので、余程のチャレンジャー以外は、絵をリクエストなさるのよね？」

「絵は得意だぞ！　ちょっと予定が変わってしまったが、良い題材があって助かった！」

「僕の意見は？」

「シンも一緒がいいのか？　いいぞ！　騎乗している方がいいかな？　それともこの前みたいにブラッシング中の構図も捨てがたいな！」

盛り上がるティルレインの後ろから、手土産を持ってやってきたルクスが申し訳なさそうに頭を下げる。

「シン君、申し訳ありませんが協力していただきたいのです。シン君も殿下も悪くないのですが、事情がありまして……」

「事情？」

ティルレインはともかく、ルクスの話は聞く気になるシンであった。

気まずそうなルクスは、憔悴気味に口を開く。

「もともと大公妃用にいくつか絵はあったのです。リハビリも兼ねてお描きになっていました。ですが……気が付くと例のアイリーン・ペキニーズの絵を描いていて……医師や王宮魔術師の見立てだと、まだ無意識下に彼女の影響があるようなんです。それが何度も続くうちに、殿下も筆が進まなくなってしまったのです。シン君の前だとだいぶ明るいようだったと、宰相からお聞きしまして」

シンには関係ない話だが、落ち込むルクスを見ると良心が咎めた。

確かに、大公妃への誕生日の贈り物が悪女の姿絵などあってはならない。最近騒動を起こしたばかりだし、とんでもない喧嘩の売り方だ。

ティルレインも、描きたくないのに何故か描いている恐怖の現象に落ち込みもするだろう。筆が乗らなくなるのもわかる。

「お詫びに、お下がりで申し訳ないのですが、私が学生時代に使っていた魔導書や薬学、錬金術などの教本を持ってきました。自分ではもう使わないものですが、王侯貴族の通う学園でも使用される書物です。冒険者生活にも役に立つと思いますし、版数が最新版ではなく少し前なので、シン君が持っていて不自然でないものです」

（どうしよう。滅茶苦茶欲しい）

シンの心は揺らいだ。あの本には古本屋やギルドにあった古書よりもよほど新しい、きちんとした情報が載っているだろう。貴族の子弟の通う学校で使うということは、かなり公的で、正確な情報だ。

しかも新品でないのがまたポイントが高い。わざわざ買ってこられたら、どうしても気持ちの重みを感じてしまうが、お下がりというのであれば遠慮なく貰える。

ルクスは的確にシンの需要を突いてきた。

「シン君は勉強が好きなようですので、役に立つなら貰ってください」

「い、いただきます……」

シンは誘惑に負けた。

欲しかったものが手に入って嬉しい反面、グラスゴーを売り飛ばしてしまった気がして後ろめたいシンだった。

「本ならタニキ村でも読めますし、豪雪になって外に出られない時などに時間潰しになりますから。それに、絵を描いている間は殿下も大人しいと思うので」

ルクスが柔和（にゅうわ）な笑みとともに渡してくる。よく見れば、ちょっと角が曲がっているところがあるあたり、使用感があった。ティルレインの絵のためにシンの騎獣を拘束してしまうことへのささやかなお詫びと、待っている時間や今後の暇潰しを兼ねたものでもあるようだ。

「場所はどうしましょうか。厩舎近くにアトリエでも用意しましょうか？」

その横で、ミリアがティルレインのために提案している。

「なるべく自然なままがいいからな。ちょっと道具があれば大丈夫だ。あれだけ存在感があるモデルはそうそういないだろうから楽しみだ！」

ふんすふんすと鼻息荒く、ティルレインが気合を入れている。

持ってきた真っ白なキャンバスは、シンよりも大きい。それが何枚も運び込まれてくるのが見える。大きな旅行鞄が三つもあるが、それぞれ画材が入っているそうだ。

ティルレインはいつになく従僕や使用人たちにてきぱきと指示を出して、精力的に動き回っている。その姿を見たシンが首を捻る。

「あの人、本当に落ち込んでいたんですか？」

「シン君に会えるってわかったら、元気になったんです。それまで、かなり沈んでいました。特にヴィクトリア様の絵を描いていたはずがペキニーズ嬢に変わっていた時は酷かったですよ。驚きを通り越して恐怖だったらしく、キャンバスを窓から投げ落としていましたからね」

描いていたはずのものがいつの間にか別の絵になっていたら、普通に怖い。実際に筆を動かしていたティルレインの衝撃はもっと酷いだろう。

ヴィクトリアはティルレインの婚約者で、アイリーンとは全く似ていないらしい。聞いているだけで寒気がするし、サイコホラーの気配がする。

ちなみに、なんだかんだでヴィクトリアとはよりが戻ったそうだ。

「殿下、グラスゴーに近寄りすぎないでくださいね。なんでも僕が傍にいないと狂暴になるらしいので。下手すりゃ首なしになりますよ」

やる気があるのは結構だが、うろちょろするティルレインに忠告する。

「大丈夫だぞぅ！　僕は何故か昔からあんまり動物には怖がられないんだ！」

多分それは舐められているだけだ。シンはそう思ったが、お口にチャックをした。

騒がしくなるかと思いきや、ティルレインは厩舎でグラスゴーの世話をするシンの邪魔はせずに、少し離れた場所に落ち着いた。そこで大人しく椅子に座って、せっせとデッサンをしている。

彼はいつになく真面目な表情でキャンバスとグラスゴーを何度も見比べ、鉛筆を動かしていた。

鉛筆だけで何種類もあり、その隣には木炭も用意されている。どれも使い込んだ跡があって、色々使い分けているようだ。

さすがに直射日光の中に長時間いるのは辛いだろうという配慮なのか、簡易テントが設置され、すぐにお茶や軽食が取れるように侍女や侍従が控えている。

（……口を開かないだけで美形度五割増し……）

そういえばティルレインは間違いなく美形の部類だったと、シンは今更ながら思い出す。

いつも情けない言動で忘れがちだが、こうしていると顔立ちの端整(たんせい)さが際立(きわだ)ってよくわかる。普段は子供っぽい泣き顔でくしゃくしゃになっていることが多いが、真面目な表情は凛(りん)としている。

「シン、グラスゴーに近づいていいか？　顔立ちや角の付近をよく見てみたい。馬は何度か描いたことはあるが、少し毛並みも独特だから、よく見せてほしいんだ」

「わかりました。どうぞ」

いつもの鬱陶しいティルレインならともかく、今なら大丈夫だろう。

グラスゴーも頭の先から足の先まで綺麗にブラッシングされ、蹄の裏まで手入れされてご機嫌だ。

シンの承諾を得て、ティルレインが嬉しそうに立ち上がる。

「本当はもう少し近い場所でデッサンしたいんだが、動物の中には人や画材の匂いを嫌うのもいるからな」

鉛筆ではなく木炭でデッサンをしていたので、ティルレインの手は真っ黒に染まっている。

木炭と消しゴム代わりのパンをウェストポーチに入れると、彼はゆっくりこちらにやってきた。

グラスゴーはぴくぴく耳を動かし、少し尻尾を揺らしたが、それ以上は反応しなかった。

「凄く綺麗だ。立派な馬だな」

ティルレインは、目に星がちりばめられたようにきらきらと尊敬の光を浮かべて、うっとりとグラスゴーを見ている。

折り紙付きの物騒な由来を持つ魔馬の前に、ティルレインは丸腰でふらふらとかなり近づいてきた。だが、その魔馬も信頼する相棒(シン)が傍にいるのもあって大人しい。

シンとしても、愛馬が手放しに賞賛(しょうさん)されれば、悪い気はしない。グラスゴーも褒められているのがわかるのか、心なしか胸を張っておすまし顔をしている。

「うん、良い絵が描けそうだ」

そう言って微笑んだティルレインの顔は、いつになくすっきりとしていた。

だが、キャンバスに戻ろうと後ろを向いた瞬間にグラスゴーが動いた。目にもとまらぬ早業（はやわざ）でウェストポーチを奪うと、木炭ごとパンを口に入れる。

ティルレインは予備のパンまで入れていたらしく、ポーチは涎（よだれ）でべちょべちょになってから戻ってきた。もちろん、全部食べられていた。

「ぎゃーっ！　グラスゴー！」

「なんだ？　お腹空いてたのか？」

叫ぶシンを尻目に、ティルレインはからからと楽しげに笑う。

ウェストポーチはたまたま留め具が緩かったらしく、あまり強く引っ張られなかったようだ。ルクスやメイドたちの方が慌てているが、ティルレインに怪我はなさそうで安堵している。

「そうだ、シンが乗っている姿も描こう！」

「あ、そういうのはＮＧなんで」

「なんでだよぅ！　記念に一枚残そう！　王都記念に！」

「思い出や記念は強要されるモノじゃないと考えていますので」

容赦なくシンにぴしゃりとはね除（の）けられ、ティルレインの顔が一気にくちゃっとなる。誰もが「あ、泣くな」と理解した。

頭一つは余裕に小さな子供に泣かされる十七歳児の泣き声は、どこか蝉（せみ）に似ていた。

泣き縋り、ヤダヤダとごねる残念王子を、シンは心底ゴミクソを見る目で睥睨する。そこに尊敬や敬愛は一切ない。

それをやや離れた所から見ていたルクスとミリアは、そっと安堵の溜め息をついた。

「……やはり違いますね。あまり長くシン君と離さない方がいいのかもしれません」

「ではやはり見立て通りですの？」

「ええ、恐らくシン君には破邪や浄化に準ずる能力があるのでしょう。彼の出自が不明ですのでなんとも言い難いですが、血統的なものか、突然変異やギフトなのか。もしかしたら、なんらかの神からの加護を持っているのかもしれません」

「でも、あの子は難しいわよ？　うちの子とは全然違うわぁ。子供だけど凄くしっかりしているもの。今はまだ私のペースに巻き込まれてくれているけれど、下手な強要をしたらフラれちゃう」

ティルレインに掛けられた魔法の解呪は順調にいっていた。

だが、記憶というデリケートな部分をいじられたことにより、彼は多大な精神負荷を受けていた。下手に解呪をすれば、今まで魔法で誤魔化されていた本当の感情がティルレイン自体を傷つけて疲弊させていく。

ティルレインの本来の性格は鷹揚で優しい性根だ。為政者向きではないが、一粒種でもないし、王太子でもないからこそ、伸びやかさがあった。そこを家族や家臣からも可愛がられてきたタイプである。

小心者でもあるので、間違っても婚約者を嵌めるようにして婚約破棄なんてするタイプではない。

たとえ唆されたとしても、そこまで傲慢になりきれないはずだ。

昔から、つれなくされてもなんだかんだ懐いていた御犬様タイプだ。

ルクスは記憶も心も捻じ曲げられた反動をもろに受けていたティルレインの様子を思い出す。

シンから貰ったスタンプカードの課題を必死に頑張り、趣味に打ち込んで気を紛らわそうとしたものの、それすら叶わなかった。

もはや逃げられないとばかりに、疎ましい女の絵を描いたことに怯えていた。

あまりに精神が弱ってしまえば、解呪の前にティルレインの心身が壊れる。

タニキ村では安定していたのだから、一度気分転換にシンに会わせてやってはどうかと、普段は厳しい宰相が提案するほどの有様だった。ティルレインは大好きなシンから手紙を貰うたびにわかりやすく気分は浮いていたし、ルクスもその考えに同意した。

そこで、数分だけという条件で、完全に埋まったスタンプカードを口実に急遽時間を空けたのだ。

それが先日のこと。

その結果、シンの前のティルレインはケロッとした顔ではしゃぎまくっていて、面会の後の精神も安定していた。

医者や王宮魔術師たちもびっくりするほど、ティルレインが安定していると太鼓判を押した。

もしやと思って今回再び会わせてみれば……まあ、わかりやすく元気である。

行きの馬車の中ではまだ顔色は少し悪かったはずが、今ではぴんぴんしている。

その激変ぶりは、何かあるとしか思えない。

「ティルレイン殿下も加護持ちですし、シン君の関係する加護やスキルと親和性が高いのかもしれませんね」

ミリアの言葉に、同調を込めて頷くルクス。

「加護持ちは基本、いずれかの国の名のもとに保護する方針ではありますが……シン君、凄く嫌がりそうなので、どうしたものか」

妖精・精霊・神といった、人ならざる力を持つ存在から加護を得た者たちは、手厚く保護される。それは加護を受けた者が害を受ければ、その力を与えた存在が暴れることがあるからだ。場合によっては、途方もない災厄として降り注ぐ。

逆に、丁重に扱えば、加護の種類によっては周囲に絶大な恩恵をもたらすこともある。

その加護持ちの人間がいるだけで、乾燥した不毛の大地を緑に変えたり、魔物の大暴走(スタンピード)を減らしたりもする。中にはその国に出生する人間のギフト数を根底から変えてしまう時間差のタイプもあるという。

加護の強さによって影響は大きく違う。一気に変わるものもあれば、時間をかけてじわじわ効果が出てくるのもある。

この二つの理由から、そういった加護を持つ者たちは大きな権力の庇護(ひご)下に入れられることが多い。

だが、シンは栄華を望まず、どちらかというまでもなく壁の花希望のタイプだ。

目の前に金子(きんす)や地位を積み上げようものなら、喜ぶどころかドン引きして、すり足気味に距離を取るだろう。顔には笑みを張り付けたまま、そっとムーンウォークで逃げていく。

必殺『出国しますよ』が発動しては堪らない。

シンは国を渡っても冒険者業をやっていくだけの実力はある。その腕一つで生きていけるのだ。

人間嫌いというわけではないが、特定の人間に入れ込む様子のないシンを、下手に刺激してはいけない。

ミリアは頬に手を当てて「あらまぁ」とおっとり笑い、ルクスは頭を抱える。

シンが知らぬところで『神々の寵愛』効果が出てしまっていた。

◆

一方その頃、王宮で開かれた会議では、議論が躍っていた。

バブル期のお立ち台やインド映画より踊っていた。

国王VS宰相が、シンの身の振りを勝手に相談し合っているのだ。

「だーかーらー！　シン君を私かチェスターが養子にすればいいじゃん～！」

「反対です。シン君は強引な手を使えば、全力で身を捩って逃げていくでしょう。少しずつ少しずつ恩を売って、信用を重ね、あちらから寄ってくるようになってからの打診が一番です。いいですか!?　まともな性格の加護持ちですよ！　あの年齢で性格矯正不要の！　無駄な向上心や正義感や権力欲を持ち合わせない！　ま・と・も・な!!　人材なんです！」

毎回恒例のことなので、周りは止めるどころか温い目で見ながら「宰相頑張れ」と心の中で応援する。

この手の争いは大抵宰相が正論でまともだ。

しかし国王も食い下がる。

「タニキ村にリリースして、そのまま戻ってこなかったらどうするのだ？」

「田舎でも辺境でも国土にいるだけマシです。ティルレイン殿下もセットでぶち込んでおけば、王宮も静かでお得です」

「嫌だ。私がつまらん」

「糞陛下、随分頭が湧いてらっしゃるようですので、執務を割り増しで処方いたしましょうか？」

「横暴！」

とりあえず面白そうだから手元に置きたい陛下と、慎重に自陣に引き入れたい宰相の言い争い。

やり方が違うだけで、結果は一緒であることはさて置き。

扉の向こうで「また陛下がごねていらっしゃるのねぇ」と、王妃マリアベルがハリセン片手にスウィングしているのをまだ二人は知らない。

ティンパイン王国は今日も平和である。

◆

あの日以来、ティルレインはせっせとドーベルマン邸へと足を運んでいるそうだ。時折聞く話から察するに、婚約者のヴィクトリアにかなりイビられているようだ。

シンとしてはちょっとお手柔らかにしてもいい気がしたが、翌日にはティルレインも復活しているから大丈夫だろう。

むしろ、どことなく嬉しそうというか、楽しげなのは気のせいだろうか。

この馬鹿犬殿下はドＭの才能があるのかと、シンは疑いはじめた。

違う、ドＭじゃなくてお馬鹿である。

昨日はおさかなクッキーを貰ったと自慢していたが、お魚型のクッキーではなく、魚のすり身がガチで主成分の魚のクッキーだ。それって猫用？　と思ったものの、頑張って食べたと胸を張るお馬鹿王子を見て、シンは沈黙した。

むしろ色々なもので板挟みのルクスが可哀想だった。優秀な侍従は様々な事情と感情を一生懸命に呑み込んで耐えていた。

ティルレインは阿呆だが、馬鹿は馬鹿なりに一生懸命に婚約者に尽くしているのだ。

その日、シンは出かける用事があったので、あまり構っている暇がなかった。

「じゃあ、ちょっと騎獣屋にバイトしに行ってきます。ティル殿下、グラスゴーの絵を描くのは良いですけど、あまり近づきすぎないでくださいね？」

「ああ、わかった！」

「パンもあげすぎないでくださいね？」

ティルレインのウェストポーチに入っている、絵画で使う消しゴム代わりのパンは、しょっちゅう狙われている。

「頑張る」

シンの忠告に神妙な顔をしてこくりと頷くティルレイン。どっちが年上かわからない。

ちなみに昨日だけで、絵画用パンをダース単位で食われていた。

接近戦では間違いなく負けるのだから、近づくなと忠告しているのだが、絵を描いているうちに夢中になって距離が縮まっていくのだ。

ティルレインから離れたシンが、小声でルクスに話しかける。

「あの、ルクス様。例の騎獣のお話の件ですが……」

「ああ、後見ですね？　父に話も通しておきましたし、大丈夫ですよ」

「ご当主⁉」

さらに上の人が出てきて声がひっくり返るシン。ルクスはなんでもないように、むしろ当然といった様子で頷いた。

「はい。普通の馬であれば私でも問題ないと思ったのですが、デュラハンギャロップならばサモエド伯爵である父の方が安泰かと。今は殿下の絵のモデルもしてくれていますし、念には念をで」

「アリガトウゴザイマス……」

大ごとになってないといいな……と、シンはぎこちなくお礼を言った。

ルクスはシンのひきつった顔から察して、苦笑する。

「この手の依頼は最近増えているんです。そう硬くならなくていいですよ。解決に向けて全力で取り掛かっているのですが……何せ、被害の多くが平民ということもあって、イマイチ乗り気でない者も一部おりまして」

そのための権力なのに、と言外の心境が聞こえてきそうだった。

人のよいルクスは、貴族であっても、その乗り気でない連中とは違って気にしているのだろう。


シンが騎獣屋に着くと、店の前が何やら騒がしかった。わらわらと人集りができている。

しかもその人垣の層は分厚く、隙間からも中の騒動が見えやしない。背の低いシンはぴょこぴょこと飛び跳ねて様子を窺おうとしたが、全く見えない。

ポジション的に、騒動の中心がシンの行きつけの騎獣屋だと思われ、余計に気になる。

シンは人垣をかき分けてなんとか前に出ることができた。

そこでは、騎獣屋の店主と柄の悪そうな男たちが睨み合っていた。

「お前らに売る騎獣はねえって言ってんだろうが！」

「この！　獣売り風情が生意気な！　こっちはサギール伯爵の使いだぞ！　とにかくこの店の騎獣を寄越せ！　抵抗するなら、営業許可証を取り消すぞ！」

貴族の使いと思しき男が、なんともわかりやすい小悪党じみた態度でふんぞり返っている。

その両サイドにはＴＨＥゴロツキといった厳つい顔の男たちが控えている。片方はビキニアーマーを纏ったメタボ気味中年のおっさん。シンはビキニアーマーなるものを初めて見たが、こんなおっさんが身につけているのでは微塵も嬉しくない。もう片方は盗賊のようなチンピラ風の、やせぎすで目つきの悪い男だ。

とても邪魔だなぁ……と思ったシンが、気配を消してそろそろと近づいていくが、ヒートアップしまくりの周りは気づかない。

「やれるもんならやってみな！　俺がここで何十年商売していると思ってやがる！」

空気を読まない隣の店主が「そういえばそろそろ仕入れのために一度引き払うって言ってたな」とのたまっている。もともとこの場所に長居する予定ではなかったようだ。

「生意気な！　こんな店燃やしてやれ！」

小悪党のこの発言には、さすがに騎獣屋のおじさんも焦った。

「馬鹿野郎！　何を考えてやがる⁉」

相手が動揺したことでさらに増長したのか、ゴロツキたちは液体の入った瓶をぶちまける。独特のねっとりとした臭いからして油だろう。

彼らは立場の優位性にニヤニヤしながら、松明（たいまつ）をチラつかせる。人の腕ほどの太さの枝に古布を巻いた簡易な作りの物だ。

シンはふと気づく。乱暴にぶん投げた油壷はそこら中に飛び散っている。

「あの……」

シンがそろーっと松明を手にした男の一人に声をかけると、彼は露骨に馬鹿にした目で「なんだこのガキ」と吐き捨てた。

ちょっとムカついたものの、一応言いたいことは言わせてもらう。

「多分その火を投げたらこの店どころか周囲一帯に燃え広がりますよ。この辺の店舗は布や木材を使った建物が多いですから。役所や貴族の邸宅のような石造りやレンガ造りの方が少ないです。貴方がたやサギール伯爵様とやらは、この露店街を焼き払って、その賠償ができますか？」

その場の空気が変わったが、シンは構わず続ける。

「建物・商品物損だけでも相当ですが、火だけでなく大量の煙が発生すれば、死亡者も出ます。ただでさえ野次馬が集っていますし、いくら口封じしようとしても、必ずサギール伯爵様の名前の出どころはバレますよ。貴方がたが延焼の末に一緒に煙や炎に巻かれて死のうが、雇い主に不始末として処刑されようが、どちらでも構いません。当然ですが、その覚悟はできているんですよね？」

ゴロツキと一緒に、貴族の使いらしい男もまとめて動きが止まった。

忠告したシンは「やっぱり考えてなかったんだ」と半眼になりかけた。

考えのない人間は時々——悪い意味で——行動力が凄い。

「万が一、生きていても、油を投げたのも火を投げたのも貴方たちです。サギール伯爵様とやらは、貴方たちのために露店街を燃やした責任を負ってくれますか？　庇ってくれる方ですか？　ご自分の顔に泥を塗られ、多大な金銭的な負担を強いられ、悪評を甘んじてまで貴方たちを守ってくださる方ですか？」

こんな阿漕な真似をする人間に、そんなもんあるわけないとわかっている。

真っ当な人であれば、そもそも地上げ屋のような人間を雇わない。そういうろくでなしなら、考える間もなく切り捨てそうな気配がプンプンする。

　ますます顔色を悪くした地上げ屋紛いの連中に、シンは嘆息する。

「ちなみに、僕がさっき言ったのは最小限の被害です。もし露店街だけでなく近隣の繁華街や商店街、宿泊街、市民区域や貴族街まで燃え移ったら、サギール伯爵様でも手に負えませんよ」

　この世界に防火システムなんて期待できないだろう。王侯貴族の暮らす宮殿や邸宅ならともかく、一般市民が主な利用者であればなおさらだ。

　いくら魔法があるとはいえ、そこら中が燃えてしまったら怪我人や死亡者の発生は防げない。

　煙によって一酸化炭素中毒をはじめとした様々な被害も出る。燃えることによって有毒化する植物だってあるのだ。そうすれば、煙はまさに毒ガスである。

「覚悟はおありですか？　貴方は今目の前にいる無辜の人々を焼き殺し、生活を灰燼に変え、王都を脅かし、大罪人の謗りを受けると腹を決めていらっしゃるのなら止めません。貴方の未来は、その火をどこに落とすかによって決まります。まだ間に合いますよ？」

　シンは淡々と、ありのままの予想と事実を織り交ぜて伝える。

　声高に正義や感情を訴えかけても、この手の輩には通じないだろう。

　薄氷のような立場の優位性に驕って、加害者側の優越感のまま仕出かす可能性だってある。

　だが、自分の命も社会的な立場も徹底的に追いやられることを噛み砕いて説明してやれば、覿面に効く。

　貴族の使いはもう真っ青だ。対して、周囲の群衆は既に殺意一歩手前の憎しみが籠もった敵意を向けている。

男は手にした松明をどうしていいかわからない様子でギュッと握りしめている。落としたら自分も全てを失うとわかっているのか、手が真っ白になるほど力が入っていた。

この男が自爆するのは構わないが、シンとしては視界に入らないところでやってほしかった。まして、巻き込まれるのは御免こうむる。

ぶるぶると震えて今にも失禁しそうな男を憐れみはしない。自業自得だ。

もっとやりようはあったはずなのに、安易な考えで脅迫などするのが悪いのだ。

松明は着実に燃えているため、いずれ持ち手の部分まで火が回るのは時間の問題だ。それだけでなく、何かの拍子に火の粉が飛んで引火したら大惨事だ。

溜息をついたシンは、水入りの桶を持ってきた。

「どうぞ」

「あ、ああ……」

松明の火が水の中に呑み込まれたのと同時に、周囲から押し寄せる圧は消えた。

シンは足元に広がる油を見る。騎獣屋の軒先の幌にも掛かっているし、それ以外にもだいぶ飛び散っている。

「あと油の掃除してくださいね。これでは通行の邪魔です」

「なんでそんなこと！」

「貴方がたがやったからです。周り、見えていますか？　周囲に顔を覚えられていますよ。恨みと憎しみの矛先を少しでも減らしたいと思わないなら結構です。僕がやります。でも、今にも貴方がたを殺したそうに見ている方々のお相手するのは避けられませんよ」

「ぐぬぬぬぬ」

ここまで言っても、彼らは掃除をしたくないらしい。意固地な大人に、シンは溜息をつく。

はっきり言って、仕事の邪魔だから、早々にどこかへ行ってほしかった。

「……はぁ、わかりました。帰っていいです。僕が掃除します」

「ふ、ふん！　わかればいいんだ——ん？」

使いの男が威張り散らすように啖呵を切ると、とんとんとその肩を叩く者がいた。

シンは同情していなかったが、呆れてはいた。忠告をしたのに聞かなかったのが悪い。

何せ、彼の背を叩いていたのは明らかに彼より身分の高そうな、立派な仕立ての服を着た紳士だったからだ。お世辞にも友好的ではない表情。シンにはちゃんとそれが見えていた。

「貴様だな？　私の予約していた『ジャンボピヨリン』の雛を油まみれにしたのは」

地獄から鳴り響いてきたような重低音である。おおよそ人の声とは思えないような威圧感に、使いの男が息を呑む。

「ひぃえ⁉」

騎獣屋のおじさんも「やべ、大旦那……」と、いつになく消え入りそうな声で呟いた。

シンはジャンボピヨリンという言葉に首を傾げたが、店先にある綺麗なリボンのついた銀色の鳥籠に雛鳥たちが入っているのを見つけた。だが、彼の言葉通り油を被っており、ふわふわの毛並みがぺしょぺしょだ。見た目の体積が半分くらいになっている。

目に油が入ったのか、目をしょぼくれさせているのもいた。鳴き声もかなり控えめで、元気がない。

変わり果てて弱っているジャンボピヨリンの雛たちを改めて見た『大旦那』は、さらに露骨に機嫌を降下させた。

「騒ぎがあると思えば、サギール伯爵家の使いか。貴様も貴族の使いであれば、商売は信頼で成り立つということを知らんのか。この店は、ある一定以上の価値のある騎獣の販売は一見お断りで、即日購入を望むなら紹介制だ」

怒れる『大旦那』と目が合ってしまった店主のおじさんは、肩を落としながら対応する。

「バラダインの大旦那じゃありませんか。お孫さんのお祝いに元気のいいのを揃えたんですが、見ての通りで……」

シンはとりあえず弱っている雛鳥たちに洗浄と治癒の魔法を交互に重ね掛けした。

何度か繰り返すと、もとのふわっふわのヒヨコフォルムが戻ってきた。仕上げに一匹一匹にポーションを飲ませれば、やかましいほどぴよぴよと騒ぎはじめる。

とりあえず黙らせようと鳥の餌を置いたところ、鳥籠の中で奪い合いのおしくらまんじゅう状態に。せっかく綺麗にした毛並みがあっという間に餌まみれだ。

周囲に散らばった油も洗浄魔法で綺麗にしたシンは、店主に尋ねる。

「他のジャンボピヨリンの雛っていいます？」

「ああ、いくつか候補がある。水桶の傍にいるから、籠ごといくつか持ってきてくれ」

言われた通りの場所に行くと、ふわふわの毛玉がぴよぴよしていた。

シンが籠を持って戻ってくると、放火未遂犯のサギール伯爵の使いはすっかり縮こまっていた。

「貴族の威を借り暴れておいて……無事で済むと思うなよ？」

恐らく一角（ひとかど）の人物であり、貴族だろうバラダインに冷徹に見下され、男は震え上がっている。

「ひぃいいい!?　失礼しましたー！」

権力を振りかざした結果、より強い権力に押し潰されたのだ。

へっぴり腰で平謝りしたまま、彼らは衛兵に連れていかれた。

サギール伯爵も馬鹿な使いを放ったものである。あの男の独断だとしたら可哀想だが、伯爵の指示なら自業自得だ。

ふんと鼻を鳴らしたバラダイン卿は、シンが持ってきた籠に気づくと片眉を上げる。

「失礼します。バラダイン様。他の雛もお持ちしました。いかがいたしましょう」

現在シンの周囲には、もともと店先にあった鳥籠の他に、追加で出した籠が二つある。その中でそれぞれ活きのいい雛鳥がぴよぴよ大合唱している。

バラダインは威圧感を消し、ぴよぴよリサイタルを見つめる。どっちもやかましく元気にぴよっている。もはやどっちが油を被っていた方かわからないくらいだ。

バラダインはそれぞれの籠を見比べたが、なんとも微妙な顔になる。

「……どれも元気で甲乙つけがたいな」

「当たり前ですぜ。旦那に卸すんだから、農場まで買い付けに行った雛鳥ですよ！　騎獣用の最高の交配をした走り屋の雛鳥だ！　貰った分はちゃんとやる！　それが商売ってもんです！」

ぴよぴよぴよぴよぴよぴよ……

騎獣屋のおじさん自慢の商品はとても元気である。忙しなく動き、よく鳴き、どれもこれも毛艶よくふわふわだ。

籠の傍に立つシンは、うるさくて耳がおかしくなりそうだった。

確かバラダインは、孫のための騎獣と言っていたので、わざわざ店まで取りに来たのだろう。

先ほど小悪党を成敗したダンディな紳士は、かなり真面目に雛鳥たちを吟味しているが、その視線は忙しなくぴよぴよ動き回る雛鳥たちに翻弄させられている。

じっくりしっかり悩んだ結果、五羽までに絞られたが、そこからがまた一段と進まない。

「僭越ながら、提案させていただいてよろしいでしょうか？」

「ん？」

「それほどお悩みになるのでしたら、一度お持ち帰りいただき、この中からお孫様に選んでいただくのはいかがでしょうか？」

しばらく悩んだものの、シンとジャンボピヨリンの雛鳥たちを見比べたバラダインは「そうさせてもらう」と頷いた。

数時間後、「全部買い取りになった」と、凄く良い笑顔で騎獣屋のおじさんから報告があった。

商談は大成功に終わったようである。

◆

その日、ドーベルマン邸に帰ったシンは、グラスゴーに「知らない匂いがする……」と、亭主の浮気を疑う妻のような目で見られた。

基本、シンには懐こいグラスゴーが、いつになくよそよそしい態度である。

じっとりと猜疑心溢れる眼差しで、いつになく不機嫌そうに嘶く。

「グラスゴー？　いつもの騎獣屋だよ？　ほら、お前のいたところだよ？」

つれないグラスゴーの態度に、よくわからないが機嫌を取る夫のようなムーブをかましてしまうシンだった。

「浮気は良くないぞ、シン！」

「鏡を見て仰ってください、馬鹿犬殿下」

「なんでグラスゴーより僕に冷たいんだぁ！」

「え……日頃の行い」

他所での顔は知らないが、少なくともシンにとっては頼れる相棒である。

ティルレインは「僕にも優しくしてよぉ！」と抱きつこうとしたが、あっさりとシンに避けられて芝生の上に転がった。

それを助け起こそうとするルクスも「駄々こねちゃだめですよ」と子供扱いである。

「絵は進んでいるんですか？」

「もちろんだぞぅ!!」

シンに話を振られてすぐさま復活したティルレインは、インビジブル尻尾を激しく振りながら、小走りに大きなキャンバスの前に行くと、手招きしてきた。

忙しないお方である。

ちょっと気になっていたので、シンは呼ばれるがままに行く。

「まだ下絵の状態だ。油絵は臭いが強いからな。水彩画にする予定だ」

そこには精巧（せいこう）に描かれたグラスゴーの姿があった。

ルクスたちから聞いてはいたが、本当に絵が上手い。ただ写実的な技術が高いだけでなく、描かれている被写体から躍動感（やくどうかん）や鼓動、息遣いすら感じるような迫力がある。

未完成どころか、色を入れていない状態でこれだけ凄いのだから、あっぱれである。

芸術にも疎いシンでも、この絵からは才能というものを感じる。

「凄く上手ですね、グラスゴーがいます」

「ふふ～ん！　そうだろう、そうだろう！」

ティルレインが鼻高々にエッヘンと胸を張るが、これはかりは手放しに褒めていい。

「出来上がりが楽しみですね」

シンがキャンバスに描かれたグラスゴーに魅入（みい）られたように呟くと、だんだんと照れてきたらしいティルレインが「んふふふふ！　えへへへへ！」と不気味な笑いを始める。

手をもじもじとさせながら、顔を赤らめて体をくねくねさせている。

「うっわ。ティル殿下、気持ち悪いです。近寄らないでください」

「ねえ、酷くない！　なんでいつも上げてから落とすの!?　どうしてそう力いっぱい叩き落とすの!?」

シンに罵られたティルレインが、すっかり洟垂れ状態で泣き出した。

目からびゃっと勢いよく涙が流れる。毎度のことながら、機動力が高い非常に活きのいい涙腺である。

シンに手を伸ばすが、すーっと音もなく離れるものだから、ティルレインはますます泣き喚き、それを見たルクスが宥めはじめる。

最近では慌てることもなく、もはや菩薩顔の苦笑だった。

第四章　騎獣泥棒

ドーベルマン伯爵家の生活は悪くない。快適だと言っていいだろう。

出てくる食事は美味しいいし、服は着心地がいいし、住まいも広くて清潔だ。虫が出てくることや隙間風もない。自分で家事や身の回りのことをせずに済むのは快適である。

屋敷の人たちも優しくて、なんの不便もない。

周囲を気にせずグラスゴーに乗れないのは残念だが、騒がしいティルレインも絵に没頭している間は静かだし、勉強はルクスに教えてもらえた。

しかし事件解決までずるずる待ってはいられない。

最近は少し涼しいというより、肌寒い日も増えてきた。ずっとお世話になっているわけにもいかないし、さすがに雪がちらつく前に帰った方がいい。

あくまでシンがいたい場所は、あの長閑(のどか)なタニキ村だった。

「あの、ミリア様。お話があります」

「どうしたの、改まって？」

「僕、そろそろタニキ村に帰ります。お世話になってばかりで恐縮なのですが、寒くなる前に村に戻らないと、春まで戻れなくなってしまいます」

「……そう、残念ね。なら旅立つ前に神殿や教会でお祈りしていらっしゃい。災いが少なく、幸多いことを願っていくものなのよ。チェスターやティルレイン殿下は私がなんとかしましょう。と言っても、絵のこともあるし、殿下は遅かれ早かれ追いかけていくでしょうけれど」

くすくすと笑いながら、ミリアは伏せていた目を上げる。

そして優しい眼差しでシンを見ると、手を伸ばしてゆっくり頭を撫でた。

◆

一国の都だけあって、王都には大小様々な教会や神殿がある。

あくまでシンが感じた雰囲気ではあるが、この世界では、教会は民間団体寄り、神殿は宗教団体寄りのようである。

教会は孤児院という側面が強く出ているから、余計にそう感じるのかもしれない。

（あんまガチガチ宗教系は好きじゃないんだよなぁ……）

シンは年末にはクリスマスを祝い、一週間後には初詣(はつもうで)に行く典型的な日本人だ。お墓的な意味では実家に属する宗派があった気がするが、実質無宗教系ちゃんぽんである。

シンの生きた時代の日本はそれほど激しくないが、日本史や世界史を紐解けば、宗教は権力や侵略と密接な関わりがあり、それが原因で血みどろの争いが幾度も繰り広げられていた。

八百万の神様を大らかに温かくお祀りしている国の出身のシンには、ちょっと鄙びた過疎気味の場所くらいがちょうどいい。

（そういえば、最近フォルミアルカ様から泣き言メールが来ないけど、元気かな？）

この世界に来たばかりの頃は人間に過干渉・中保護気味で、しょっちゅうあくせく動いて疲労困憊していたし、迷走していた。おまけにスキルなどの集り屋であるバロスに怯える日々を過ごしていたようだが、今は平気なのだろうか。

（ファウラルジット様の様子からして、容赦なく仕掛けそうな雰囲気はしたけどな）

ティンパイン王国にも戦神バロスを祀る場所はあるが、国を挙げて擁立しているわけでない。様々な神様を信仰している傾向がある。

テイラン王国がバロス単推しだとしたら、ティンパイン王国は神々箱推しである。

（主神だから、フォルミアルカ様の神殿はありそうだよな。うん、一番縁があるし、そこに行こう）

ローブデコルテより、幼稚園児用のスモックが似合いそうな金髪碧眼幼女女神フォルミアルカ。

タニキ村にいた頃にちょっとお社や女神像を作って、花を奉納したきりである。

シンは改まった参拝の仕方はあまり知らないが「要は気持ちだ」と、とりあえず寄ってみることにした。

教会はよくある孤児院併設タイプで、中庭のような場所で子供がわぁわぁと騒いでいる。小さな畑のようなものがあるから、収穫をしているのかもしれない。

グラスゴーはあの浮気（レンタル）未遂事件以降、露骨に機嫌が悪くなったので、騎乗リースは諦めた。

掃除や手入れのブラッシングと騎乗は匂いの付き方が若干違うのか、何故かバレる。

採取の遠乗りどころか、ちょっと荷物運びに乗っただけでもバレてしまう。

そのたびに「おや……？　知らない騎獣の匂いがしますね」と言わんばかりの〝浮気されムーブ〟がシンを襲うのだ。

円滑な相棒ライフのためにも、シンはグラスゴー一筋を余儀なくされている。

最近思い切り走らせてないので、ストレスが溜まっていたこともあり、グラスゴーとしては余計に面白くないのだろう。

というわけで、今日はグラスゴーがお供である。ご機嫌に歩いている。

いくらグラスゴーが狙われているといっても、屋敷に閉じ込めっぱなしでは可哀想だ。

もともとは軍馬として登用されるほど戦闘力が高い肉体派の魔馬であるため、引き籠もり隠遁生活よりも、魔物を屠りながら草原や山岳を駆け回っていた方がよほど健康的に過ごせる。

それに、騎獣泥棒が教会にせっせと足を運ぶ敬虔な心を持ち合わせているとは思えない。

騎獣泥棒と関係があるかはわからないが、先日サギール伯爵の使いとやらを正論で張り倒したこともあり、シンは念のためしばらく騎獣屋に来ない方がいいと言われた。

簡単にお祈りを済ませ、さくっと街の外に出たいところだ。

ミリアは、面倒くさそうなチェスターやティルレインの説得を引き受けてくれた。

チェスターは基本、宰相の仕事で多忙である。大抵が王城に詰めている。シンは早寝早起きなので、なんだかんだ不規則なチェスターとは顔を合わせないことが多い。

屋敷も広く、食事の時間も重ならなければ仕方のないことだ。

ここまで来ると、チェスターの生存確認は、ミリアの世間話や、立派な紋章付きの馬車が出て行くのを見た時くらいだ。屋敷に世話になったらガンガン来るかと思いきや、意外なほど接触がない。

しかし、平和な分には良いと、ドライなシンは深く理由を考えていなかった。

当のチェスターは、金の卵候補がまさかの加護持ちなのではと、国の重鎮たちと踊る会議続行中。アンビリーバボーな腰使いのサンバのリズムのように踊り狂っていた。

賢いのは良いことだけれど、そこそこに欲があって扱いやすさもあれば望ましい。ところが、シンは子供にしては頭が回りすぎるし、弁が立つ。しかも権力の圧を感じたらフェードアウトする厄介な傾向もあった。

第三王子（ティルレイン）は、有り余る権力を上手に使えない可哀想なオツムだったからこそ、あそこまで接近できたと言える。

しかしこうした重鎮たちの動きは、今はまだシンの知らぬところであったから、平穏だった。

教会はやや寂（さび）れ気味で、お祈りをしに来ているのはシンしかおらず、他にいるのはここに住んでいる孤児たちや修道女だけであった。

年季の入った木造建築で、教会らしく天井は高い。漆喰（しっくい）で塗られた白い壁は一部老朽化でひび割れたり、剥（は）がれ落ちたりしている。ステンドグラスはないが、高所から降り注ぐ陽の光は古ぼけた建物を少しだけ荘厳に見せていた。

子供とはいえ珍しい客に、修道女は嬉しそうに顔を綻ばせる。

この老朽化の進み具合と修繕の間に合っていない状況を見ると、財政は冷え込んでいるのがわかる。恐らく、かなり貧乏なのだろう。

修道女が身につけるくたびれた生地の黒いスカートにも、解れやつぎはぎがある。

この国や世界のシステムはシンにはわからないが、恐らくは国や貴族などからの寄付金や補助金でなんとか運営を賄っているというところか。

あくまで寄付金なので、特例以外はそう豊かに生活できないだろう。

こう言っては身も蓋もないが、真っ当に働いている人たちよりも孤児が裕福な生活を送っていては、労働階級にいる人たちは仕事を投げ出しかねない。

少し離れたところでは、花籠を持った小さな女の子がシンのお祈りが終わるのを待っている。花売りをして生活の足しにしているのだろう。

旅路の安全を願ってお祈りをしたが、特に何かあるというわけでもない。

てっきり祀られているフォルミアルカから通信があるかと思いきや、そうでもなかった。

腐っても主神だし、シンばかりを見ているわけでもないだろう。

便りがないのは元気な証拠だ。そういうことにしよう。厄介事は騎獣騒動と馬鹿王子でお腹いっぱいである。

「もしよければ寄付をどうでしょうか」

シンが礼拝を終えたのを見計らって、年かさのいった修道女が声を掛けてきた。

いつの間にか位置が替わり、花売りの少女はその後ろから窺っている。

「あ、いいですよ」

「そうですか、ではまた……え⁉　いただけるんですか？」

まさか子供が寄付をしてくれるとは思わなかったのか、修道女はびっくりしている。

レイクサーペントをはじめ、採取や討伐でそれなりに小金持ちのシンである。それくらいケチるつもりはない。

だが、ふと思う。寄付の相場がわからない。一般的にはどれくらい渡すべきなのだろう。

シンは吝嗇家ではないが、その辺の無知さは否めない。何せ、コンビニ募金や災害募金をしたことはあっても、お釣りの小銭程度をチャリンチャリンと入れた経験しかない。普通の寄付金額からかけ離れた大盤振る舞いなんぞして、変な注目を浴びたくはなかった。

シンは自分が年不相応なほど収入があることを自覚していた。

(千ゴルド？　一万ゴルド？　前の世界は賽銭といえば御縁と五円をかけて小銭だったけど、この世界ってどうなんだろう？)

寄付すると言ったものの、相場が全くわからず手が止まった。

そこでシンは、現金の寄付の代替案として食料提供を申し出ることにする。

「その、現物支給はありですか？　たくさん子供もいるようですし、食料の支給という形は受け付けていますか？」

「食料!?　ええ、ええ！　もちろんです！」

かなり食いつきが良い。ガッツガツに食いついている。

裏手の厨房に移動すると、シンはウリボアを丸々一頭、異空間バッグから出す。

わぁっと子供たちの歓声が上がった。ボア系の中でも最も小型で安価だが、それでもここではご馳走の部類らしい。

宗教的な理由で動物性の食物を忌避する菜食主義ではなさそうだ。

「血抜きは済んでいますが、解体できる方はいますか？」

「ええ、こう見えて鳥も豚も牛も全部、絞めから加工まで一通りやってきましたから！」

厨房に集まったシスターの一人から心強すぎる答えが返ってくる。

今日はご馳走だと、周囲は一気に賑やかになった。

ウリボア一匹でこんなに喜ばれるとは思わなかったシンだが、ふとタニキ村の子供たちを思い出す。隣家のシベルやカロル、そして領主家のジャックといった育ち盛りのちびっこたちの、シンを見ての第一声は大抵「肉」だった。

貧しいところはどうしても肉が枯渇する傾向にあるらしい。

「もう一匹いりますか？　ナマモノですから、食べきれる量の方がいいと思いますけど」

修道女たちの目がギラリと光る。

「燻製や干し肉にするから、問題ありません。脂身は蝋燭にします」

赤貧という修羅場を幾度となくくぐっただろう猛者の即答だった。小さな命を預かる彼女たちにとって、解体や仕込みはそれほど苦ではないらしい。

ならばもう少し多めに出してもいいかと考え、シンは女性や子供でも解体できるだろうサイズのウリボアとボアを出していく。

草原でも山でも森でも割とどこでもちょろちょろ走っているので、狩ってはストックしていたのだ。仕留めておいてそのまま捨て置くのは、狩人の流儀に反する。

命を頂くのだから、ちゃんと大事に使おうと取っておいて——小物すぎて忘れてしまっていたのはご愛嬌だ。異空間バッグに入れると、劣化しないので、余計に記憶から漏れる。

シンが無言のまま追加で五匹ほど出すと、さすがに呆気にとられたようだが、彼女たちは泣き出しそうなほど顔をくしゃくしゃにして喜んだ。

「ありがとうございます。これだけあれば、今年の冬も安心して過ごせます。ボアの毛皮があれば、子供たちも寒い思いをせずに済みます。ほら、貴方たちもこのお兄ちゃんにお礼を言いなさい」

「ありがとー、おにーちゃん」

「おにくありがとー」

シンはここでも肉の人扱いされることになった。

初対面なので、お歳暮というより季節外れのクリスマスプレゼントだろうか。

シンはDランクになりたてとはいえ、密度の濃い狩猟生活をしていたので、かなり腕は良い方だ。

タニキ村という狭い場所ではあったが、この年齢で村一番の弓の腕前だった。

王都の冒険者ギルドでも褒められたし、人並み以上の腕前だとは自負している。

（カロルとシベル、ジャックにもお土産を買っておこうかな）

脳裏にタニキ村のちびっこの顔が浮かぶ。

やたら食い気の強い子供たちだから、土産は食べ物でもいいかもしれない。実用品として小型のウッドボウでもいい。あるいは寒くなってくる季節だし、防寒具も良さそうだ。

貴族は専用のブティックで購入することもあれば、生地からオーダーメイドすることもあるらしい。

庶民は大抵が自力で作るか古着が多い。その方が安上がりだし、ましてや子供服はあっという間にサイズが変わってしまって面倒なのだ。大抵はピッタリではなく大きめのサイズを着倒すことが多い。

シンもよく購入するのは新品より古着だ。つぎはぎだらけのものも多いが、中には掘り出し物もある。懐と要相談でピンからキリまで選べるのがいい。

（そもそも冒険者だから、すぐに汚れて傷だらけになるからな……）

そうだ、と思い出す。異世界転移したばかりの頃にピッタリの服を買ってしまい、すぐに着られなくなって異空間バッグの肥やしになった服たちがある。

シャツやズボン、靴はいるかと聞けば、シスターは即座に頷く。

成長期のサイズアップは侮れないのだ。

五歳のジャックには大きすぎるし、そもそも彼は貧乏とはいえ領主子息だから、いらないだろう。

同じ年齢のシベルにもさすがに大きい。一方、十歳のカロルは年齢の割に体格が良いから、大分前のシンでも小さかった服など、そもそも窮屈かもしれない。

断じて、自分が小さいわけではない。自分は平均のはず――と、シンは散々年下に見られたことを内心で否定した。

よほど古着がありがたかったのか、シスターたちが平身低頭と言わんばかりにペコペコ頭を下げる。こうなると、逆にシンが居心地悪くなってしまう。

（まあ、やらない善よりやる偽善って言うし）

一通りの寄付を終えたシンは、逃げるようにして教会を後にする。

「ただいま、グラスゴー。今日はいっぱい走らせてやるからね」

いい子で待っていた愛馬の鼻筋を撫でた。

ちなみに、グラスゴーは子供たちに絡まれることはなく、遠巻きに見られていた。

シンの愛馬はただ立っているだけでも迫力満点なので、自然とそうなっていた。

早く外で駆け回りたいのだろう。急かすグラスゴーの首にドーベルマン家の紋章の入ったメダルを掛けた。

少しでも貴族を知る人間ならば、これでグラスゴーが宰相家の騎獣だと思うだろう。騎獣泥棒騒ぎを心配したミリアが善意で貸してくれたのだ。

ちょっと邪魔そうにしたグラスゴーだが、シンが背中に乗ると、途端に機嫌が良くなった。

あまり焦らすのも可哀想なので、すぐに街の外に出た。

遠乗りが嬉しくてグラスゴーは興奮が冷めない。やや飛び跳ね気味にしばらく草原を駆け回っていると、グレイウルフの姿がちらほら見えた。

まだ遠いと思っていたら、群れで遠回りに囲い込みをしようとしていることに気づく。

（この距離なら弓で仕留められる……）

しかし、シンには気になることがあった。

グラスゴーの戦力だ。

戦える魔馬ということは知っているし、接近してきた魔物を容赦なく蹴り飛ばすのも見た。

だが、それらはあくまでシンの取りこぼしを拾った形である。本気で戦うとどうなのか。

「グラスゴー、ウルフたちを倒せるか？」

首筋を軽く撫でて聞くと、グラスゴーは「おうよ」と言わんばかりに嘶いた。

シンたちが走るのをやめてその場に留まると、あっという間に周囲をグレイウルフの群れに囲まれる。距離を置きつつも着実に包囲網を完成させる狼たちを嘲笑うように、グラスゴーが小さくぶるるると唇を揺らす。

しばらく睨み合いをしていたが、狼の一匹が走り出す。

それを合図に四匹のグレイウルフが同時に追従し、一気に多方向からシンたちに襲い掛かった。

だが、グラスゴーが一匹を蹴り飛ばすと、その蹴り飛ばされた体に別のグレイウルフがぶつかって弾き飛ばされた。また首筋を狙っていた別の一匹は、グラスゴーが大きく振った首にあっけなく払われる。

残り二匹は、脇腹と前脚を狙ったようだが、力強い跳躍によって容易（たやす）く弾かれた。

数に勝る（まさ）グレイウルフたちに、一切引けを取らないグラスゴー。

（でも群れはまだ十四は動けるのがいる。どうするつもりだ？）

ちらりとグラスゴーを見ると顔が——否、まだ丸い角と鼻筋にある真っ白な毛の部分が輝いている。確かそのあたりは魔力が多く流れている部分だ。

何か大技を繰り出すつもりだと気づいたシンは、素早く身を屈めてグラスゴーにしっかりしがみつく。

バチバチと雷光のような魔力を纏うグラスゴーが前脚を高く上げ、地面に蹄を突き立てた。

直後、地面がぐわんと波紋のように揺らいだと思ったら、巨大な牙のごとく鋭い（するど）岩が隆起した。

それも一つや二つではない。一気に数十という数が次々とグレイウルフたちを突き飛ばす。

突如地面が隆起して、巨大な岩が体を貫かんばかりにそそり立つのだから、グレイウルフたちもたまったものではない。狼たちが次々と宙に打ち上げられていく様は圧巻だった。

一方的な蹂躙（じゅうりん）である。

一瞬のうちに、地面はほとんど平坦ではなくなってしまった。

巨大なクラスター水晶を思わせる岩の隆起が周囲にそびえ立っている。

岩々に打ち上げられたグレイウルフたちはどれもぐったりとして動かない。数匹なんとか逃げおおせたようだが、すっかり戦意を失っている。恐怖に慄い（おのの）たのだろう。ピンと立っていたはずの耳を下げ尻尾を股の間に丸めて、身を屈めながら一目散に逃げ出している。

「……うわぁ」

（雪崩になったら大変だから、雪山では絶対使わせないようにしなきゃ）

シンはすっかり変わった風景に軽く引きながらも、ぼんやりと思うのだった。

倒したグレイウルフは異空間バッグに入れた。頭がひしゃげてスイカ割り（事後）状態になっているのも数匹いた。

蹄を鮮血で染めているグラスゴーは、目をくりくりさせて「どや？　どや？　凄くない？　褒めて」と言わんばかりである。

シンは思いっきり褒める。グラスゴーはやれと言ったシンの言葉に、忠実に従っただけだ。

魔馬に人と同じ感性を求めるのがそもそも間違っている。

ちょっと張り切りすぎただけの可愛い相棒だ。

（角……ちょっと伸びてきた？　そういえば、最近魔石集めしてなかったな。少し強めの魔物じゃないと魔石は出てこないから、この辺に出てくるゴブリンやボアでは突然変異でもしない限り望めないよな）

先ほどのウルフも毛皮や牙の素材としては良いが、魔石は見込めない。

今日はグラスゴーが思い切りストレス発散するためのお出かけだ。

できるだけ思い切り暴れさせてやりたい。欲を言えば、魔石がゲットできる場所が望ましい。

「グラスゴー、今日は少し強い魔物のいるところに行こうか？　魔石が採れたら、食べさせてやるからな」

上機嫌にグラスゴーが高く嘶いた。

タニキ村への旅路でたくさん移動はするが、目的のためにひたすら足を動かすだけの作業になるだろう。しっかりガス抜きをしておきたかった。

シンたちが移動したのは湿原だ。近くに大きな川が流れていて、付近は非常に地面がぬかるんだ沼地と湿地になっており、その上にふかふかの草が密集している。

しかし、その草のせいで川と陸地の境界が曖昧だ。

水辺らしく生き物が多いようで、どこからか虫や蛙の鳴き声が聞こえる。

パッと見ではちゃんと地面がある場所なのか、草だけなのかがよくわからない。

迂闊に足を入れると、ずぼりとはまる。

注意書きの看板によると、たまに人や動物が足を取られて溺死することがあるそうだ。また、足を取られている間に魔物や獣に襲われて命を落とす可能性もある危険な場所らしい。

看板の内容はともかく、緑と水辺のせせらぎが長閑で美しい場所である。

「足元、気を付けろよ？」

シンも背の上から気を付けてはいるが、今まで湿原に足を踏み入れた経験はあまりない。

川や湖はあるが、湿地とはまた別物だ。

周囲はほんのり白みがかり、霧が出ている。

きょろきょろと見回した限り、それらしい魔物の姿はいないが、スライムがのそのそと動いているのをよく見かける。

「視界も良くないな……でも見たこともない珍しい植物もたくさんあ――」

シンは一度グラスゴーから降りてみて、沼地らしき水面を覗き込む。

すると……何かと目が合った。

目を凝らすと、やはり湿原に何かがいた。一匹だけではない。数十匹――いや、もはや無数と言うべき蛙だ。

しかもとんでもなく大きい。ぬめりのある緑の巨体に茶色の筋が入った大蛙は、優に大型犬ほどのサイズがある。

その名もわかりやすくビッグフロッグ。

蛙たちは大きな口で丸呑みにしようと飛びかかってきたが、素早く反応したシンに矢で射抜かれて、白い腹を見せつけるようにひっくり返って絶命した。

あまり強くはないが、跳躍力と速さは相当だ。待ち伏せや不意打ちタイプの肉食魔物なのだろう。

あまり触りたくなかったが、シンは矢を引き抜いてそのまま異空間バッグに入れた。解体はギルドに任せる。

げんなりしながら周囲を見回すと、無数の双眸(そうぼう)がシンを見ていた。

グラスゴーではなく、何故かシンだけに狙いをつけている。

(な、なんで僕ばっかり!?)

慌ててグラスゴーの背に乗ったが、まだじっと見ている。

もう少し近寄ったら跳び掛かってくるだろう。

しばらく睨み合いをしていたが、シンの中でぷつりと何かが切れた。

——なんでグラスゴーと楽しい遠乗りのはずが、こんな巨大両生類に煩わされなくてはいけないのだ。

シンは魔力を練り上げて、魔法をイメージする。

「グラスゴー、跳べ！」

そう言って軽く腹を蹴ると、それが合図となってグラスゴーが飛び跳ねた。垂直飛びで二階よりも高い。

シンは氷魔法を叩き込み、周囲を一気に凍土にする。

水気の多い場所なだけあって冷気が伝わると、氷が一気に広がっていく。

シンに飛びつこうとして中途半端に自ら顔を出した数多のビッグフロッグたちも立ち所に凍り付いていき、誰も嬉しくないだろう蛙の氷漬けが大量に出来上がる。

危なげなくグラスゴーが着地すると、その衝撃で地面が割れた。

凍っていたのもあり、派手な音が立った。

（……一応、蛙も回収しておくか）

雷で一掃することも考えたが、万が一グラスゴーが感電したら大変である。

デュラハンギャロップは魔馬であるので、普通の馬より頑丈だろうが、それでも心配だった。

無心で詰め込んだ蛙はどれも子供くらいの重量がある。中にはシンよりはるかに重いものもあった。

咄嗟に魔法で一掃してしまったので強いとは思わなかったが、これだけの数だと一匹くらい魔石があると嬉しい。

「お待たせ、グラスゴー……」

ありがたくない大豊作の蛙祭りの収穫を終え、くるりとシンが振り向くと、首というか頭部のない無数の何かが転がっていた。

それはいつぞや見たレイクサーペントだったり、今さっきさんざん見たビッグフロッグやポイズンフロッグだったり、青黒いワニだったりと様々だ。

一見するとスプラッタホラーというかグロ画像がいっぱいである。

明らかにミソ系のものまで散らばっている。

グラスゴーはまたもやドヤドヤな顔をしていたので、念のため普通の回復ポーションと、毒消しのポーションの両方を飲ませた。

ポイズンと名が付くのだから毒持ちなのは間違いない。毒には即効型と遅効型があるから、念のためだ。

(動物って嗅覚が敏感だから、薬を嫌がるけど……グラスゴーって何故かポーション大好きだよな。まあ、材料が薬草やハーブ系が多くて飲みやすいのかな)

しっかり飲み干しても「お代わりくれ～」と言わんばかりにシンの顔をべろべろしてくる。

確かミリアがデュラハンギャロップの愛情表現だと言っていたが、これは完全にポーションおねだりである。犬や猫がおやつを欲しい時にするあれである。

原理は不明だが、シンの作るポーションは、日本でお馴染みの炭酸飲料やスポーツドリンク系の味になる。

あの味は人間のシンだけでなく、魔馬にとっても美味らしい。

(でもなんで……ハーブや香草とかばっかりのあの材料でコーラやサイダーやスポドリの味になるかが謎なんだよな)

普通もっと苦くなっていいだろうと思うのだが、あら不思議と言わんばかりに味が飲みやすいお馴染みの何かのものに変わっている。ただ、炭酸はかなり薄い。

若干ハーブや薬草の風味はするが、えぐみや苦みの強い薬剤や漢方の味ではない。

一応は薬草学や錬金術学の本に基づいているはずなので、ちゃんとしたものができているはずだ。

シンは出費を抑えるために市販の薬はあまり買わないので、それらがどういう味かはわからない。

そもそも遠距離攻撃型のシンは怪我自体が少ないので、ポーションが入用になることすら少ない。

しかし、先ほどの魔法は強烈だった。思った以上の威力である。

(うーん、基本の魔導書しか読んだことなかったけど、初級にしては規模が大きいよな。一度もパーティ組んだことないから他の人たちの実力がどんなものか知らないし……僕の実力ってどの辺なんだろうか?)

魔法は便利なので、咄嗟に使うことが多い。

囲まれた時など、多勢に無勢だと弓では間に合わず、つい頼ってしまう。

だが、シンは弓の腕をもっと磨きたいと考えていた。

馬上からの射的もだいぶ慣れたし、今回の遠乗りは物理攻撃オンリー縛りをして、弓強化を図るのも良いかもしれない。

そう考えたシンは、矢筒に残った矢の本数を確認し、気合を入れ直した。

◆

陽がやや傾きかけた頃、シンとグラスゴーは血と汗と泥に塗(まみ)れて色々とドロドロになっていた。

湿原という場所を選んでしまったのも良くなかった。

足元だけでなく、体や顔にまで泥や返り血が飛び散っている。正直、今から沼地に落ちてもさして変わらないくらい汚れていた。

弓縛りをしていたおかげで何度も弓を引くことになって、肉体的にも疲労困憊だ。腕の筋肉や背中の筋肉が張っているのがわかる。服も汗で体に張り付いている。

異空間バッグに入れていた矢のストックもだいぶ減ってしまった。

一方グラスゴーはシンとたくさん狩りができてご機嫌である。

当初の目的であるグラスゴーのストレス発散という点では、花丸合格ラインと言えるだろう。

「グラスゴー、日が暮れる前に帰ろうか」

シンがそう言うと、既に満足していたのであっさりと走りはじめた。

これだけ暴れたというのに、まだ走る元気があるのだから恐れ入る。

グラスゴーの軽快な走りにより、空がほんのり赤くなる頃には王都の城門をくぐることができた。

さすがと言うべきか、一日中ほぼずっと走りっぱなしでもグラスゴーの足は全く鈍(にぶ)っていない。

帰る途中に馬上で洗浄の魔法をかけていたので、パッと見た限りではそれほど汚くはない一人と一匹は、その足で冒険者ギルドへ向かった。


シンが顔を出すと、クール美女の受付職員がすぐさま対応してくれた。

周りで一部の目がギラリと光ったのは見なかったことにする。そうした方が精神衛生上幸せな時もある。シンはそれをよくわかっていた。

ギルドの中には飲食ができる場所も併設されているため、既に一杯始めている冒険者らしき人もいた。

今日の成果が良かったのか、豪快に麦酒の入ったジョッキをぶつけ合っている。

(この世界の人たちは麦酒を冷やさないんだよな。絶対冷やした方が美味しいのに)

好みはあるかもしれないが、日本人としてはキンキンに冷やしたものを推奨したい。

仕事終わりのビアガーデンでは、頭痛がするんじゃないかってくらい冷えていると、さらに美味しい。真夏なんて特に最高である。苦みと一緒に炭酸と独特の喉越しが駆け抜ける感覚は非常に良いものだ。残念ながら、幼いこの姿ではあと数年は解禁されない魅惑(みわく)の感覚である。

シンがカウンターの前に行くと、クール美女の受付職員がこっそり耳打ちしてくる。

「今日もたくさんあるの?」

「湿原でしこたま蛙を取りました」

「わかりました。解体場で話を聞きます。どうぞこちらへ」

気を利かせて、すぐさま奥の方へと案内してくれた。

今日の収穫はビッグフロッグが三十八匹、ポイズンフロッグが十二匹、グレイウルフが八匹、種類雑多にボアが十四、レイクサーペントが三匹、ブルーアリゲーターが七匹と大漁である。

どさどさと次から次へと出てくる魔物に、受付職員が唖然としている。

「……何故か蛙に執拗に狙われまして」

「ビッグフロッグは非常に大口で、その口に入りそうなサイズなら後先考えず飛びつく習性がありますから」

シンは一口でぱっくんちょできるサイズと認定されたから狙われ続けたらしい。

道理でグラスゴーよりシンが狙われるはずである。グラスゴーのサイズだと、余程大型の個体でないと口に入らない。

まさか小さい体にそんな弊害が……と驚いたシンだったが、受付職員の話によると、その手の魔物は割と珍しくないらしい。特に蛙系の魔物はそういう習性のものがほとんどだという。

シンは二度とあの湿原には行くまいと心に誓う。

「今日のはちょっと傷物も多いですね。討伐報酬は変わりありませんが、素材としての買い取り額が少し下がるかもしれません」

受付職員が気がかりそうに言う。普段、納品する魔物はあんなにひしゃげていたりしないので、気になったのだろう。

「グラスゴーに頼んだものもありましたから」

「だから珍しく、派手に潰れているのもあるんですね」

受付職員はシンの答えに納得した様子で頷く。

シンとしては魔物の討伐はついでだし、目標貯蓄額を十分超えているので、買い取り価格はあまり気にしていない。

「少々お時間を頂きますが、待ちますか？　それとも明日取りに来られますか？」

「今日は待ちます。そろそろ出稼ぎを切り上げて村に戻るので、場合によっては明日も来られるかわからないので」

思いがけない言葉だったのか、受付職員が身を乗り出す。それに気圧されて、シンは思わず後退した。

「シン君……戻っちゃうんですか？　シン君の腕なら王都で十分やっていけますよ？」

「王都は良いところだとは思います。でも最近、騎獣泥棒もいてきな臭いので」

「ああ、あれね。騎士団や自警団も動いているのだけれど、面倒な貴族絡みらしいのよね」

受付職員も早く解決してほしそうだ。

冒険者にも多数被害が出ているらしいので、気になるところなのだろう。

「そういえばこの前、サギール伯爵の使いと名乗る人が、騎獣屋に門前払いされて騒いでいましたよ。ルールを無視した購入をしようとして拒否されていました」

「サギール伯爵？　あそこはダメよ。平民に対しては凄くケチで傲慢だから、羽振りが良さそうな依頼があっても受けちゃダメ。高額報酬って謳ってても、なんだかんだでダメ出しして払いを渋るし、最終的に貴族だからって踏み倒すことが多いから」

やっぱりろくな貴族ではないらしい。

いわゆるノーブレス・オブリージュを履き違えているのだろう。サギール伯爵は権威を振りかざすだけで役目を果たさないタイプだ。

使いの男もかなり柄が悪く小悪党の部類だった。

「……そういえば、貴族の使いが騎獣屋で子供にコテンパンにやられたって……もしかして、シン君？　火をつけようとしたのを止めたって聞いたけれど」

「たまたまです。死体蹴りをされそうな悪感情の稼ぎ方をしていたので、ありのままの事実をお伝えしました」

あんな布製の幌や木造の柱ばかりの場所で、油をぶちまけて火を放とうなんて頭が悪いことをしようとするからだ。一般住宅でも危ない。火矢などに対策を施している砦ではないのだから、少し考えればわかるはずなのに。

ダイナミック焼身自殺をしたいなら他所でやってもらいたい。

「まぁ、あわや大火事って話ですもの。確かにあの辺でボヤ騒ぎが起きたらシャレにならないですね。三年くらい前に、誰かが喧嘩騒ぎから大火事を起こして、あの辺一帯が焼けました。商店街も一部燃えたけど、繁華街や貴族街への飛び火はなんとか防いだの。丁度冬の乾燥していた時期で、風が強い日だったから、火の回りが早くて大変だったと聞きますし……」

クール美女の歯切れが悪いのは、甚大(じんだい)な被害を思い出しているからだろうか。

それでも、シンの視線に促されるように、彼女は続ける。

「たまたまお城に聖女様も王宮魔術師様方もいたから、一斉放水でなんとか堰(せ)き止(と)めたけど、凄い被害だったんです」

「既にそういう事件があったんですか……」

「犯人も目撃者も一緒に燃えてしまったそうですけど、犯人が生きていたら極刑は免れませんね」

やはり火事が起こったら激ヤバの地区だったようだ。シンはぞっとした。

まだこの国では燃えにくい建材なんて石とか本当に原始的なものだろう。耐火性のあるファンタジー木材は探せば存在するかもしれないが、庶民に手の届くお手頃なものがそうゴロゴロしているとは思えない。

「ところでシン君」

「はい」

「女装などに興味はありませんか？」

「ありません」

淀(よど)みなく即答した。

「この世の中には男(おとこ)の娘(こ)というジャンルがあります」

クール美女から聞きたくない、変態じみたワードが飛び出る。

「この話はやめましょう」

「私の目算ではありますが、シン君の身長と年齢を鑑みれば、三～五年は猶予があると考えます」

「ダメだ。この人、聞いていない」

「……実は、とある方の孫娘さんが、お友達ができないそうでして。ちょっとニッチな依頼なので、高額時給系のバイトとしてお友達をしていただければと思ったのですが……」

よくよく聞くと、理由は意外とまともだった。シンはこのクール美女の受付職員の個人的な趣味がマニアックなのかと戦慄しかけたが、違ったらしい。

「普通に女の子に頼めばいいじゃないですか」

「今まで年齢の近い方をご紹介して十五人ほど玉砕しています。既に『女の子』は弾切れになりました。『こうなったら男の娘作戦』にシフト中です。特殊依頼案件で、護衛も兼ねてというのが条件なので、腕に覚えのある人に絞っているんですが……」

シンの年齢なら冬明けでも間に合うと踏んだらしい。

そんなことを駄弁っている間に、納品した魔物の換金が終わった。

今回初めて仕留めた蛙の魔物。自然豊かな湿原でしこたま食料を食い漁っていたのか、蛙たちは一匹四千ゴルドから一万二千ゴルドと、なかなかの高額となった。

あの蛙は皮が素材に、肉は食用になるという。メスの卵持ちは珍味としてさらに金額が上がる。

また、ポイズンフロッグの毒袋も素材としての需要があるそうだ。

ブルーアリゲーターも皮が素材に、肉は食用になる。だが、一部の好事家がそのまま剥製にして飾ることもあるという。シンが納品したブルーアリゲーターは二メートルから五メートルほどのサイズ。これでもまだ成長途上で、最大十メートルを超える怪獣クラスのモノもいるらしい。

「グレイウルフはちょっと顔が潰れていたけれど、体は綺麗に残っています。それ以外のほとんどは綺麗な状態なので、素材的な価値も高いでしょう」

手書きの計算書とともに見せられた報酬金額は、百三十六万七千ゴルドだった。

シンはじっとそれを見て一度裏返して、ロダンの考える人のポーズを取った。

(今なんか凄い数字見たような気がする)

この前のレイクサーペントも凄かったが、これもかなり凄い。

計算書をひっくり返して一つ一つの罫線に目を通し、合計金額を確認する。

一気に計算しようとすると難しいが、種類ごとの単純計算の合計額を確認し、最後にもう一度総額を確認する。間違っていない。

この国の一ゴルドは、日本の一円と同等に換算できる。

「これ高くないですか？」

「この時期のフロッグ系の魔物は脂が乗って人気です。冬眠に向けて大きく肥えていますから。それに、サーペント系やアリゲーター系も、鞄から鎧まで革素材としては人気商品なんです」

「それは、この前聞きましたけど……」

蛇革は人気だと、レイクサーペントの時にも聞いた。

確かに買い取り金額が高いのは嬉しい。お金はあって困る物でもない。

「レイクサーペントは前回よりも小さいとはいえ、この前のオークションでさらに人気が沸騰しているから、需要が高いの。シン君が持ち込む魔物は傷も少ないし、傷みもないので、ほぼ丸ごと使えますからね」

どどんとそびえ立つ黄金の塔にくらりとしたシンだった。

銅貨や銀貨ではない。一枚一万円相当の金貨が、積み上がっている。

こんなにポンポン貰っていいものなのだろうか。心の小市民がビビり散らす。

「ですが……」

「他の冒険者の持ち込み素材をご覧になります？　ミンチよりはマシ程度なものも珍しくありませんよ」

受付職員に案内されたのは解体場。

全身が黒焦げ、刺し傷や切り傷、殴打痕だらけの魔物。素材となるべき皮がボロ雑巾状態で、肉もろくに血抜きもされず半分腐乱しているのもあった。

むせ返るほどに押し寄せてくる異臭が凄い。錆びた血の臭いと、生き物が腐った生々しい甘酸っぱいようなツンとくる臭い。蛆が湧いているのもある。

無言で皮を剥がしている解体業者の周囲にコバエが飛び交っている。

もし遠方で仕留めて、ろくに下処理もせず常温で数日掛けて運んだらこうなるのだろうという見本だった。

シンはドン引きしていた。ファンタジー感のある世界であっても普通に物は腐敗するし、土に還るための自然な流れだとわかっていてもキツイ。

「シン君は、持ち込み量は多いけれど下処理は済んでいるのも多いし、基本が新鮮で綺麗な死体なので、全然楽なんです。体を切り開いた瞬間、蛆が白い滝のようにドパっと溢れたり、悪臭とコバエが乱舞しながら出てきたりしないですし」

美女の目が凍てついている。解体業者たちも黙々と作業をしているが、心を無にしていて、この場の空気は張り詰めている。

なんでも、一週間ぶりに帰還した冒険者の持ち込み品らしい。

解体業者が黙々と作業を進める中、蠅だけが元気よくぶんぶん飛び回っている。

鬱陶しいので、シンは魔法で小さな火炎渦を発生させ、空気中で燃やした。

火炎渦を解体場でスイスイ移動させてコバエ乱舞の場所へ突っ込ませ、数を減らしていく。吸引力はないが焼却力はある。

ついでに風魔法で換気をし、空いている台は煮沸消毒として高温のお湯で押し流して洗浄した。水だけで流して、蛆か寄生虫かわからない小さな虫たちが生きていると思うと嫌だった。

騎獣屋で培ったシンのスキルが唸る。

「……ご希望があれば、体にも洗浄魔法をお掛けしま――」

シンが言い終わる前に、ずざぁあああと長蛇の列ができた。

あまり大きな声ではなかったはずなのに、部屋の隅の台にいたはずの人たちまで来ている。

「助かったぜ、坊主ぅぅう！　あの臭い、最低三日はとれねえんだ！」

「腐った魔物の血で汚れた服は二度と着れねぇし、燃やしても凄い異臭がするからな……」

「カミさんや娘にも近寄るなとか言われるんだ！　自分が臭くて飯も食えなくなるし！」

解体業者の悲痛な叫びである。

彼らに囲まれたシンはもみくちゃになり、胴上げされて、滅茶苦茶わっしょいされた。

彼らに洗浄魔法をかけて、シンは冒険者ギルドを後にした。

外に繋いであったグラスゴーを、随分待たせてしまったと少し反省する。

「おまたせ、グラスゴ……なんだこの不細工な馬」

グラスゴーを繋いでいた場所には、色は黒いがデュラハンギャロップとは似ても似つかぬ貧相な駄馬がいた。

恐らく、だいぶ年老いているのだろう。毛艶も悪い……というか、ない。尻尾や鬣どころか短い毛が全て、なんだかぼさぼさしている。

目もほんのり白濁し、目やにが凄い。口元もなにか汚れがくっついており、蹄もひび割れてボロボロだ。これでグラスゴーに似せているつもりなら、相当侮辱されている気がする。

最近流行りの騎獣泥棒――ついに被害に遭ってしまったのだと、シンは項垂れた。

(どうしよう……グラスゴーが殺人馬になる前に早く見つけなきゃ！)

正直、泥棒の頭蓋骨がどこにかっ飛んでいこうが構わないが、そのせいでグラスゴーが殺処分にされたら堪らない。

泥棒がどうやってグラスゴーを誘導したのかはわからない。あの魔馬は賢く勇猛果敢だ。引っ張られるままについていくような騎獣ではない。

グラスゴーの殺意の波動にヤられてしまった人は自業自得だと思う。

シンは一度ギルドに戻った。

◆

カウンターにいたのは可愛い後輩系受付職員でもクール美女受付職員でもなく、厳ついスキンヘッドのゴリマッチョだった。

「うちのグラスゴーが盗まれました。代わりに随分みすぼらしい馬がいましたけど、目撃者とか募れませんか？」

バタバタ忙しない足音を立てて駆け寄り、カウンターに身を乗り出すようにして、シンが詰め寄る。その勢いに驚き、受付にいた職員は仰け反ったが、内容を聞いて目をひん剥いた。

「はあああ!?　盗まれたって……坊主の騎獣ってあの凄い良い黒馬だよな!?　うちのすぐ傍の騎獣置き場で!?」

「はい、そこに繋いでいたんですが、代わりに似ても似つかないのが置いてありました」

「これはウチへの宣戦布告だな。よーし、どこの馬鹿かは知らんが、貴族だろうがなんだろうがブッ潰してやる」

殺意の波動を滾らせたギルド職員は、シンが答えるより早くすっ飛んでいく。

シンもそれを追いかけていくが、騎獣置き場にいたのは、やはりというかどう見ても貧相な馬だった。先ほどと変わらずである。

馬は所在なさげに耳をひっきりなしに動かし、落ち着きなくきょろきょろして体を揺らしている。

「あ、この馬は乗らん方がいい。ノミ、ダニやシラミがいるぞ。下手に近づくと飛んでくるから。つーか、全然違うのになんでこんなの置いていったんだ？　しかも骨折してるじゃねーか。これじゃ移動もできやしねぇ」

スキンヘッド職員の指摘によると、馬はシンが思っていた以上に満身創痍だった。フラフラしているのは、痒かったり痛みを我慢したりしているからだろう。

「動かすにも引っ張らないといけないですしね。洗浄魔法で寄生虫の類が落とせるかやってみますね」

試しにボロ雑巾のような馬にポーションを何本か差し出してみると、最初の一本はシンの補助でなんとか飲み切った。しかし二、三本目は自分の口で瓶を咥えて飲み干した。

（額や顔に傷がある……しかもこの顔の線は白墨？　それとも染料？　そのせいで目から涙が止まらないのかな？）

ポーションで馬の体力はだいぶ回復したようなので、シンは洗浄魔法と回復魔法を数度重ね掛けする。

一通り洗浄を終えて汚れが落ちた馬は、黒馬ではなく鹿毛だった。赤みの強い茶褐色の毛並みは艶を取り戻し、相変わらず痩せてはいたが、だいぶ見た目が良くなった。

それでも、まだ痩せぎすで見てくれが悪かったので、念のため毒消しや虫下しの薬も飲ませておく。

「シン……お前、無詠唱で魔法を使うタイプなのか？」

一連の作業を見たスキンヘッド職員が、びっくりしたように呟いた。

「詠唱とかイチイチ技名叫んでいたら、狩りなんてできませんよ」

相手は野生動物や、それらに匹敵するほど強く感覚が鋭敏な魔獣や魔物だ。物音一つで命取りになるのだから、呑気に詠唱などしていたら逃げられてしまうし、最悪こちらが襲われる。

そもそも、悠長に詠唱などしていたら好機を逃がしてしまう。

「確かになぁ。それにしても、見違えるくらい綺麗になったな。これなら乗れそうだ」

毒消しを飲み終わった鹿毛馬はグラスゴーのようにお代わりを所望してきたが、シンは「もうないって」と、鼻面をぺちりと軽く叩いた。

もしかしてお腹が空いているのだろうかと思い、グラスゴー用に入れていた草や林檎を異空間バッグから出すと、むしゃぶりつくように食べはじめた。

その腹ペコぶりに苦笑するシン。

骨折のことといい、この騎獣がろくな扱いを受けていなかったのが良くわかる。

「シン、とりあえずお前はこの馬を連れて宿に戻れ。暗くなってきたし、こっちでも情報を募るから、明日改めて報告する」

「僕も捜します」

「ダメだ。騎獣の価値を考えれば、一人で捜しに出たお前を殺そうする可能性が十分ある。護衛を付けるから、一度戻れ」

そう言われても、シンは引き下がらなかった。ミリアの話を聞いた後であれば、一層騎獣泥棒を放置できない。

「うちのグラスゴーがお尋ね者になったらどうするんですか⁉ デュラハンギャロップって、認めない相手に対しては首狩り族みたいなものですよ？」

「お前にはやることがあるだろう。取りあえず盗難届を役所に出しに行け。証明書の類はお前しか持ってないだろう」

正論である。まずは盗難・紛失物扱いになるので、届けを出した方が良い。あまりに慌てていて、順番を見失っていたようだ。

シンは唸りたいのを抑えて黙る。

「お役所の店じまいは早いぞ。さっさと宿に取りに行け」

「書類は持っています。マジックバッグがあるので」

「そうか。なら護衛は——ザックス！　セリーヌ！」

スキンヘッド職員が声を上げると、ギルドの建物から短髪で肉厚な筋肉が服を押し上げるほどの巨漢と、それとは真逆のほっそりとした女性が出てきた。

二人ともギルド職員の制服を纏っていて、大男のザックスは背中に大剣を、細面(ほそおもて)のセリーヌは腰に細剣を佩(は)いている。

「二人は元冒険者だし、現在はランクアップの試験官をやるほどの実力者だ。移動の間は傍にいてもらえ。いくら坊主がDランクでも強い方とはいえ、絶対に一人になるなよ」

「はい、ありがとうございます」

「こっちも面子ってもんがあるんだ。気にすんな」

スキンヘッド職員は軽く手をひらひらさせてシンに応え、ギルドの建物に入っていった。

一声で他の職員を護衛に付けるなんて、このスキンヘッドはかなり役職が高いのだろうかと、今更感心するシンだったが……直後、ザックスとセリーヌの会話が耳に入ってくる。

「ギルマス、とうとうブチ切れたな」

「お膝元でやられれば当然怒るわぁ～。ずっと苛々してたもの。今まで散々被害報告もあったし～」

「え、ギルマス？　ギルドマスターなんですか、あの人」

そういえばランクアップの時にも彼が主導で話を進めていたので、ある程度階級が高い人だろうとは思っていたものの、そこまで上とは予想外だ。

タニキ村に戻る直前でようやく真実を知ったシンであった。

「まあ、あのハゲゴリラはいいとして、チビ助の家はどこなんだ？」

「あ、ドーベルマン伯爵邸でお世話になっています」

シンの答えを聞いたザックスが、何もないところで転びかけた。

のほほんとしていたセリーヌもぴしりと固まるが、それもほんの一瞬で、二人とも立て直す。数々の修羅場を潜り抜けてきた二人は、対応力も高かった。

「……それ、宰相閣下のおうち～？　赤い屋根に白い壁の、やたら可愛い感じの～」

「はい。ちょっとしたご縁で。あ、騎獣にも宰相閣下のところの紋章を掛けていたはずなんですけど……」

ザックスとセリーヌはどちらも表情には出さなかったが、同じことを考えた。

チェスター・フォン・ドーベルマン閣下は、ティンパイン王国の宰相を十年以上務めている、バリバリの現役の重鎮にしてかなりの辣腕である。

紋章が貸し出されるくらいなのだから、シンはそれなりに大切に扱われている客人だとわかる。

そして、この年齢なら「自分で始末しろ」とは言われない。つまり、シンは間違いなく宰相の庇護下の子供だ。

二人は「あの騎獣泥棒、黒幕が誰だろうと死んだな」と確信し、心中でやる気のないお悔やみを申し上げた。

「じゃあ、すぐ役所に行って宰相さんの家にも報告した方がいいな」

「あ、でも騎獣の証明書の後見人はサモエド伯爵にお願いしているので、そちらにも連絡した方がいいかもしれません」

「財務大臣じゃねーか」

「大御所ねぇ」

小市民シンはサモエド伯爵がそこまで重役だとは思っていなかったので、内心で「ヒェッ」と悲鳴を上げた。ルクスは確かに良いとこの坊ちゃんといった感じの好青年だったが、そこまでガチ権力でハイソな家柄とは思っていなかった。

「確か、第三王子殿下の事件で一部の役人たちが処分や更迭されて、出世したのよねぇ」

「あー、よく知らんが、大騒動だったらしいな。あれ？　狙われてたの、王太子じゃなかったか？」

「王太子は第一王子よぉ～」

心当たりがありすぎるザックスとセリーヌの会話が聞こえてくるが、シンは何も知りませんという顔を貫き、無言で鹿毛の馬を撫でていた。

傷が治り、綺麗にしてもらった鹿毛の馬は、気分がいいのか、すっかりシンに懐いているようだ。シンが手綱を握ると、素直に従う。

完全にグラスゴーと同じパターンになりかけているが、動物に罪はないし、この馬もまた被害者なのだ。やっぱり放っておけないシンだった。

◆

ギルドマスターの忠告に従い、二人を伴って役所に行ったシンは、窓口で騎獣が盗まれたことを説明した。

すると……なんともおざなりな反応が返ってきた。

「ちょっと待った。そりゃねーんじゃねーのか？　そっちは登録の時にきっちり金を取って、申請も受理してんだろう？」

シンの後ろから、ザックスが口を出す。

大人がいることに、役所の職員はうんざりした顔になる。

「あのなあ、こんな閉まる時間ギリギリでそんな長丁場になる案件なんてやってらんないの。明日にしてくれ」

「でも、ちゃんと時間内に来ましたよね。早くやってもらわないと、こちらも困るんです」

頭にくる対応だが、シンも引き下がるわけにはいかない。

終業間際の来客に、露骨に面倒くさがっているのがわかる。

だが、時間は遅かったといっても、終業十五分前には役所の建物に入ったし、書類も出せたのだ。

相手のサボり欲求に付き合っている暇はない。グラスゴーはシンにとって大事な相棒でもあり、財産でもある。

やむを得ず、シンはあまり使いたくなかったカードを切ることにした。

「僕の騎獣は黒毛の雄のデュラハンギャロップです。普通なら時価数百万ゴルドは下らない成獣を買い取りました。当初は見切り品扱いで格安でしたが、今は怪我も治ってだいぶ価値は戻っています。また、騎獣置き場には僕の騎獣の代わりに黒染めされた鹿毛の馬が残されていました。かなり雑とはいえ姿を似せていたことから、これは計画的犯行と見て間違いありません」

一枚目のカード、騎獣の価値。

シンが提出した騎獣の証明書に目を通そうともしなかった職員が、胡乱(うろん)な表情を隠そうともせず、渋々書類に視線を落とした。

書類にはグラスゴーがどのような種類の騎獣であるかが、きちんと書いてある。

職員は驚きを滲ませながら顔を上げたが、まだ疑いが強そうだし、面倒くさそうだ。

「後見役になっていただいているのはサモエド伯爵です。また、盗まれた騎獣には、滞在させていただいているドーベルマン伯爵家のご厚意でお借りした紋章を付けていました」

二枚目のカード、権力。

出し惜しみしても仕方がない。今使わずしていつ使う。

大貴族二つの名を耳にした瞬間、職員の目の色が変わった。ガコンと顎が外れたかのように口を開く。

嘘ではない。書類を見てみろとシンが指で指し示した先には、しっかりその名が記載されている。

シンはサモエド伯爵には会ったことはないが、子息のルクスが話を通してくれたのだから間違いないはずだ。

「し、至急対応いたします！」

職員は慌てて奥へすっ飛んでいく。

その様子をシンは冷え冷えとした視線で見ていた。

しばらくしてから、初老の——明らかに役付きであろう人物がやってきて、揉み手をしそうな勢いで色々と丁寧に説明しだすが、もう遅い。今までの対応が悪すぎる。

役所に来た時点で「明日にしろ」「遅いから帰れ」とぞんざいな対応をされたのは覚えている。

それをザックスとシンが食い下がってなんとか受け付けてもらえたのだ。

役人たちの豹変ぶりを見て、ザックスはにやにや笑い、セリーヌも「あらまぁ」と頬に手を当てている。

「やるな、坊主」

「借るなら、虎の威だろうが宰相の威だろうが構いません。嘘は言っていませんから」

ザックスの大きな拳に、シンの小ぶりな拳がこつんと当たる。

向こうが先に邪険にしたのだ。ちょっとした意趣返しとしては可愛いものだろう。

「ギルドマスターに感謝ですね。僕はすっかり頭から抜けていましたから」

「気が動転してたってことは、それだけ相棒が大事だってことだろう。そういう冒険者は、騎獣に好かれるんだよ」

「あとは宰相様のところにシン君を送り届けないとねぇ～。ちょっと暗くなってきたし、心配されちゃうわぁ～」

「いえ、グラスゴーを捜したいのですが……」

「ダメだな」

「ダメよぉ」

シンの訴えは即答で却下された。

まだ捜索を続けたいと食い下がるシンを、ザックスとセリーヌが窘める。

「あのな、お前が腕の良いDランクだってことは聞いている。だが、あの騎獣騒動には厄介な貴族が絡んでるって話だし、そもそもお前自身が命を狙われる可能性も込みで、俺たちは護衛についているんだ。頼むから宰相様のところで大人しくしてろ」

「そうよぉ。少なくとも、今日は帰らなきゃダメ。もし捜したかったら、宰相ご夫妻とサモエド伯爵の顔を立てるためにも、一度説明しに行ってからでも遅くないと思うわぁ」

「使えるもんは使え。その二つの伯爵家はうちの国でも名の知れた方だ。お前さん個人で動くより、そっちの名前でたくさんの人を動かしてもらった方が効率は良い。ドーベルマン伯爵家の紋章が付いていたとなりゃあ、宰相さんところも自分の面子にかけて捜査を掛けるだろう」

「今まで平民ばかり狙われていたけれど、今回は貴族の騎獣が奪われたって形で、大手を振って動けるわぁ。大きな家だと、その動かし方も弱小貴族とは変わるものぉ。ましてや、貴方の騎獣は高級品種だものぉー、闇市やオークションで売り捌くにしても、足が付きやすいはずよぉ」

かわるがわる二人に説得されて、シンは肩を落としながらも頷いた。

本当は今すぐにでも駆け出して捜しに行きたいが、確かに命を狙われるリスクを背負いながら一人で動き回るよりよほど良い。

冒険者のシンより、有力貴族のチェスターの方が多くの人を動員できるのは紛れもない事実だ。

感情より理論を優先させるべき場面なのに、衝動が抑えられないのは、この幼い姿のせいなのか。

シンは自省しながら、グラスゴーの代わりに置いていかれていた鹿毛の馬を繋いであるところまでとぼとぼと歩いていく。

ちんまりとした子供が消沈する姿に心を痛めたのか、ザックスの表情も苦いものだ。

「ほら、馬も心配しているぞ。乗った乗った。とりあえず帰って、飯食って宰相様のところに相談だ！」

「貴方にしかできないことがあるんだから、それをやればいいのよぉ」

コクンと頷いたシンは、ドーベルマン邸まで送られていくのだった。

鹿毛は少し人に怯えるところがあるものの、シンの言うことはよく聞いて、従順だった。


ドーベルマン邸に着いたシンは、グラスゴーが行方不明になり、恐らく盗難に遭ったこと、代わりにボロボロの鹿毛がいたことなどをミリアに説明した。

そして手助けを願い出た。

これを聞き、動物や魔獣好きとして知られるミリアは、窃盗や遺棄など騎獣に対する仕打ちに大いに憤慨(ふんがい)する。

シンはとても落ち込んでいたし、連れてこられた鹿毛は――綺麗になっていたものの――明らかに虐待(ぎゃくたい)を疑わせるほど痩せて、怯えていた。

こうした事実が、彼女の怒りとやる気をますます燃え上がらせる。

「任せて！　絶対犯人をとっちめてやるわ！」

落ち込むシンをぎゅうっと抱きしめ、ミリアは高らかに宣言した。

そして、翌朝――

◆

――グラスゴーは当たり前のように厩舎で飼い葉を食んでいた。

「は？」

「え？」

厩舎の管理をしている御者や使用人たちの当惑の報告を聞いて、シンとミリアは訳がわからずに立ち尽くす。

窃盗というか、誘拐というか、どこかに連れ去られたはずのグラスゴーは、もっしゃもっしゃと飼料と干し草ロールの入った餌箱に頭を突っ込んでいる。

至って健康そうだし、全くもっていつも通りの穏やかな朝を迎えているようにしか見えない。

グラスゴーは朝日に目を細め、耳に止まった蝶を、ぴるぴると耳だけ動かして追い払う。

シンの昨夜の悲愴（ひそう）な気持ちが行き場を失っていた。

一方、今日も朝っぱらから押しかけてきたティルレインは、混乱する二人を尻目に、いつも通り簡易アトリエの設営にかかる。

「よーし、今日も絵を描くぞー！」

ふんすふんすと鼻息荒く、気合十分でキャンバスに向かうが――

「ん………？　にぎゃあああああああっ!!」

「殿下、うるさい」

「だって、背中！　グラスゴーの背中になんかいるー！」

びえええええんと泣き叫びながら、へっぴり腰でグラスゴーを指さすティルレイン。

一番グラスゴーに近かったのは彼だったし、他の者は遠巻きにしていたので、誰も状況が把握できていない。

皆が首を傾げる中、シンは騎獣の背にあるものが気になって足を向けた。

シンの接近に気づいたグラスゴーは、食事を中断し、ふさふさの睫毛（まつげ）に縁どられた円（つぶ）らな黒い瞳をキュルンと輝かせる。

シンにとってはいつものグラスゴーであるが、厩舎を任されていた使用人の一人は、その露骨な態度の変化を見て、スンとした顔になった。目が合う度にゴミムシを見る目を向けられるからだ。

シンに対してはべらぼうに愛想が良いのも知っている分、落差が際立つ。グッピーが大量死する温度差だ。

ちなみにこの使用人は、まだ情報共有されていないので、グラスゴーが盗難に遭ったのを知らなかった。

そんな中、狂暴と折り紙付きのこの魔馬に近づいて唯一平気な少年は、トテトテと無警戒にやってくる。

「ん？　グラスゴー、その背中に何が……」

シンの声に反応して「見る？」と言わんばかりにグラスゴーがひょいと厩舎から出てきた。

頭を下げ、とんと後ろ足を蹴って倒立のように背中を見せつける。

すると、グラスゴーが着地したところとシンの真横に、体の一部が足りない遺体が二つ三つと落ちてくる。

全部共通して首がない。

ねじ切られて皮一枚でぶら下がっているもの、引き千切られ何かに強引に吹き飛ばされたようになっているもの、鼻から下のみとなり弛緩した舌が伸びているもの。どれも色がすっかり変わり別の生き物のようにでろんとしていた。

グラスゴーが急激に動いたことにより落下したのがその三体というだけで、背中にはまだ数人の遺体が積み重なっている。

一拍遅れて漂ってきた血と腐敗の臭いが青々とした芝生の匂いをかき消し、朝の爽やかな空気を一気に淀ませた。

シンは完全に真っ青になって硬直し、さすがのミリアも絶句している。

ティルレインはあえなく卒倒してしまい、ルクスが懸命に支えているが、彼自身ふらふらだ。

使用人の何人かも倒れており、シンもこのままぶっ倒れたいところだったが、気を失わないように根性でこらえていた。

「ぐ、ぐらすごー……とりあえず、その前衛的なオブジェを外そうか」

シンはなんとか震えを抑えながら近づく。すると、グラスゴーは鞍の隙間に挟まった何かを咥えて取り、シンに差し出した。

それは、見覚えのある銀色のリングだった。

鼻面を寄せてきたグラスゴーを見ると、伸びはじめていた角に嵌っていた銀環がなくなっているのがわかる。

「外れたのか？　ちょっとじっとして」

シンがリングをすっぽり嵌めてやると、慣れた感覚に安心したのか、グラスゴーはべろんと顔を舐めてくる。

念のため怪我がないか体を確認したが、尻尾や鬣の一房すら切れた形跡がなく、完全に無傷。至って元気である。

結局、遺体降ろしの作業は、グラスゴーに唯一お触りを許されているシンが受け持つこととなった。

◆

その日の午後には、事件の全容が明らかになってきた。

シンがグラスゴーにビッグフロッグやポイズンフロッグから出た魔石を与えていると、ミリアが報告しに来てくれた。

結果的になかなかの大捕物（おおとりもの）となったため、チェスターは後始末にてんてこ舞いだ。ますます王城に詰める事態となり、犯人には色々な意味で恨み節が止まらないという。

「サギール伯爵が騎獣泥棒の元締めだったらしいわ。でもグラスゴーを狙ったのが運の尽きね。無理やりでは連れていけないから、グラスゴーの銀環を奪って、それを取り返しに来たところを罠に嵌めて捕まえるつもりだったみたい」

「そうなんですか」

誘拐事件での大暴れはグラスゴーの体力には全く響いていないようで、本日も絶好調だ。

魔石は相変わらず好物のようで、嬉しそうに食べている。

知らない人間に襲われて少し気が立ってはいたが、シンに丹念に体を洗浄され、ブラッシングしてもらってだいぶ穏やかになった。

シンはサギール伯爵と聞いて、先日騎獣屋でひと悶着あったのを思い出す。

揉めたのは本人ではなく使いの下っ端であったが、ギルドでも性質が悪そうだと聞いたし、あまり積極的に関わりたくないタイプの人種だろう。

「あの、グラスゴーに処分は下るのでしょうか」

「ないわよ。だって、魔馬を御そうとして失敗したんでしょう？　自業自得よ。そもそも既に持ち主のいる騎獣が盗まれたんだから、手を出した方が悪いに決まっているわ。シン君もグラスゴーもお咎めなしよ」

それを聞いて、シンは胸を撫で下ろす。

「良かった」

シンが抱きつくと、グラスゴーは「どしたん？」と言わんばかりに首を傾げる。

「凄かったらしいわよ、サギール邸跡地は。厩舎周辺は跡形もなく粉砕されて、屋敷も半壊。庭の大半は抉れて、立派な薔薇園があったそうだけれど、砕かれた外壁とへし折れた薔薇が交ざり合うくらい散乱して酷い状態だったそうよ。デュラハンギャロップを侮っていたのね、小さな鉄柵でどうにかなると思っていたみたい。本気になれば空を駆けると言われる脚力と、蛮勇殺しと呼ばれた逸話を知らないのね」

シンに対しては可愛らしい愛馬だが、他所様の前では豹変するグラスゴーは、首狩り魔馬の本領を見事に発揮してくれた。

ちなみにグラスゴーが持ち帰った死体の中には、サギール伯爵のご子息のものもあったらしい。元騎士団員と聞くので、つまりはそういうことだ。

ミリアが以前話してくれた貴族の元騎士団員の話。彼は、平民を蔑んで悪質な商品の返品や故意的と言っていいような損害行為に及んでいた。それを隠蔽するため、料金の踏み倒しを繰り返していたが、バレた。

騎士団を強制退団させられた後、騎獣さえ手に入れれば騎士団に返り咲けると目論み、父親と共謀して貴族以外を狙って窃盗・恐喝・強奪三昧で騎獣をかき集めていた。

この馬鹿げた行為を見れば、何故騎士団を追い出されたか全く理解していないのがわかる。

親子揃ってろくでもない貴族だったのだろう。

「屋敷が大破したから、生存者を捜しながら片付けをしていたの。そこから見つかった資料から、密売していた騎獣やその関係者の洗い出しができたそうよ。中には密輸品や非公認の奴隷も隠していたようだから、そこも捜査中。処分なんてとんでもない。グラスゴーは大手柄よ」

名前を呼ばれるたびに、グラスゴーは耳をぴるぴると小刻みに動かす。

だが魔石の魅力には抗えず、餌箱から顔を上げない。

一際大きなブルーアリゲーターの魔石はサファイアのような真っ青な色をしていた。一見すると宝石にそっくりだが、グラスゴーの口の中であっさり砕けた。

「なんにせよ、グラスゴーが無事で良かったです」

「そうそう、陛下が今回の功績を称えて爵位までとはいかないけれど褒賞を……」

爵位と聞いた途端にシンの表情が抜け落ちたのを見て、ミリアは苦笑する。

静かだが、はっきりとした拒絶である。

「与えたいって言っていたの。でもシン君、目立ちたくないでしょう？　だから代わりに、厄落としを兼ねて神殿で祈祷をしてもらうってことで手を打ってもらったわ。表面上は、ティルレイン殿下の付き添いだから、侍従扱いよ。これなら問題ないんじゃないかしら？」

ミリアが気を回してくれたようだ。シンもそこまでしてもらってはさすがに断る気にならなかった。にこやかな彼女に上手く操縦されている気はしたが、悪い話ではないので頷く。

「まあ、それなら」

シンは、王宮で会ったティルレインと類似性の濃い国王陛下を思い出す。

あのゴリゴリに押しの強そうな国王陛下と積極的に関わる気はなかった。ロイヤル馬鹿の中でも一番面倒くさそうである。

（……しかし、ヤバい貴族との全面対決にならなくて良かった。チェスター様もルクス様のところも伯爵だから、爵位上同格のサギール伯爵と争ったら傷が残るかもしれない。運良く向こうが転んでくれて助かった。ましてや、相手は相当きな臭いし、下っ端にも常識のない馬鹿がいたし、どんな野蛮な手段に訴えてくるかわかったものではない）

グラスゴーによってかなりの死傷者が出たのは明白なのに、こんな甘い処分でいいのだろうかと、シンは少し不安になった。

だが裏を返せば、サギール伯爵はそれだけの死者が出てもやむなしとされるほどの罪を犯していたということでもある。わかりやすい特権を有する貴族という身分を差し引いても、許されざる行為をしていたのだろう。

「あの、込み入った話かもしれませんが……サギール伯爵はそれほどのことを？」

シンがおずおずと聞くと、ミリアがしみじみと答える。

「……本当に賢い子ね。彼が隠し持っていたものが、非常にまずかったの。一つ目は奴隷。奴隷にも階級があるのよ。身も蓋もない言い方をすれば、犯罪奴隷なんかは使い潰してもいいような――それこそモノ扱いが許されるわ。でも借金奴隷や労働奴隷なんかは、場合によっては使用人に近い感じにもなるの。人権が認められる類ね。サギール伯爵は、人間だけでなく、エルフや獣人といった亜人たちもどこからか誘拐してきて仕入れていたのが発覚したのよ。亡命目的で保護された他国の貴族や、ティンパイン王国の国民として認められる友好部族なんかにも手を出していたの。しかも数が数だから、お取り潰しは免れないわね」

国際社会で信用を失い、国益を大いに損ねかねない案件だったらしい。

むしろ騎獣の盗難騒ぎを隠れ蓑（かくみの）にして、そういったことをやっていたようだ。巻き上げた騎獣で足を確保し、数多の詐欺に手を染めていたという。

盗んだ騎獣は見る影もないほどにボロボロに使い潰した挙句、叩き売ったり捨てたりしていたそうだ。

「文字が読めない、ろくに書けないような人たちを騙すようにして、理不尽な奴隷契約を行なっていた形跡も多くあったの。そこのご子息が騎獣を軽んじていたのも、当主が盗んだ騎獣を非常に乱雑に扱っていたのを頻繁に目にしていたからでしょうね。今まで細々とやっていたけれど、欲が出てしまって、とうとうバレたのよ」

シンが初めて騎獣屋に行った時、近くで酷い姿の奴隷たちを目にした。

あの店でも周囲の騎獣屋を隠れ蓑にして、盗品の騎獣や奴隷の密輸が行なわれていたのかもしれない。今となっては確かめようもないが、なんともざらついた感情が心に残る。

「あとは国で認められていない魔石や魔道具の密輸や密売にも手を染めていたようなの。幸い、顧客リストは手に入ったらしいから、一気に洗い出ししなきゃダメねぇ。きっとチェスター、今頃王城でのたうち回りたいほど忙しくしてるわよ。社交界も少し流れが変わるかもしれないから、色々なところに顔を出して情報を集めなきゃ」

「忙しくなるわぁ」と言いつつも、ミリアはどこか楽しそうだ。

シンは逆に「どえらいもんに足を突っ込みかけていた」とドン引きしている。

「しかも、ちょうどその顧客リストに、チェスターが潰したい貴族や聖職者の名前が載っていたみたいなの。棚から牡丹餅って、こういうのを言うのよねぇ。殿下を貶め、誑かした毒婦も一緒にしょっぴけるって楽しそうにしていたわ」

見事な芋づるである。

シンがほんのちょっとずつ関わった事件が、ほぼほぼ一網打尽ではなかろうか。

（まあ僕の生活に影響なさそうだし、冬籠りの間に収まっているよ……ね？）

ちょっと不安を覚えたシンだったが、王族にヤバい催眠を施したアイリーン・ペキニーズが、これを機会にブタバコにぶち込まれるなら万々歳だ。

今ではティルレインも、アイリアイリと鳴き声のように言わなくなった。

偽造された恋情も一夜の過ちも、これでサクッと解決だろう。多分。

「と、いうわけで……」

パチンと扇を閉じたミリアが、やけに楽しそうに笑っている。

年齢を感じさせない透けるような白い肌と美貌が、非常に麗しい微笑を象る。

その姿にシンの本能が猛烈な警告を打ち鳴らす。パトカーや救急車、消防車から一斉に鳴り響いたような猛烈なサイレンが、どこからともなく聞こえる。

これは逃げなくてはいけないタイプの状況だ。真っ向から挑んだり、打って出たりしてはダメだ。

エマージェンシーである。

「神殿に行く日のシン君は、サモエド伯爵子息の後輩分。つまりは貴族スタイルで行ってもらうことになるの。さっ、みんなやっておしまい！」

ミリアがざっと扇を開いたのを合図に、一斉にメイドたちが押し寄せる。

老若の女性にわらわらと囲まれて、シンは硬直する。冒険者ギルドではむくつけき野郎どもの中にいたが、こんなにたくさんの女性に囲まれた経験はない。

いや……正確にはあった。

日本でとある男性ビジュアル系ロックバンドの警備員のバイトをしていた時、ライブの狂乱と熱気に当てられた活発以上暴徒未満のバンギャたちである。

甘酸っぱいと言うより、強烈な恐怖で苦いと表現した方がいいような思い出である。

規定位置からはみ出た人たちを注意すると「うるせえ！」とか「すっこんでろ！」とか、普通に言われたし、突き飛ばされたり蹴られたりした。しまいには飲み物をぶっかけられることも。日給二万という高額バイトであっても、二度と応募するものかと誓ったほどである。

ディープでコアなファンの多いバンドだったが、ファンのマナーも最悪なことで有名だと後から聞いた。

そんな思い出が走馬灯のように過る中、シンはメイドたちにされるがままになっていた。

柔らかいシルクシャツを押し当てられ、金糸入りのベストを比べられ、親指の爪ほどのサイズの真珠のボタンがついたハーフコートを着せられる。

メイドたちは楽しげに、そして競い合うようにして、コーディネイトを吟味していた。

「黒の髪と瞳だから、いろんな色が合わせられますね～」

「坊ちゃんたちには似合わなかったけれど、リボンタイも良いのではないでしょうか？」

「フリルシャツも良いわよ。シン君は暴れないから装飾が多いのでも大丈夫でしょう」

「あ、あれは？　ゴールドの水仙が入ったちょっとタイトめの！」

「派手すぎないかしら？　髪はどうする？　ちょっと大人っぽく上げてみる？」

「寄せるだけでいいんじゃない？　あ、シン君のサイズなら半ズボンもいける！」

「ほっそ！　シン君、結構食べてるのに、なんでこんなに細いの⁉」

「シン君、ちょっとこの辺の人とは顔立ちが違うし、人種？」

「いや。若さよ。坊ちゃんたちも肉とお菓子ばっかり貪り食べていたけど、十代前半までは華奢だったじゃない」

「今じゃマッスルエイプが二頭って感じだけどね……」

ドーベルマンのご子息は、既に成人した二十六歳と二十三歳のマッスル系肉体派で、知能より筋力を育てていたので、メイドたちには余計にシンが可愛く見えたようだ。

彼女たちは日頃から、屋敷や厩舎をくるくる動き回るシンの小動物然とした姿に癒されていた。

それにしても、令息に対してなかなかの言い草である。そして二十代以上と思(おぼ)しき年長のメイドほど毒舌のエッジが利いている。

一方、ペタペタと触られているシンは硬直しっぱなしだった。

プライベートゾーンがそれなりにあるタイプの日本人なので、急に一気に来られて、完全に処理落ちしている。

「か、かわいいーっ！」

きゃーっと黄色い絶叫を上げるメイドたちが、監修という名のもと好きにコーディネイトした服に身を包んだシン。

白いシルクのシャツにフリル多めのクラバット、トラウザーズと揃いの白いハーフコートの裏地は紺で、縁には金糸で刺繍が施されている。ライトブルーのベストにはよく見れば繊細な模様が施してあり、かなり高そうだ。焦げ茶のブーツは華奢（きゃしゃ）な編み上げタイプで、しっかりとした素材なのに柔らかくて軽くて歩きやすい。

まさに貴族子弟といった具合の坊ちゃんである。

「あ、あの……」

シンは散々とっかえひっかえされて、完全に怯えた猫のようになっている。

幼少期には親に着替えの手伝いをしてもらっていたが、小学生ぐらいになればそんなことはなくなった。慣れない経験に、シンは始終目をぐるぐるさせている。

キャットタワーがあったら最上階で籠城（ろうじょう）するレベルだ。

「次はこれよーっ！」

「えーそっちより、こっちのリボンタイとカメオのブローチのセットがいいわよ！」

メイドたちは等身大着せ替え人形に非常に興奮している。

何せ、この家の坊ちゃんたちはファッションに興味が薄く、こんなに大人しく衣装合わせをさせてもらえなかったのだ。

彼らは「脳味噌お筋肉でできているんじゃございませんこと？」と言いたくなる暴れん坊だった。動きやすければそれでいい。試着してもぎりぎり一着で、すぐ庭にすっ飛んで暴れ回って、汚してくる。

ミリアも、死蔵状態だった衣装がまさかこんなところで役立つとはと、ほっくほくの笑顔で眺めている。

そんな時、相変わらず空気の読めない王子がやってきた。

「シーンー！　来ちゃった♡」

ティルレインは真っ先にシンに近寄ってきて、がばっと抱きついてくる。

そして、珍しく逃げないどころか、そのまま腕の中で大人しくしているシンに首を傾げた。

「シン？　どうしたんだ？」

ぷるぷると震えたシンは、姿を隠すようにそうっとティルレインの後ろに回り込んで、そのままじっとしている。

珍しく自分にくっついてくるのが嬉しいのか、ティルレインの顔が緩んでいる。

ルクスは少し離れたところからこの状況を見て、全てを察した。

「ああ、神殿に行くための衣装合わせですね」

その声に反応したシンは、ずざぁっと恐るべき速さでティルレインからルクスに鞍替えする。

一瞬にして背後から消えたシンに、ティルレインは涙目だ。撫でようとしていた手が空ぶっている。

「どうしてルクスの方へ行くんだよぅ！」

「安全性」

そこでようやくシンが口を開いた。

その目は信頼していた飼い主にシャンプーされた猫、もしくは散歩だと思っていたら予防接種に連れて行かれた犬のようだ。

シンにそんな目で見られたメイドたちは、やってしまったとちょっと反省して宥めにかかる。

「一応儀式なので、ある程度のフォーマルさを求められるんです」

しかし、もう衣装合わせはうんざりだとばかりに威嚇（いかく）するシンに、彼女たちも諦めざるをえなかった。

ミリアもちょっと残念そうにしていることからも、ここの女性たちは服や装飾品といったお洒落が好きなタイプが揃っているようだ。

シンとしても、服を貸してくれるのはありがたかったが、玩具にされたくはない。

どうも子供の姿になって以来、女性に弄（もてあそ）ばれる回数が増えた気がしてならなかった。

金品的な被害はないが、精神的なものはゴリゴリ削（そ）がれる。メンタルが肉体に多少引っ張られる傾向はあるが、中身は立派なアラサーである。

「シン、シン！　何かお揃いにしよう！」

ティルレイン殿下はハイハイと必死に手を挙げてアピールするが――

「嫌だ」

――あえなく拒否される。

「最近シンが一切取（と）り繕（つくろ）わずに意思表示をしてくるようになった！　嬉しいんだけど悲しい！　複

雑！」

何が悲しくて男同士、しかもロイヤル十七歳児とペアルックを決めなければならんのだ。
今日もティルレインのラブコールはシンに届かない。一生届かないかもしれない。

第五章　神殿

タニキ村へと旅立つ日。シンが王都を出ると聞いて、ティルレインもしっかり日付を合わせてきた。

シンは神殿に行く日だけ付き合ってくれればいいと言ったが、ティルレインが恒例の駄々をこねた。それだけでなく周囲も、強靭なメンタル保護者であるシンが同行した方が、タニキ村への移動も楽だと判断したため、結局一緒に行くことになったのだ。

馬車がかなり多いから、そこに画材などを詰めているのだろう。行きよりも明らかに荷物が増えている。

ルートは王都を出る前に神殿へ立ち寄るという形に変更された。

「いらんことするな」とツッコミたいところだったが、ルクスに手を合わせてお願いされたら、シンも折れるしかなかった。

――断じて彼が学生時代に使っていた調合器具や訓練用の胴着や武具に釣られたわけではない。

ミリアたちからもお下がりを渡されたものの、わかりやすく仕立ての良い貴族服など、そうそう着る機会があるとは思えなかった。

そうしてやってきた神殿は、石造りの荘厳な建物だった。

眩しいほど真っ白で、他の建物とは一線を画している。入り口には白石のタイルが敷かれ、中に入るとよく磨かれた大理石に変化している。

彫刻で飾られた円柱がいくつも立っており、柱一つ一つの意匠が微妙に違うことからして、何か意味があるのかもしれない。

ティルレインは見慣れていて特に思うところもないのか、意外にも静かにしている。

ルクスはきょろきょろとするシンに、あっちには聖職者たちの宿舎があるとか、一般用の礼拝堂であるとか、向こうにあるのは特殊な儀式やお祭りに使う建物であるとか色々教えてくれた。

王族の訪問とあって、白を基調とした紋様の入った胴着とゆったりとしたローブを纏った神官らしき老人が一行の対応に当たった。かなり高位の神官なのか、何人も付き人を連れている。

ティルレインはこういったＶＩＰ待遇には慣れているようで、鷹揚に構えている。

シンは少し身構えていたが、神官たちが穏やかな物腰で応対してくれるので、次第に警戒も薄まる。

「ティルレイン様、この子は新しい侍従ですか？」

「違うぞぅ、シンは僕の友達だぞー！」

「臨時の侍従です。タニキ村まで随行することになりました」

神官とティルレインの会話に割り込むのは失礼だとわかっていても、そこはきっちり訂正するシンだった。

ティルレインは急激に目を潤ませ、ギャン泣き寸前ですと言わんばかりの顔で、恨みがましくシンを見る。しかしツンドラのような視線を向けられていることに気づくと、気まずそうに目を逸らした。

「違うもん、友達だもん！　父上がそーって言っていいって言ってた！」

ついには国家権力系の父親まで持ち出して駄々をこねるティルレイン。ルクスが宥めようとするがヒートアップする一方だ。

「チェスター様はなんと？」

そう聞いたシンの纏う空気は順調に冷え切っている。冷蔵庫でたとえると、既に野菜室の温度から製氷室の温度くらいだ。

「怖い顔で『父親の精巣からやり直してからほざけ』って言ってた」

「宰相閣下、エッジが効きすぎじゃありませんか」

ここまで言われる殿下も凄い。

ティルレインも彼なりに滅茶苦茶貶されているのは察したのか、しょんぼりしている。

「僕は諦めない……シンディードに誓って、親友になってみせる！」

「今は亡き友をそんなしょべえことに出さないでください。そんなのとっとと諦めて、ヴィクトリア様との仲を修繕してはいかがですか。というより、タニキ村に戻って大丈夫なんですか？」

「あ、なんか他所から賓客が来るから、トラブル起こす馬鹿は王都からいなくなりあそばせって言われた」

「元婚約者も鋭角すぎる」

こんな扱いでいいのか、ティルレイン第三王子殿下……と、シンは途轍もなく可哀想なモノを見る目を向ける。ところが、いつになくシンがじっと見つめるので、ティルレインは何故か見当違いに照れはじめる。

極めて雑に扱われている本人より、侍従のルクスの方がよほど気を揉んでいた。

ルクスもシンも、ティンパインのトップブレインたちが踊る会議によって「とりあえず色々馬鹿王子は問題児だけど、シン君付けておけば大丈夫」という決断を下したことを知らない。

お馬鹿な言動を矯正してくれるし、精神操作の弊害からくるメンタルバグも、シンがいればオールクリア。彼らにとってはこれ以上ない預け先である。

一応、最後の良心と言えるルクスも付けている。

その案内役は、ポンポン出る不敬と無礼の殴り合い状態に、宇宙猫と化していた。

これでティルレインがシンに激怒しているなら、神官たちも態度の取りようがあったのだろう。しかし、当の王子が自分よりずっと小さな子供に縋って駄々っ子のようにギャンギャン泣いているのだから、立ち尽くすしかない。

時と場所を選ばない馬鹿プリンスである。

「なんでシンは僕に冷たいの！　もっと友情を育もうよ！」

「メンヘラや地雷タイプみたいなこと言わないでください。あまりに騒ぐようですと、僕だけ先に馬車へ帰りますよ」

「それはダメ！　一緒に行くの！」

「わかりました。じゃあ、すぐに、とっとと、可及的速やかに駄々こねるのをやめてください」

シンの静かな圧に、ティルレインはぐすぐすと鼻をすすりながら、必死に泣き止もうとしている。

護衛たちはもう慣れつつあるので「またやってんな」程度の反応だ。国王夫妻公認なら、完全にスルーである。

宰相のチェスターに至っては「あの甘たれ馬鹿がくれぐれも愛想を尽かされぬように、生かさず殺さず、シン君に相手をしてもらうようにしてください」とルクスたちに念押ししていた。

ロイヤルトップ馬鹿の飼育係であるチェスターとしては、これ以上やらかしが増えてほしくないと必死なのだろう。

ティルレインが本当に危険なのは大人しく静かにしている時だ。口数が多いのは元気印が付いている証拠である。

「うぐ……ルクス、シンが冷たい。僕に構ってくれない」

「儀式を終わらせたら、ちゃんと相手をしてくれますよ」

涙目のティルレインを慰めるルクスの物腰は、完全に三歳児に接する優しさだった。

だが、実際いるのは背丈も立派な、もうちょっとで成人する野郎である。

よくこんなお荷物すぎるロイヤルを――ド田舎のタニキ村とはいえ――放逐する気になったものだと、シンは呆れていた。外に解き放つくらいなら、貴人用の牢屋にぶち込むか、ガチ幽閉系の蟄居にすれば良かったのではないかと思う。

しかし、これ以上胃痛の種を増やしたくないチェスターとしては、ティルレインは被害者という結論に至った以上、いくら馬鹿とは言えどもそこまで厳罰を科すことができないのだ。

シンの前では元気だが、王宮魔術師や聖女の見立てだと、精神的な被害は甚大だった。

もちろん、シンはその辺の事情までは知らない。

「ルクス様、甘やかしすぎは良くないと思います」

シンのツンドラの視線を受け、ルクスは「すみません」と消え入りそう声で応える。

だが、ティルレインがそれに反抗の声を上げた。

「ルクスがいなくなったら、僕の周り塩対応と鞭担当ばっかりじゃないかあああ！　もっと優しくしてよぉ！」

「……なんで？」

シンが心の底から疑問に思って呟くと、ティルレインが狼狽した。

「え、逆にそんな曇りなき眼で言われた僕が困っちゃうんですけど。シン君はどうして僕にそんなにスーパードライなソルティ対応なの？　僕のこと、なんだと思っているの？」

「トラブル吸引機のうるさい・よく泣く・威厳がない、の尊敬できない三拍子が揃った、血統だけは立派な迷惑な隣人」

「悔しいけど心当たりがありすぎる!!　ねえ、一個くらい褒めてよ！　なんか褒めるべきところない!?」

「顔面偏差値の高さと絵が上手なところと無駄にめげないところ」

「うん、良いところも見てくれているなら良し!!」

あれだけ貶されていたのに、あっさりと満足するティルレインである。

無駄にめげないというのは褒めているか微妙だし、それを抜いたら性格的なところはろくに褒めていない。

それでも泣きべそ王子は、打って変わってくねくね上半身を揺らしながら浮かれポンチになっているので、誰も何も言わなかった。

そんな会話をしながら、一行は神殿の奥にある大きなホールのような場所にやってきた。

シンは今まであまり教会に縁がなかったため、片手で数えられる程度しか訪れた経験がない。せいぜい同期や友人の結婚式に呼ばれた時くらいで、それもきちんとした宗教的なものではなく、セレモニー的な要素の強いイベントだ。

夢と希望がいっぱい詰まったハッピーウェディングは、労力と金を注ぎ込んで作り上げたものである。とてもキラキラしていたのは確かだが、シンが思ったことは「あいつの貯金って残っているのかな」だった。

シンは社畜時代のある同期の思い出を振り返る。

彼は入社二年目で社内結婚したのだが、当然そんな豪勢な結婚式を挙げるほどの財力があるわけがなく、両親から借りても足りず、一部ローンを組んでいたという。

花嫁とやりたいことを盛りだくさんに詰め込んだ結婚式は、さぞかし満足できるものだっただろう。だが、新居や新車や新婚旅行の費用もそれで吹き飛んだという。

あの夢のひと時は、共働きだからこそできたことだ。

（確かその後、年子で三年連続子宝＋双子コンボで、かなり大変そうだったなぁ）

幸せの悲鳴を上げていた一方で、家計も悲鳴を上げていたと思う。

改めて言うまでもないが、シンがかつて在籍していた会社はブラック企業だ。「福利厚生全部揃っています♡」なんて謳っておいて、実際は育休も時短就業もドチャクソ渋られる。

シンが知っているのは同期の男性の方だけだったが、その後どうなったのかはわからない。

何せブラック社畜戦士だった同期は、シンが異世界転生する少し前に鬱だかノイローゼになって退職したからだ。女性の方も一度目の産休を取るとすぐさま異動になったし、冷遇されているのは想像に難くない。

（うん、結果として僕もあの会社を辞めることになったけれど、それはラッキーだったな）

忙しすぎて追い詰められていて、思考的な意味で脳死していた。

今だったらわかるが、あの連勤地獄は労働基準法違反だったし、きっと残業や休日出勤といった超過勤務分の給料は出ていないとまではいかないが大幅カットされていた。

定額支払いという名のぼったくりだ。休日出勤はしていない扱い。酷い現実である。

そんな昔の思い出を久々に掘り返しながら、シンはてくてくと神官たちについていった。

◆

シンがティルレインと神殿を訪問していた頃、創造主フォルミアルカは天界で一生懸命に数を数えていた。

普段彼女が人の世を覗き見ている水鏡は、人々の生活ではなく、無数の針のような光の筋を点々と映し出していた。

この光の筋は、神の柱の数――つまりはこの世界の神の数を表している。

弱小宗教の小さな神もどきではなく、大衆に認知された力を持つ神だけが選別されて映し出されるものだ。

「ない、ない、やっぱり一本ナイですぅ！　バロスの神殿も空っぽだったし、神力の気配も感じませんし、何より人々の間から戦神の加護がごっそりなくなっているー！」

がばりと水鏡から顔を上げたと思ったら、絶叫して頭を抱えるフォルミアルカ。

「はわわわわ……ちょっと前までありましたよね？　でもバロスの神官たちは神聖魔法が使えなくなっていますし……堕ち神になってしまったんでしょうか？　ややや、でも、そしたらバロスほどの大きな力を持った神なら魔王並みの影響があるはず！」

フォルミアルカは動揺を露わに、水鏡の周囲をうろうろと徘徊して唸る。

明らかに挙動不審すぎる動きだが、周囲に人影はないため、その奇行を止める者もいない。

「あああ、どうしましょう！　あまりに神々の力が減ったら、魔物が活発化して魔王がまた新たに生まれてしまいますー！」

彼女はひゃあああと情けない声を上げて、碧眼にたっぷりと涙を溜める。

あたふたしながら頭を抱えるフォルミアルカだが、ややあって「あれ？」と首を傾げた。

「……でも、バロスのような中身が伴わなくて力だけはある神が堕ちたら、邪神として猛威を振るうはず？　堕ちてはいないのでしょうか？　むむ？　どうなっているんでしょう。……他の神々はむしろ元気があるというか、活発になっていますね。ああ、なるほど。バロスがいない分、他の神々が頑張ってくださっているんですね」

ちょっと安心したようで、落ち着きを取り戻したフォルミアルカは、無数の光の筋を消して、水鏡を下界覗き見モードに変えた。

魔物の大発生は特にないようだし、人々の生活に影響は出ていないらしい。

戦神を祀っていたテイラン王国はかなり荒れているが、それ以外の国は至って平穏だ。

「やっやぁ!?　季節の四女神たちが全員復帰していますぅ！　バロスに求婚されてブチ切れて散りに消えていった他の女神たちや眷属(けんぞく)たちも！」

フォルミアルカは喜びながらも、どうなっているんだと首を傾げた。

バロスに無理やり妻にさせられるくらいなら、神域に引き籠もると言って隠れてしまった女神たち。

なんとか説得し、泣き落として、季節が途切れないようにはしたが、彼女たちは「バロスが神をやめるか、死ぬまで出るものか」と口を揃えていた。

長女、美と春の女神ファウラルジット。

次女、情熱と夏の女神フィオリーデル。

三女、芸と秋の女神フェリーシア。

四女、厳格と冬の女神フォールンディ。

全員が全員タイプの違う美女である。もちろん、バロスは全員を自分のモノにしようとした。

当然、そんなことをしたものだから、もとより女癖が悪く横暴だったバロスに対する彼女たちの心証は一気に氷点下になる。前評判も最悪だったが、それを突き抜けた。

それ以外にも、バロスは種族は関係なく、見目の良い若い女性を節操なく手に入れようとしていて、女癖の悪さは病的だった。

その結果、結婚という名の契約でバロスの権能も神力も毟り取る恐るべき計画が敢行(かんこう)されたのだ。この計画そのものも、その裏でシンが助言をしたことも、ファウラルジットたちが画策したことも、フォルミアルカは知らなかった。

だが、それも仕方がない。

こう見えて、彼女は忙しい。

原因はかつて世界を救うためにテイラン王国に与えた異世界召喚魔法を悪用されたことだ。近年、かの国は強引な手段で立て続けに召喚を実行していた。世界に乱暴に穴を開けて強奪するようなやり方で、世界の魔力を強引に搾取していたと言っていい。

本来、世界が危機に瀕(ひん)した時に百年に一度くらいの割合でやるべきところを、十～数十年ほどのスパンで乱発していたのだ。

しかも、魔王討伐や特異な強さを持つ魔物の大量発生への対処などではなく、人間同士の戦争目的。安易な戦力欲しさでやっていたのだから始末が悪い。

何も知らない異世界人は、彼らの適当なヨイショに誤魔化され、世界を渡った時に得たスキルで暴れまくった。

テイラン王国の私欲に塗れた暴挙の弊害で、世界の魔力は乱れ、淀んでいた。

フォルミアルカもその責任の一端を担う者として、シンの助言に従い、今では召喚魔法をテイラン王国から取り上げている。ついでに、テイラン王国の大地を流れる龍脈（りゅうみゃく）――魔力の大動脈といえるものを、こっそりシンのいる場所を追いかけるように設定を変えた。

技術も魔力も失えば、テイラン王国は召喚魔法を二度と発動できなくなるだろう。

とはいえ、龍脈の移動による大きな影響が出るのは数十年から数百年後になる。

ゆっくりじっくり時間をかけて、徒歩と大して変わらない速度で移動しているし、そもそも巨大なので地上に影響が出ないように、地中深くを移動させている。

しばらくの間はシンの周りでちょっぴり、心なしか豊作になった気がする程度の恩恵だ。

人間の寿命は長くても百年未満が大半だ。

シンが亡くなってだいぶ経ってからその大地は肥沃（ひよく）になり、数多くの魔法使いや妖精、精霊、魔法種の亜人や幻獣が生まれてくるはずだ。

「うう……シンさんにはご迷惑が掛からないようにと思ったのですが……」

子供の姿で他国に移動したシン。

彼が飢饉（ききん）や災害によって食べるのにも困る場所で暮らすことのないように、というささやかな配慮でもあった。

最近はティンパインという国で楽しくやっているらしい。

このまま気兼ねなく人生を謳歌（おうか）してほしいものだ。

しかし、そんなフォルミアルカの願いは、意外と実現が難しかった。

◆

その頃、シンはやたら麗しい見てくれの菫色（すみれいろ）の髪をした美形に抱きしめられていた。

ちなみにドン引きである。

「神子様（みこさま）ぁあああああああ！　神々の加護を、麗しくも芳しき加護の気配を感じまするぅううう！」

やたらずるずるとした衣装の偉そうな人であるのが、一層シンの心をドン引きさせていた。

彼はシンが宇宙猫（スペキャ）る暇もなく、目と目が合った瞬間に、足元にジャンピング土下座で滑り込んできた。

ここまで嬉しくない歓迎の五体投地は生まれて初めてである。

シンはごく普通の庶民なので、こんなわかりやすく「オッスオラ貴人、ドチャクソ貴い身分で柵（しがらみ）たっぷりだぜ！」みたいな人間に、何故こんなにやべー言動を取られるのかわからない。

シンはイヤイヤしまくる子供のように仰け反り、すぅううううと体臭を胸いっぱいに吸われていることに気づくと、つんざくような悲鳴を上げた。

「ぎゃあああ！　変態！　ショタコン野郎がいる！」

今のシンなら、人間に〝猫吸い〟をされて匂いを嗅がれるのを拒否る猫ちゃんの気持ちが理解できた。

――否、こんな気持ち悪い苦行を受け入れるなんて、あの生き物は神か仏かもしれない。爪で引っ掻くのなんて可愛いものだ。

何しろ、猫にとって人間は数倍から数十倍の大きさである。しかも興奮気味にハァハァ言いながら、甲高い甘ったるい赤ちゃん言葉で話しかけてくることすらあるのだ。

かなり腰が引けているシンと、ぐいぐい来る変態の攻防を眺める助手役と老神官。

やがて助手役が、老神官にのんびり話かけた。

「枢機卿～。この子、相当強い加護持ちですよー。見てくださいよ、この加護探知犬の醜いほどの反応を」

「ほんじゃまあ、聖女様にシバかれる前に引き剥がすかの～」

この二人、菫色の変態の気候や醜態に慣れているのか、微塵も動じていない。そして、全く変態を止める気配もなく、苛立ったシンがついに怒鳴った。

「ほのぼのしてないでこの変態なんとかしてくださいよぉお！　全っ然離れてくれないんですけど!!」

その間も、シンの体に大好きホールドが止まらない変態は「神子様あああ！」と涙や鼻水など色々な水分を、顔面から感激スプラッシュしている。

まるでタコの吸盤を思わせる吸いつきでシンから離れない菫色男。

ややあって、衝撃から復活したティルレインが、果敢にも変態に噛みついた。

「シンを虐めるな！」

「虐めてなどいない!!　加護を！　芳しき加護の気配を！　堪能しているだけ！」

「でも嫌がっているだろー！　離れろー！」

珍しく正論のティルレインである。

「いくらティルレイン王子殿下とて、その願いは聞けない！　この素晴らしき加護を逃したら、次はいつ堪能でき――」

気持ち悪い言葉が突然途切れたかと思うと、その男はぱたんと倒れた。

背中に爪楊枝くらいの太さの針が刺さっている。

枢機卿の傍にいた助手役が冷めた顔をして、顔の前に構えていた筒状の物を降ろす。

「睡眠薬と麻痺毒が塗ってあるので、半日は目を覚まさないかと」

彼はしれっとそう言った後、弛緩した変態を足蹴にして転がす。

この変態、三途の川は渡らないようだ。

「あ、あの、この人……」

シンが恐々と声をかけると、吹き矢を放った助手役は笑顔で説明を始める。

「彼は嗅覚で加護を感知できるんですよ。これでも加護持ちに強烈なウザ絡みする以外は至って真面目で無害なんですけどね。……こんなにトチ狂った反応は聖女様以来初ですよ。今日はティルレイン殿下が来るって話で、ノコノコ来ていたんです。殿下は女神フェリーシアの加護を持っておられるので」

変態は口から泡こそ噴いてはいないが、白目を剥いてぴくぴくしている。せっかくの仕立ての良い衣装も、端整な顔立ちも台無しであった。

この醜態――というか変態の所業は珍しくないのか、白く冷たい床に転がる男は慣れた様子の神官たちの手でどこかへ連行されていく。

シンにとっては今まで遭ったどの魔物より怖かった。このまま一生どこかに封印されていてほしいくらいだ。

衝撃からまだ立ち直れないシンは「はぁ」と微妙な返答をしてしまった。

「国内で加護持ちの人を見つけたら、登録する必要があるんです。シン君はちょっとこちらで書類の記入をお願いします。そういった人のいる町村には、加護持ちの人が不便しないように色々配給する制度があるので」

「僕、今はこんな格好をしていますけど、流民ですよ」

「あ、加護持ち様は身分とか年齢とか関係ないので。ご両親は？」

「いないです」

「ご家族も？」

「ええ」

「ああ、それならサクッと終わりますね」

「あの、それって辞退は……」

なんか面倒な気配を察したシンは、できれば登録を遠慮したかった。政治的な権力と同様に、宗教的な権力も面倒くさい。

さっきから垂れ流されるワードが物騒というか、面倒の気配しかしない。

だが、助手役の神官はさっくりと首を横に振ると——

「できません。加護持ち様は……特に強い加護を持つ神子様クラスだと、本来は格式ある教会や神殿で保護されるのが慣例です。ですが、シン様は既に後見人が立っているようなので、生活は保護されていると考え、簡易登録だけとなります。加護持ち様はその有益性や稀少性から、誘拐や拉致が後を絶たないんです。人の称号やスキルを鑑定する能力を持った悪意ある第三者からの保護は必須です。ましてやシン様はまだお小さいので」

「え？」

もしかしなくとも「犯罪の匂いがぷんぷんするぜぇ！」な話である。

普通に生活しているだけで、犯罪者がシン目当てにタッチ＆ゴーで拉致誘拐してくるとか、悪夢以外の何ものでもない。

シンはタニキ村で静かに生活していたいだけだ。

ティルレインは第三王子だが、権力を使えないお馬鹿ちゃんだから、この際置いておく。

躾は成功しつつあるので、シンがきつめに言えば大抵のことは折れるし、正論でぶん殴れば考え直す良識はあるのだ。単にティルレインの根性がヘタレとかへなちょことかいう面もあったが。

「タニキ村には聖騎士を派遣しますね。すぐ随行できるようにしますので。護衛以外にも小姓や侍従や侍女でも、欲しければその騎士を通して申請してください」

「え、いらないです」

「綺麗な娘、付けますから！」

「キャバクラみたいなノリで護衛を決めないで」

きっちりした神官服が歓楽街の客引きや、ホールのボーイと重なって見えてきてしまう。

主張の激しいネオン街をはじめ、成人紳士の嗜みとして、シンもちょっとくらい行ったことのある世界だ。パワハラ上司がデロデロに酔っぱらってマーライオンより吐きまくった記憶は、この際投げ捨てる。

助手役神官は「キャバクラ？」と聞きなれぬ単語に首を傾げたが、それよりもシンを勧誘することを優先した。ぐいぐい話を進めていく。

「すみません、こっちもルールがあるんで。王城や貴族の屋敷みたいにガッチリ守られているところならともかく、田舎村にそれは期待できないので」

「だからいらない……」

「ルールです」

取り付く島もなくきっぱりと突っぱねられ続け、シンの耐久メーターがぷつんと切れた。

監視されたくてティンパイン王国に来たわけではないのだ。自由にゆっくり、そしてコツコツとスローライフを送りたいだけなのである。

「そんな余計な監視をつけるようでしたら、この国を出ます。加護持ちだの神子だの、鬱陶しい肩書きもいりません！」

「それは、困りますね……えー、かなり裕福な暮らしができますよ？　左団扇ですよ？」

「ウザイのはこの馬鹿犬王子で間に合っています」

完全に心が乖離していた。

噛みつかんばかりにガルガルしてこそいないが、シンは静かに拒絶している。

先ほどまで当惑していた子供が、急に冷徹とも言える態度に変わったことにようやく気づいた神官は、困惑していた。

普通なら、平民は裕福な夢の生活に飛びつくものだ。

確かに、神殿側の提案は悪くない。普通に考えれば衣食住が保障されるのは喜ばしいことだろう。労働をせず、周りの者に傅かれる地位を手に入れられると、喜ぶ人も多いだろう。

しかし、シンは違った。

興奮するティルレインをあやして宥めていたルクスは、シンの変化に気づいて内心悲鳴を上げている。シンは普段礼儀正しく、年齢の割に大人びて物静かな少年だが、一度怒るとその舌鋒は非常に鋭く、時に毒を滴らせる。

「……どうしましょうか、枢機卿」

「うーん、とりあえず上に談判しましょうか。紛争地域に行くわけではありませんし、神子様のご意向は尊重した方がいいでしょう」

上役の枢機卿とさっくりと話し合いを済ませた助手役は、くるりとシンに向き直る。

「ではそうしますか。後で何か通知が行ったら見てください。あんまりシカトすると、騎士たちが団体で安否確認をしに来る可能性がありますから。誘拐の恐れなどもありますし、稀少な加護をお持ちの方を、放置などできません」

最後にさっくりと釘を刺された。

シンはこれで問題ないかとルクスに視線で問う。

真面目なルクスはこくりと頷いて応えるが、その顔は驚愕に彩（いろど）られて強張（こわば）っていた。

恐らく、全く予期せぬことだったのだろう。

その傍では、ぐずるティルレインがずびーっと音を立てて鼻水をかんでいる。きっとあのハンカチはきっちり洗わない限り使い物にならない。

「シン君、本当によろしいのですか？『神子』と呼ばれる加護を持った人々は、上級貴族並みの生活を保障されます。望めば爵位や領地を得ることも難しくないほど優遇されますが」

「心底いらないので遠慮します」

ルクスからの最後の確認も、シンはスパーンと一刀両断にした。

普段の行いが良いルクスだから、善意に基づくアドバイスだと判断されてこの程度で済んだものの、彼以外の人間が言おうものなら、シンはかなり冷たい対応をとることもありえた。

事実、これは親も兄弟もいないシンを慮（おもんぱか）っての発言だった。

いくらしっかりしているとは言っても、シンには一切身寄りがない。望めば宰相が養子先を斡旋、もしくは自ら受け入れる可能性も十分あった。

だが、シンは「煩わしい」と常に避けていたので、無理強いはできなかった。

「加護の内容は、追ってあの変態から報告させますので」

とりあえず話はまとまったと判断した助手役がそう言ったものの、シンは微妙な顔だ。

若い彼は切り替えも早く、考えも柔軟らしい。無駄に長くごねなかったのはありがたいことである。

「え、あの人来るんですか？」

「……やっぱ嫌ですか？」

「逆に聞きますが、あの醜態を見せた変態を後日お送りしますと言われて安心する人、いますか？」

「加護持ちの前では狂乱しますけれど、彼、普段はまともなんですよ」

「僕はまともじゃない姿しか見ていません」

嫌でござるという姿勢を崩さないシンに、助手役の神官は「ですよねー」と折れた。

続けて「ロープを新調しなきゃなぁ」と不穏な呟きも聞こえたが、シンは聞いていない振りをする。

その後、シン、ルクス、ティルレインは揃って礼拝したが、三人とも変態インパクトのせいで、霊験あらたからしいご祈祷の内容はあまり頭に入ってこなかった。

「あの変態がまた乱入しては来ないだろうか」または「シンが誘拐されやしないだろうか」と、護衛も含めて皆終始そわそわしていた。

あの変態は皆の心を一つにするという意味では役に立ったかもしれない。

◆

菫色の変態男ことアイザックは、椅子に縛られながらも激しく抵抗していた。

縛りつけやすいように簡素な木製の椅子に座らせたのだが、白を基調とした淡い色彩ながらもしっかりとした綾織りの衣装もあいまって、誘拐された貴人感が強い。

時折、猿轡の隙間からフゥーフゥーと興奮した獣のような息遣いが聞こえ、ガッタンガッタンと激しく揺れる椅子の脚が、彼の抵抗を物語っている。

かなり興奮していて話にならないため、キエフ・ローリエ枢機卿は彼が落ち着くまでたっぷり待った。

三段しっかりお菓子が載ったティースタンドが空になり、カップどころかティーポットのお茶を飲み干すくらい時間がかかった。

今から神子を追いかけても無理だとわかったのか、ようやくアイザックが静かになったところで、枢機卿が頷きを一つ。

ティーサーブをしていた御付きの一人がアイザックを解放した。

「アイザック、して例の少年はどちらのお方との御縁でしたか？」

「いや、それが……」

いつもならシャキシャキ答えるのに、今日に限って非常に歯切れが悪い。

枢機卿と呼ばれる老人は、アイザックの珍しい様子に首を傾げた。

「それが、あまりよく見えなくて」

「ふむ、アイザックの奇行に大分動揺していたとは思ったのだが」

「あの神子様は年齢にしてはスキルや称号も多く、こちらに対してかなり警戒していたせいか、私の『鑑定』をもってしても全ての情報開示はできませんでした。僅かに見えたスキルからはどちらかというと戦闘――しかも実践タイプでかなりの手練れと推測されます。幸い情報操作や隠蔽はされていませんでしたが、基礎魔力や能力は相当高いですよ」

アイザックは鑑定能力を持った神官だ。そして、彼には神の加護を嗅覚で察知する能力もあった。

一般的に、鑑定というスキルは相手の能力を視覚化するものだ。

しかし、稀に隠蔽やジャミング系のスキル、もしくは特殊な道具によって、鑑定による盗み見に予防線を張っている者もいる。主に身分が高かったり、犯罪歴があったり、かなり能力が高い者たちだ。また、性格的に閉鎖的な者や、レベルが桁違いに高い相手も、鑑定の難易度は上がる。

アイザックもかなりレベルの高い鑑定能力を持っているが、相手がそれを上回るスキルで隠してしまえば難しい。

彼の目には激しい砂嵐が映っていたが、なんとかシンの能力を見ることはできた。

アイザックが完全に鑑定できなかったのは、女神謹製（めがみきんせい）スマホのセキュリティに阻（はば）まれたからでもある。

「私に見えたのは主神フォルミアルカ、美と春の女神ファウラルジット、この二柱です。しかし、詳細は未確認ですが他の名があったのも確かです。それが神か精霊や妖精かはわかりません」

慎重に言葉を紡ぐアイザック。自分の言葉も重みを知っているからこそ、表情も硬い。

妖精や精霊ではなく、大仲と言える存在の名に、枢機卿にも緊張が走る。

「創造主の加護は久方ぶりだな。ファウラルジット様も我が国では数百年ぶりではないか？」

「ティルレイン殿下の有する加護は、芸と秋の女神フェリーシア。姉妹女神ですので、その繋がりかと……」

仲の良い神の加護持ち同士が傍にいると、相乗効果が生まれる。

もとより、加護持ちが少ないので実証する手段は少なかったが、訳あり状態のティルレインによって一層裏付けられたと言っていい。

「神子様、来春にはまた王都に来てくださるでしょうか」

「来るのではないか？　お前は避けると思うが」

アイザックは長い菫色の髪を振り乱してぎゃあぎゃあ騒ぐ。

「ああああ！　何故です、神子様！　というより、聖女様といいティルレイン殿下といい、どうして避けるのですか!?」

変態だから。

加護持ちを前に豹変する彼の変態性の前では、誰もがドン引きだ。

今回も例に漏れず、シン相手に体臭を吸うという暴挙に出た。あれは下僕を使いこなす熟練の家猫様が相手の時のみ許される所業である。

今回の相手は人・子供・初対面の、やっちゃいけない三コンボをかましたアイザック。

シンはわかりやすく嫌がっていたし、今度から「アイザックはいません」と断りを入れておかないと、この神殿に近寄ろうとしないかもしれない。

保護者枠のルクスですらドン引きだったのだから、今後の関係は難しいだろう。

ちなみにアイザックは幼き日のティルレインにも似たような奇行を起こしたため、神殿側は極力彼を第三王子の前に出すのを控えている。

幸い、ティルレインは忘却しきっているようで、気にする素振りは見せない。

また、王族側としても当時病弱であまり目立たなかった第三王子が加護持ちとわかり、一躍目を掛けられる存在となったきっかけの出来事として、その件はあっさり許していた。

結局、芸は芸でも武芸ではなく、芸術という形で才能が開花したが。

直接政に影響を与えそうな才能でないあたり、ティルレインらしいといえばらしい。

下手に武芸に秀でて指揮官としての才能があったら、派閥が割れる恐れがあった。

他方、その軍事的才能を開花させた次兄のトラディスは、堂々と「自分は王の器ではない！」と宣言し、長兄フェルディナンドの意向のままに魔物討伐や砦の視察、遠征に赴いている。

脳味噌まで筋肉が蔓延りまくり、体の運動は得意でも、脳の運動は得意でないのだ。唯一、戦場の機微を読むことだけは長けていた。

このように、弟王子達が揃って、長兄フェルディナンドを全面的に立てているため、ティンパイン王国は非常に安定していた。

ティルレインがのほほんとしていられるのは、こういった幸運が重なったこともあるだろう。

枢機卿は、硬く冷たい床でのたうち回るアイザックを蹴った。暴れすぎていつの間にか転んでいたのだ。

「いい加減にせんか。お前が暴れるから自業自得じゃ」

スパンと頭を叩いて、枢機卿——キエフ・ローリエは溜息をつく。宰相と国王からの言葉がなければ、彼はなんとしてでもシンを神殿の保護下に置くつもりだった。

元来アイザックはそれなりにプライドが高い方であり、人前で醜態を晒すのは良しとしない。それが近年稀に見るほど取り乱した。つまり、シンにはアイザックが体面を取り繕うことができないほどの魅力があったと言える。一発でそのお眼鏡にかなったのならば、かなり強い加護なのだろう。

最近、神官の中で急激に神聖魔法や加護を使えなくなっている者たちが増えている。

ここ数百年、非常に強い勢力を持っていた戦神バロスに関わる神力が、非常に落ち込んでいるのが原因だ。

不安を覚える者も多く、近隣国にも混乱は広がっている。

特に酷いのはテイラン王国だ。

長らく戦神バロスを唯一神のごとく深く信仰し、崇(あが)め奉(たてまつ)っていたため、影響が強かった。

だからこそ、戦神の加護の急激な衰えに動揺が走っている。

神を祀ることによって、協力を仰ぎ、大きな魔法を行使する神聖魔法は、戦にも貢献してきた。特にテイラン王国の神官はほぼバロス派だ。それらの力が大幅に削がれている。

今後テイラン王国に今までの恨みを晴らすべく、他国が総攻撃を仕掛けてもおかしくない。弱っている今なら、戦争により地図上からテイランの名を消すことができると目論んでいる者たちは多いだろう。

ティンパイン王国は色々な神を信仰していたため、そこまで混乱はきたしていない。

とはいえ、神殿内でも今まで散々幅を利かせて大きな顔をしていたバロス派を淘汰する動きが出ている。

かつてないほど枯渇したバロスの加護。それに伴い、一気に人が離れている。同時に、他の神々が台頭している。

（そうなると、あの神子殿の重要性はさらに上がるだろう。しかし、ティンパイン王族と懇意の彼を無理に引き込むのは下策。あの宰相閣下のことだ。何かお考えもあるだろう……強引なことをすれば目を付けられかねん）

宰相チェスター・フォン・ドーベルマンはやり手と評判だ。王からの信頼も厚い。キエフとしては、表立って対立するのは避けたい。

（万が一にも他国に逃げられたら、我々の責任問題にされかねん。だが、是非とも繋ぎは作っておきたい。しかし……金もダメ、地位もダメ。女に靡くにはまだ幼いだろうが、若いうちからつけれ

ば情も湧くし、年頃になれば意識するやもしれん）

キエフは色々と思考を巡らせながら、ゆっくりと窓からの景色を眺める。

その瞳は景色を映していても、心には何ら映っていない。

やがて彼は、シンへ送る騎士を選別すべく部屋を後にした。

◆

吸引系の変態に襲われたシンは、馬車の中ではなくグラスゴーに騎乗していた。

ティルレインが同行しているので、道中なるべく宿屋に泊まれるように道筋は予め決められていた。荷物はほとんどマジックバッグと異空間バッグに収納していて、魔物への警戒から矢筒を背負い、弓をすぐ取れる位置に提げている。

回復薬や毒消しのポーションの類もマジックバッグの中だ。

シンの後ろには、なし崩しに引き取る形となった鹿毛もいる。

最初はティルレインが駄々をこねて一緒に馬車に乗るようにせがんだが、グラスゴーのしょんぼりとした視線を感じてやめた。シンは駄犬王子より愛馬が大事だった。

賢いグラスゴーのことだから、誰も騎乗していなくてもちゃんとついてくるはずだ。しかし、シンにとても懐いている彼としては、主人が他の馬が引く馬車で運ばれるのはいい気分ではないだろう。結構嫉妬心が強い傾向があるのだ。

雄なのに今までのモトカノより彼女面(かのじょづら)が凄い。

ちなみに、しょっちゅうシンに絡んでいるティルレインのことはだいぶ見下している。歯牙にもかけない様子であった。

当のティルレインは近づいてもあまり怒らないのを、懐かれているとおめでたい勘違いをしている。

単に警戒する価値も敵対する価値もないと思われているだけだ。

ちなみに、グラスゴーに二人乗りするという提案は、危険だとルクスに止められた。

グラスゴーはバトルホース種の魔馬、デュラハンギャロップの雄の中でも特に大きな方だろう。後ろを歩かれると馬車馬が落ち着かないので、前を歩かせている。

王族に献上予定だっただけあって、悠然と歩く姿には貫禄があった。

黒く艶々とした肉体にはしっかりとしなやかな筋肉がついており、見るからに健康そうである。角は短いが、それを差し引いても威風堂々としている。

グラスゴーが先頭を歩いているだけで、近寄りかけたグレイウルフが尻尾を巻いて逃げた。無謀にも近づこうとした獣や魔物は、あっさりとシンに射抜かれる。

シンはそれらをきちんと収納して、立ち寄ったギルドや道具屋などで処理していた。

放置すると、その遺体目当てにさらに大きな獣や魔物が寄ってくる可能性があるからだ。

おかげで護衛騎士は仕事がないとぼやいている。

ともあれ、平和なのは良いことだ。

馬車の中でティルレインが涎を垂らして眠りこけ、座席にシミを作った以外は、特に問題ない帰路となった。

その日の宿で、食後のまったりタイムにシンはふと思い出す。

「ルクス様、あの変態が僕のことをミコと呼んでいましたけれど、あれはなんですか？」

「人ならぬ方々からの寵愛や加護を強く受けている方を示す呼び名です。神子とは、神々かそれに準ずるほど大きな存在に気にかけていただいていることを意味する……とても名誉な呼び名ですよ。シン君はどなたかの加護を受けている可能性が非常に高いということです」

眼鏡の奥の瞳を細めながら、ルクスは微笑むが、シンはぎこちなく笑みを返すことしかできなかった。

思い当たる節といえば、フォルミアルカとファウラルジットあたりだろう。

「それって、将来的には神殿や教会に拘束されるってことでしょうか？」

「基本的にはそれぞれの神子の意向を尊重する形になりますが、教会や国としては保護したいところでしょう。加護の内容によっては国益に直結するので、今後国境を越えて移動するには制限がかかる可能性もあります」

「え……」

必殺「出国しますよ」が使えなくなる。たとえ使ったとしても、すぐに監視をつけられるなどして、逃げ出しにくくなることは間違いない。

シンがわかりやすく顔を曇らせると、ルクスが苦笑した。

「ティル殿下も加護をお持ちですので、ティンパインの貴族であるホワイトテリア家との婚約となりました。丁重に扱われるはずですので、そこまで心配しなくてもいいのではないかと」

「正直、生活を侵害されたくないと言いますか……今の生活に満足しているので、干渉はされたくないです」

「では、その意向を神殿にも伝えるといいでしょう」

あの変態みたいに強烈なのが来たらと考えると気が進まないが、その上司である老人は、シンをあっさり解放してくれた。たまたま菫色の男(アイザック)がオーバーリアクションだっただけで、それほど大きな加護ではないのかもしれない――シンはそう思い直した。

鬱陶しいのはお馬鹿王子で十分すぎるほど間に合っている。

このポジティブシンキングな王子は、ちょっと優しくすると凄まじいつけ上がり方をして変な提案をしてくる。

シンはサディストでもないし、DVの気もない。だが、塩対応をしないと周囲に無駄な労力を消費させるティルレインなので、自然とそうなるのだ。

◆

あれから移動すること数日、ようやく見慣れた風景が目に飛び込んできた。

シンたちの馬車がタニキ村に戻ると、その姿を見た村人たちは再会を喜び、歓迎してくれた。

ばんえい馬のように巨体のグラスゴーに驚く皆に軽く挨拶を交わし、ティルレインを準男爵邸へ送るために村の中を進んでいく。

そこでシンは、以前と村の様子が異なることに気づいた。

領主邸が様変わりしているのだ。

前は古ぼけた屋敷だったのが、真新しく綺麗な白い壁と青い屋根の一回り大きな建物に変わっている。その代わり、前領主が居座っていた離れが、綺麗に解体されて更地になっていた。

屋敷の周囲はぐるりと濃い灰色の城壁が囲っており、門まで立派に誂えてある。

一般的な村の家よりは大きい、ちょっと良い建物程度だったものが、今ではちゃんとした貴族の屋敷と呼べるものになっていた。

グラスゴーに乗っているため視界の高いシンには、よく見えた。

そして、門から何か小さな影がすっ飛んでくる。

あのちょこまかとした動きは、領主子息のジャックだ。

「シン兄ちゃんだ！　おかえりなさーい！」

落ち着きのないジャックに懐かしさを覚え、同時に帰ってきたという実感が込み上げる。

自然と笑みを浮かべ、喜びの滲む声となった。

「ただいま。屋敷を改装したみたいだね」

「うん、殿下がリョーヨーをかねて泊まるからって、王様がいっぱい人といろんなものを持ってきてくれたんだ！　お家もおっきくなったよ！」

興奮気味のジャックの言葉を聞いて、シンはようやく合点がいった。

いくらその辺の家よりは上等とはいえ、あのぼろ屋敷では、温室育ちのティルレインがこれからますます寒くなるタニキ村の冬を越すには辛い。それを見越して事前に手を打っていたのだろう。

ポメラニアン準男爵領地は貧乏だった。清貧と言えば聞こえが良いかもしれないが、哀しいかな自給自足が精一杯である。奮発しようにも、ない袖は振れない状態がずっと続いていた。

しかし、それはパウエル・フォン・ポメラニアン準男爵その人のせいではない。前領主のボーマンがコケたせいだ。

シンは、領主でありながら農夫と変わらない生活にやさぐれなかったパウエルは偉いと思った。

「そうか、良かったな。殿下じゃなくて、ちゃんと王様にお礼を伝えておくように言うんだよ」

「うん、わかったー！」

タニキ村への支援物資は届いていた。ちゃんと約束は守ってもらえているようだ。

ダメもとで頼んだが、ジャックは以前よりふっくらしているし、小麦や塩などの配給もちゃんと着いているようだ。

「ああ、そうだジャック。土産があるんだ」

そう言って、シンは王都の老舗の銘菓や、タニキ村では見かけないようなちょっと凝ったデザインのマフラーを出す。これから迎える季節を考えれば、防寒具は鉄板だ。

銘菓といっても高級ブランド品ではなく、庶民のお財布にもお手頃なものである。

お土産を貰ったジャックは、飛び跳ねて喜んだ。

「あんま飛び跳ねると、お菓子が割れるぞ」

シンの忠告を受け、ジャックはぴたりと止まる。慎重に持ち替え、大事そうに両手で胸に抱きしめた。その変わりように、自然と周囲から笑みがこぼれる。

ポメラニアン準男爵は、屋敷の裏手で農作業をしているそうだ。

魔物の襲撃もなく天候にも恵まれ、旅路は至って順調だったため、予想よりも少し早めに着いた。しかも屋敷の裏手からでは馬車は見えないので、迎えがなかったのも仕方がない。

恐らく、領主のパウエルはしばらくティルレインの相手に忙しくなるだろう。

シンはパウエルには会わずに、その場でティルレインやルクスたちと別れ、自分の家に帰ることにした。

シンの家は、狩人のハレッシュから借りた離れである。

まだ日中なので家主のハレッシュは討伐や狩りに出ている可能性が高い。母屋は静かだった。

だが、隣家の家具職人であるガランテ・ベッキーや、その妻のジーナは在宅のようだ。そして息子のカロルとシベル兄弟も、近くの畑で草むしりをしていた。

シンを見つけたカロルとシベルが真っ先に騒ぎ出し、それに気づいた夫婦も大慌てで外に出てきた。皆、笑顔で帰りを喜んでいるのがよくわかる。

走り寄ってくる二人を目で追いつつも、シンはグラスゴーの背中からひらりと降りて「ちょっと待ってて」と鼻を撫でた。

「シン兄ちゃん、おかえり！」

「なぁ、王都はどうだった？　おいしいものあった？　おみやげはー？」

二人とも泥だらけの手でシンに抱きついてくる。

ジーナが眉をはね上げて「こら！」と怒るが、兄弟はどこ吹く風だ。

シンとしては歓迎してくれる相手がいるのは嬉しいものだ。泥汚れなんて洗って落とせばいい。

「お土産にお菓子があるから、手を洗って飲み物を用意してきなよ」

お菓子という言葉に喜色満面の二人は、我先にと井戸の傍にある洗い場へと向かう。

この様子ではもう草むしりどころじゃないだろう。

行儀の悪い息子たちを呆れ顔で睨んでいたジーナだが、シンの方を向く時はにっこりとした笑顔に変わっていた。

「おかえり、シン。ハレッシュさんは狩りに出て今はいないよ。暗くなる前には帰ると思うんだけどね」

「無事で何よりだ」

ガランテも落ち着いた低い声で、ややぶっきらぼうに言う。もとより饒舌ではないので、シンもさして気にしない。それぞれの性格がはっきり出た反応に、むしろ帰ってきたなぁという実感が湧き、感慨深いものがある。

「ただいま戻りました。お土産買ってきたので、良かったらどうぞ」

シンが渡したのは、先ほどカロルとシベルにも言ったお菓子だ。焼き菓子なので保存は利くし、そもそも異空間バッグに入っていたので風味も落ちていないはずだ。

それ以外にもジーナには暖かい魔羊の毛で編まれた大判のストールと、ひざ掛けにできそうなブランケット。ガランテにはビッグフロッグをよく鞣した革でできた大きなバッグを渡した。

「あら、ありがとうねぇ！」

「子供なのに気を遣いやがって」

そう言いつつも、ガランテの目元は緩んでいた。

彼は今まで、ボロボロだった仕事用のバッグをなんだかんだ繕い、つぎはぎして使い続けていた。重い物を入れるのでしっかりした素材でないとすぐダメになってしまうし、かといって買い換えるのは大きな出費になるので先延ばしにしていたのだ。

ビッグフロッグの革は独特の質感と滑らかさ、そして弾力があるため、傷や汚れに強い。鞣し加工をする工程でひと手間入れると、水にも強くなるとのことだ。

「あんたねぇ、素直に喜びなさいよ！」

ジーナの勢いある張り手がバシンとガランテの背中に当たる。だいぶ良い音がしたが、彼はびくともしない。よくあることだ。

ガランテは受け取ったバッグがずっしり重たいのに気づいた。中を開けると、砂糖と塩、チーズがみっちり入っていた。

「こっちより王都の方が安いですから。あと、小麦粉はどこに置けばいいでしょうか？」

シンは次々と土産を出すが、その量にガランテは困惑する。

「いくら馬に積んだとしても多すぎだろう」

「あ、これからもジーナさんのパンやシチューや煮物のお世話になる予定なので、これは自分の食費の先払いみたいなものです」

シンだってちょっとした料理はできるが、手の込んだ料理はまるでお手上げである。保存食の作り方は覚えたものの、一般家庭料理のレパートリーは少ない。当然、この世界にはレトルトや缶詰のような既製品はない。つまり、ジーナが作った料理の方が断然美味だ。

堂々とした集る宣言に、ガランテも「そういうことなら」と納得して受け取った。

下心たっぷりなシンの言葉にもかかわらず、ジーナは陽気な笑みとともにドンと来いとばかりに胸を叩いた。むしろ思わぬ追加の食料に喜んでいる節がある。

「任しときなさい！　でもね、シン？　アンタ自分の分もちょっとは残しているんだろうね？　いくら隣っていっても、大吹雪の時なんかはさすがに届けられないよ」

「それは大丈夫です」

「馬に載せているように見えんが……それにしても、やけにデカいな、その馬」

大柄なガランテでも少々気後れするほどに、グラスゴーは巨体だ。

シンはだいぶ慣れてしまっているが、やはり初めて見た人にとっては圧迫感を覚えるほど存在感があるのだろう。

よく言われる言葉に、シンはお決まりの返答をする。

「怪我をしていた騎獣を格安で購入したんです。荷物の方はティルレイン殿下のお世話をしていたことで、とある方からマジックバッグを頂いたので、その中に仕舞っています」

シンの説明に「はへぇ」と気の抜けた声を出すジーナ。頬に手をやりながら、驚いている。

「それならいいけど……魔道具って貴重品なんだろう？　やっぱり王族は違うねぇ」

呑気なジーナの隣でガランテは腕を組みながら、周囲を気にして声を落とす。

「そういうもんは盗まれねぇように気を付けな。田舎にもたまに手癖の悪い奴が流れてきて、普段は大人しくしていても、高価なモノに目が眩んで手が出る奴もいるからな」

シンのことをとても心配しているからか、ガランテが顔をしかめる。

「あはは、気を付けます」

シンは苦笑しながらその忠告に頷く。

もとより、マジックバッグのことはベッキー一家を信用しているからこそ教えただけで、他には積極的に言うつもりはない。泥棒騒ぎは王都でもう懲りた。シンは静かに過ごしたいし、犯罪に巻き込まれたいなんて微塵も思っていないのだ。


再会の挨拶を終えて久々の我が家に戻ると、少し籠もったような空気を感じた。

貴重品や保存食はまとめて異空間バッグに詰めていたので、盗られて困る物はなかったが、一応室内を確認する。

どんどん窓を開けて換気する。大きな家ではないから時間はかからなかった。

（まだ陽が高いし、ちょっと風もあるから、シーツを洗ってもすぐ乾くな。魔法で洗浄もいいけど、陽の光の方が洗ったたって感じするし）

窓の外ではグラスゴーが伸び切った雑草を食べている。

背中には首からかけたマントが広がっているから、野放しの魔物だとは思われないだろう。

シンは、ハレッシュが帰ってきたら馬小屋を建てていいか聞くつもりだった。

(他の洗濯物も洗って干して……食事は携帯保存食で一回は済まそう。とりあえず掃除しなきゃ。干し草ベッドは……うん、入れ替えよう。できればマットレスや敷布団にいい加減替えたいよな。もしくは獣皮？　臭いがな……)

宿屋のベッドは使い込まれていたが清潔だったし、ドーベルマン伯爵家のベッドはさらに綺麗だった。

王都で贅沢を覚えてきてしまったせいで、少し前まで特に気にせず寝ていたはずの場所が、急にみすぼらしく見える。

毛布などは王都で入手していたが、敷布団をすっかり忘れていた。いや、あのベッドでいいやと、情報が脳内更新されていなかっただけだ。

土台の部分はガランテに造ってもらっているので、マットレスとして何か弾力や柔軟性のある素材を調達したい。

しばらくは予備の掛布団を一枚、敷布団に回すなどした方がいいかもしれない。

(狩りをして動物や魔物で手頃なのがいなかったら、考えなきゃ)

マットレスがなかったら死活問題とは言わないが、あったらいいなという希望である。

その時、外から騒がしい音が聞こえてきた。

ドタドタと荒々しい足音とともに、ノックもせず扉が開け放たれる。

「シン、戻ったのか！」

入ってきたのはシンの使っている家の持ち主、ハレッシュだ。

洗濯物がいっぱい入った籠を持っているシンを見て少し面食らっているが、至って無事な姿にほっとしているのがよくわかる。

「はい、ただいま戻りました。ハレッシュさん」

「おかえり、王都はどうだった？」

「賑やかですが、同時に騒がしいところですね。やっぱりタニキ村がいいですよ」

「若い奴らには、あっちの方が面白いって出て行ったきりのもいるからなぁ」

出発時は快く送り出してくれたが、心配していたのだろう。

「ああ、そういえばタニキ村よりイキった痛い感じの若い冒険者が結構いましたね」

「それ、本人たちの前で言うなよ？」

「言いませんよ、関わりたくありませんから」

相変わらず虫も殺せなそうな稚(いとけな)さの残る顔をしているシンだが、言葉の刃はギラッギラに冴えている。

しかし、よくよく見れば村を出た時よりもちょっと身長が伸びたし、ほんのり日に焼けた頬のラインも精悍(せいかん)になった気がする。

ハレッシュは息子が少し大人になって帰ってきたような気分になり、目を潤ませた。

彼はもともとシンに亡くなった息子を重ねていたところがあったので、感動もひとしおだ。

ちなみにハレッシュのお土産は毛皮のフードとちょっとお高い鋭利なナイフだ。完全に実用品である。

「そういえば、さっき領主様のお宅を見ましたけれど、立派になってましたね」

「だよなぁ、さすが王族様というべきか……食料の配給もあったし、今年はマシな冬越しができそうだ」

「村人にもあったんですか？」

「少し前だが、小麦と干し肉の配給があったぜ。貧乏村としては大助かりだな」

馬鹿王子のすくすく冬籠り生活を温かく見守ってほしいという意図の、袖の下だったのだろう。

気品や典雅な雰囲気は木っ端レベルだが、愛嬌のあるティルレイン第三王子。釣りや馬の世話や畑仕事を楽しそうにやっていた姿を、皆は微笑ましく見守っていた。

一般的な十七歳を見ているのとは違う生温かい眼差しだったのは仕方がないことにしておく。

以前この村で色々あったが、前領主のボーマンは悪事が露見してしょっぴかれたし、お騒がせ王子を引き取ってくれた療養先ということで、現領主のパウエルはお咎めなしのようだ。

◆

シンが愛しの我が家に帰ってきて数日経った。

改めて生活してみると、足りないものも浮き彫りになってくる。

シンの住居は小屋に毛の生えたようなものだ。簡素な土台に木を組んで造られている。

グラスゴーと鹿毛の馬のための厩舎も建てることを考え、家主であるハレッシュに相談したら二つ返事で承諾を貰えた。

ハレッシュはデュラハンギャロップを知っているのか、グラスゴーにはあまり近づこうとしなかった。戦闘力抜群な上に、首狩り特性のある魔馬なので仕方ないと言えば仕方ない。

ティルレインはシンにばかり懐いているように見えるが、ポメラニアン準男爵一家にも懐いている。特にご子息のジャックとは仲の良い遊び相手になっていた。

ティルレインのことだから、ジャックと遊んだとか、シンに冷たくされたなど、馬鹿正直にその日あった出来事を親への手紙に書いているに違いない。

(まあ、僕の無礼なツッコミを許容しているあたり、その辺の扱いの判定はグレーに誤魔化しが入っているんだろうな)

普通なら王族に何していると怒られるところだが、タニキ村での健やかスローライフで、有害なお馬鹿から無害なお馬鹿になるのだからいいだろう。

加護の相乗効果など知りはしないシンは、そう考えていた。

確かに回復への期待もあったが、王宮魔術師や聖女が苦戦していた精神汚染を治療しつつ田舎に放逐して躾直しとセットなら、大変お買い得だとタニキ村送りになったのだった。

シンがいれば国王夫妻をはじめ、ロイヤルファミリーや宰相も安心だろう。

そして、シンがあまり辛辣にならないように、ルクスという良識ある侍従も付けている。

また、ティルレインは催促しなくてもシンのことを手紙に書いてくるから、監視紛いのことをせずに済んで一石二鳥だ。

シンはタニキ村に帰るとすぐにチェスターとミリア宛に手紙を書き、王都でお世話になったお礼と無事に村に着いたことを知らせた。

サモエド伯爵の方にも、騎獣の後見人の件について改めてお礼の手紙を出す。泥棒騒ぎで名前を使わせてもらったからだ。その件はミリアからチェスターにも伝わっているはずだし、非常に多忙そうなので時間を取らせることが申し訳なかった。

手紙はルクスに頼んで、ティルレインが王都の婚約者や家族にあてる手紙と一緒に出してもらえることになった。ド庶民のシンがいきなり伯爵邸へ便りを出しても、手に届く前に処分されかねないが、これなら大丈夫だろう。

このところティルレインは、大公妃へ贈る絵画の制作に没頭しているからか、概ね静かだ。それ以外にも村や周囲の風景なども描いているし、時折人物画も描いていた。

今熱心に手掛けているのも人物画で、凛とした雰囲気の、癖のない長い白金髪の美少女の絵だ。背筋を伸ばして聡明そうな橙色の瞳をこちらに向けて優美に微笑んでいるその肖像画のモデルはシンも知っている。

正確に言えば、シンが見たことがあるのは、現在の姿ではないが。

ティルレインの自室に飾ってあるのはまだ十四～十五歳くらいに見えるから、過去に描いたものだろう。

新しく描き出しているのは、少し年齢を重ねたものだ。まだ下書きの鉛筆のデッサンだが、面立ちから推測できた。

「美人だろう！　ヴィーは頭も良くて社交も上手で、刺繍やダンスも上手なんだぞぅ！」

テレテレとデレデレの間の顔でドヤられ、シンは少しイラッとした。

しばらく会えないから、部屋に飾るために描いているという。これだけ聞けばどう考えてもラブラブだと思うが、この馬鹿王子はその婚約者から魚のすり身入りの猫用クッキーを食わされている。

そう考えると溜飲が下がった。

（あれ？　婚約者の絵が描けなくなったって、前にルクス様が言っていたような？）

ちらりとルクスを見れば、彼はティルレインに大層優しい眼差しを向けていた。

どうやら、婚約者の絵はタニキ村に着いてから描けるようになったようだ。


とりあえず、ティルレインは大人しいので、手紙を預け終えたシンは家に戻り、冬の寒さ対策に邁進することにした。

まずは家。今シンが生活している小屋は、元はハレッシュが長く放置していた倉庫なので、隙間風が少しある。暖かい季節は気にもしなかったが、これからはそうもいかない。

どうするべきかとハレッシュに相談したところ、土に虫除けと殺虫作用のある木灰を混ぜた粘土状のもので塞ぐのがこの辺のやり方らしい。

シロアリをはじめとした害虫対策にもなるという。

魔法でサクッとできればいいが、家を建て替えるほどの煉瓦（れんが）や漆喰、木材は調達できない。物は試しと魔法で煉瓦を作ってみたが、できたのは硬い土の塊か、モロモロの煉瓦未満の何かだった。シンは土魔法をあまり練習してこなかったこともあるだろう。要修練と言える。

ハレッシュは母屋で同居する案も出してくれたが、彼が飾っている虚ろな眼差しの剥製たちと一緒に住みたくないので、シンは丁重に辞退した。

ハレッシュのことは嫌ではないけれど、ぶっちゃけ剥製が怖いと、正直に言った。

隣家のカロルやシベルもハレッシュの家に入りたがらないのは同じ理由だろう。外でハレッシュと会う時はにこにこしているが、断固として家の中には入らない。

ありのままのカミングアウトに、ハレッシュは唸るしかない。

「カッコイイと思うんだがなぁ」

「実益のある良い趣味だとは思いますが、あれを暗がりで見たらチビります」

精神がアラサーのシンは、尊厳を保ちたかった。

そんなに怖いか？　と、ハレッシュはやや不満顔だが、普通に怖い。照度が下がると一気にホラー仕様に変わる。

「まあ、ガランテのおっさんも、来た時に魔物が入り込んだと思って悲鳴上げてたしな」

ハレッシュとそんな会話をしながらペタペタと壁の隙間を塞ぎ、山林から採取した木で厩舎を用意した。積雪や吹雪にも耐えられるようにしっかりした造りにしておいた。補強と隙間風防止のため土魔法で土壁も作ってあるが、一冬限定の耐久性しかない。

グラスゴーは大きいから中は広々としている、鹿毛の『ピコ』も一緒だ。

ちなみにピコという名前はティルレインが命名した。なんでも、耳が動く様子がピコピコしているからだそうだ。

マジかよと思いながら見ていたら、シンまでピコの耳が動くたびにそんな音が聞こえてくる気がしてきた。たとえるならピコハンのような高めの音である。

タニキ村への帰路の途中からそう呼びはじめ、気づいたら村でも定着していた。

村に戻って詳しく調べると、どうやらピコも普通の馬ではなく、ジュエルホーンという魔馬で、本来なら綺麗な宝石の角が生えているらしい。

だが、グラスゴーの身代わりにされた時には、既に角をへし折られた後だった。

グラスゴーと同じやり方でいいかと魔石やポーションを与えているが、今のところ健康そうである。

ただ「ワイの分は？」みたいな顔で、愛馬（グラスゴー）が視線で訴えかけてくる。

ちなみにグラスゴーの角は既に丸くはなく、尖りはじめている。長さは家畜用の山羊（やぎ）程度のもので、どことなくスモーキーな黒水晶のような角である。質感は黒曜石というよりも白い靄（もや）のような濁りがある気がするものの、汚くはない。むしろ綺麗だ。

他のデュラハンギャロップの角と比べられればいいが、タニキ村の周囲には野生のデュラハンギャロップはいないし、シンにはもう一頭飼う予算も予定もない。

最初は喧嘩するのではなかろうかと心配して、ピコを領主邸に預けていた。しかし、存外二頭は仲が良く、同じ場所にも置けると判断して、厩舎の完成を機に連れてきた。

シンは二頭を無事越冬させるために精力的に動いている。

（うーん、既存の小屋の補強と新しい厩はできたけど……できれば暖炉は欲しいなぁ）

着々と整備されていく環境に満足感を覚えるとともに、もっともっとと欲も出てくる。

家のことならば大工もやっているガランテに、と相談したところ、難しい顔で「ないと最悪死ぬ」と言われた。

十数年に一度くらいの割合でたまにとんでもない極寒の冬が来ることがあり、そうなると薪と暖炉が命綱になる。ましてやシンは一人暮らしだから、暖炉はあった方が良いと念押しされた。

そして、古い煉瓦ならぎりぎり一基くらい暖炉を組める量があるかもしれないと、荒れ放題の草むらに案内された。

「ここには若夫婦が住んでいたんだが、王都へ出稼ぎに行った旦那がそのまま帰らず、女を作って蒸発しちまったらしくてな。嫁さんは細々と暮らしていたんだが、子供と暮らすにはちっと心許ないって、実家に帰ってそのままだ」

背丈の高い草を避けてよく見ると、それなりに大きな土台のある建物の形跡があった。

「家？」

見事に打ち捨てられている残骸に、シンは思わず疑問形。

正解だったらしく、ガランテは頷いた。

「ここは村でも外れの方にあるから、ゴブリンどもがたまにちょっかい出して、あっという間にボロ屋だな」

暖炉が無理なら囲炉裏式でもいい。それはそれで風情がある。だが、いずれにせよ一酸化炭素中毒にならないために煙突などの排煙設備が必要だ。

打ち捨てられた家の木製部分はすっかり朽ち果てていたが、煉瓦を積んで出来ていた部分は残っていた。ここで異空間バッグの出番である。このまま魔物に荒らされて朽ちるのを待つだけなんて勿体ないと、シンは遠慮なくガンガン煉瓦を持ち帰った。

◆

一人きりの我が家。マイホームは、シンにとって安息の地であり城である。

愛しい我が家ちゃんの改装は進んでいるが、結構問題ありである。

暖炉についてはガランテに相談し、押し入れのようになっていた小屋の一部を崩してそこに造ることにした。しかし、生活するための動線が崩れて不自然な設計になりそうだった。

ちょっと家具の配置を変えた方がいいかもしれないと、シンは部屋の中をうろうろした。

（うーん、確かに仕方がないかもしれないけれど、そうすると収容面積が減るなぁ。マジックバッグや異空間バッグがあるから必要ないとはいえなぁ……。いっそ、この家ごと異空間バッグで出し入れできればいいのになぁ。素材ごとにバラして造り直せればいいのに）

などと考えていたところ……突然ヒュンと空を切るような音がして、シンはいつの間にか剥き出しのちょっと湿った地面の上に立っていた。

少し離れたところで、きょとんとしたグラスゴーとピコがこちらを見ている。グラスゴーは飼い葉を食んでいたのか、口の中が草まみれである。

「え？　えぇ？　え？」

思わず変な声が漏れるシン。

——マイホームが消えた。

シンはきょろきょろしながら更地になった場所をペタペタ触る。やっぱり地面である。

まさかと思ってスマホを確認すると、マイホーム（故）は個別に素材として分解されて異空間バッグに入っていた。木材や煉瓦や土壁とかになっている。

（ちょっと待って、ちょっと待って！）

声にならない絶望があふれ出す。

（……いや、こんなんになって入っちゃったなら、組み立てて出すこともできるはず！　考えろ！魔法はイメージ！　より具体的な設計！）

何か設計できるＣＡＤ（キャド）的なものがあればいいのにと思っていると、シンのスマホがタブレットサイズに変わって、自動的にダウンロードされたアプリが起動する。

目の前に、ちょっとファンシーなゲーム風のデザインの画面が出てきた。

画面の上と下には作業や素材のアイコンが並び、タップして色々と変えられるようになっているらしい。

試しにタップすると、消えたはずの家が再び出てきた。

（……フォルミアルカ様、ありがとうございます）

幼女女神のスマホ様は優秀だった。

イマジナリー幼女女神は「えっへん！」とニコニコしている。

ゲーム感覚でポチポチと触って色々とデザインを吟味する。

ちょっとおしゃれなフル煉瓦の自宅は素材不足で無理だったが、材料次第でできるというメッセージがポップアップしてくる。

必要素材は土、灰、火魔法と出てきた。他にも石や木材や布や紙なども素材の候補として表示されている。つまり、素材さえあれば家のフルオーダーが可能なのだ。

とりあえずは、今ある素材で仮に家を造る。

ちょっと不便だった間取りに手を加えた以外は、概ね元のデザインのままである。

（……この辺で土をごっそりとるとバレるから、今度狩りや討伐に出た時に森や河原で採取してくるか）

河原には手ごろな石がゴロゴロしているし、森には当然木材がある。いつもは討伐対象や食べ物ばかり狙っていたが、気を付けて探せば、素材になりそうなものはもっと見つかるはずだ。

それに、どうせ暖炉用の薪を調達しなくてはならない。本来なら乾燥したものが適しているが、都合よく転がっているはずもないので、魔法で時短乾燥させる予定だ。

（……もしかして、リフォームしたから自分の物扱いになったのかな？）

だが、厳密に言えばハレッシュからの借物でもある。

（新築できたら、ハレッシュさんに剥製を作るための作業場でもプレゼントして、こっちの家を貰うとか、できるかな……）

下心大ありのシンだった。

もっとも、ハレッシュ的にはシンは既に息子のポジションなので、欲しいと言われれば、そのまま譲るのはやぶさかではなかった。

ものは使わないとどんどん劣化して傷んでいく。家などはその最たる例だ。

人が住んでいるということは、常時メンテナンスされているようなものである。

楽しい我が家改造計画に、気持ちが浮き立つシン。

王都は嫌いではなかったが、やはりタニキ村がしっくりくる。本来あるべきところに戻ってきた、と感じるのだ。

シンは自分を奮い起こすように気合を入れなおす。

「よーし！　やっとタニキ村に帰ってこられたんだ！　やるぞ！」

風から暖かさが抜けている。

緑の色がくすみ、黄色や茶色に色付きはじめるものも見受けられる。

冬はもうすぐ傍まで来ていた――そして、新たな騒動も。

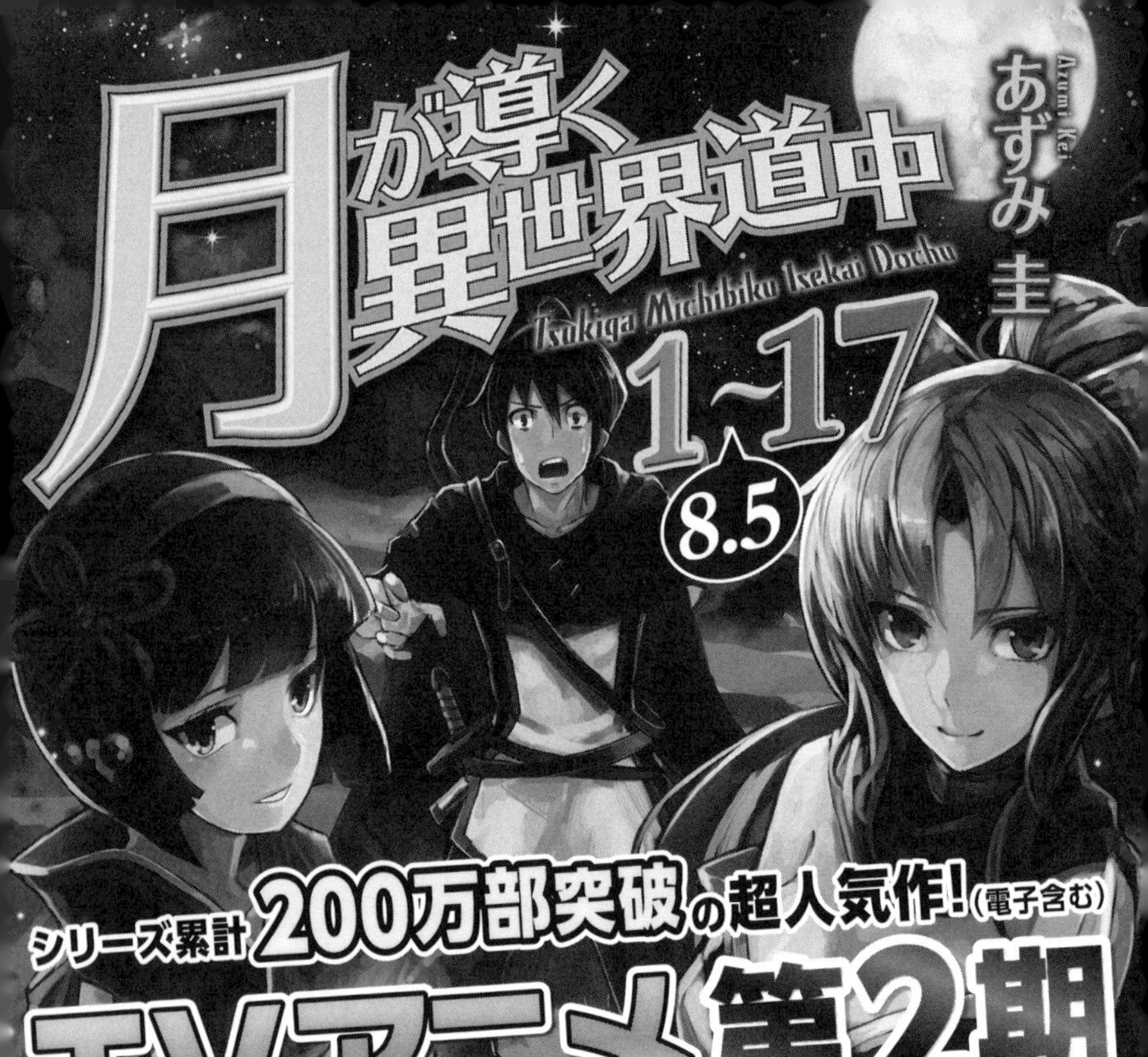

月が導く異世界道中
Tsukiga Michibiku Isekai Dochu
あずみ圭
Azumi Kei
1~17
8.5
シリーズ累計200万部突破の超人気作!(電子含む)
TVアニメ第2期
制作決定!!

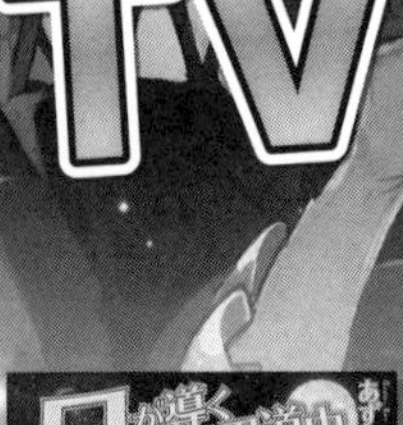

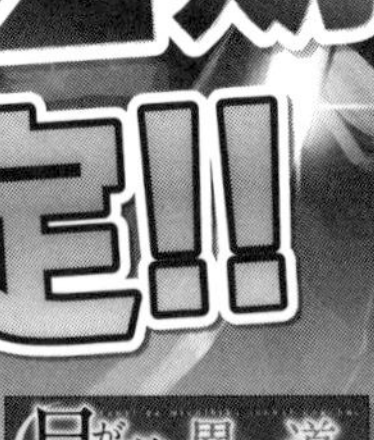

不死王はスローライフを希望します

FUSHIOU WA SLOW LIFE WO KIBOU SHIMASU

小狐丸
Kogitsunemaru

累計56万部!(電子含む)
『いずれ最強の錬金術師?』
著者が贈る
ゆるっとファンタジー!

辺境の森でエルフ娘を
の～んびり子育て中!

平凡な会社員の男は、気付くと幽霊と化していた。どうやら異世界に転移しただけでなく、最底辺の魔物・ゴーストになってしまったらしい。自らをシグムンドと名付けた男は悲観することなく、周囲のモンスターを倒して成長し、やがて死霊系の最強種・バンパイアへと成り上がる。強大な力を手に入れたシグムンドは辺境の森に拠点を構え、人化した魔物や保護したエルフの母子と一緒に、従魔を生み出したり農場を整備したり、自給自足のスローライフを実現していく――!

●定価:1320円(10%税込)　●ISBN 978-4-434-29115-9　●Illustration:高瀬コウ

異世界に転生したけど
トラブル体質なので心配です
小鳥遊渉
Takanashi Ayumu
魔物退治も、辺境開拓も、家のお手伝いも
ぜ〜んぶサクサクできちゃう!
過労死した俺は異世界に転生し、アルフレッドという6才の少年として生きることに。前世が薄幸だった分、家族と穏やかに暮らしたい……と思っていたら魔法はチート級、剣技も大人顔負けと、なんだか穏やかじゃない!?　更にお手伝い感覚で村を整備したら、随分立派な感じになってしまった。その評判を聞きつけて王都の騎士団が調査に来るし、時を同じくしてゴブリンの軍勢に襲われるし……もしかして俺、トラブル体質?
●定価：1320円（10%税込）　ISBN 978-4-434-29398-6　●illustration：結城リカ
異世界に転生したけど
トラブル体質なので心配です
小鳥遊渉
魔物退治も、辺境開拓も、家のお手伝いも
ぜ〜んぶサクサクできちゃう!
俺ってチート持ちかも
だけど、いつもやりすぎて
トラブルを起こしてばかり…!?
アルファポリス

この作品に対する皆様のご意見・ご感想をお待ちしております。

おハガキ・お手紙は以下の宛先にお送りください。

【宛先】

〒150-6008 東京都渋谷区恵比寿 4-20-3 恵比寿ガーデンプレイスタワー 8F
（株）アルファポリス　書籍感想係

メールフォームでのご意見・ご感想は右のＱＲコードから、
あるいは以下のワードで検索をかけてください。

アルファポリス　書籍の感想 

ご感想はこちらから

本書はWebサイト「アルファポリス」(https://www.alphapolis.co.jp/）に投稿されたものを、改題、改稿、加筆のうえ、書籍化したものです。

余りモノ異世界人の自由生活～勇者じゃないので勝手にやらせてもらいます～２

藤森フクロウ（ふじもりふくろう）

2021年 10月 29日初版発行

編集－仙波邦彦・宮坂剛
編集長－太田鉄平
発行者－梶本雄介
発行所－株式会社アルファポリス
〒150-6008 東京都渋谷区恵比寿4-20-3 恵比寿ガーデンプレイスタワー8F
TEL 03-6277-1601（営業） 03-6277-1602（編集）
URL https://www.alphapolis.co.jp/
発売元－株式会社星雲社（共同出版社・流通責任出版社）
〒112-0005東京都文京区水道1-3-30
TEL 03-3868-3275
装丁・本文イラスト－万冬しま
装丁デザイン－AFTERGLOW
印刷－中央精版印刷株式会社

価格はカバーに表示されてあります。

落丁乱丁の場合はアルファポリスまでご連絡ください。

送料は小社負担でお取り替えします。


ISBN978-4-434-29505-8 C0093